THE WORKS OF LIANG YUCHUN

梁遇春 著译全集

4

第四卷

李力夫 商昌宝 主编

海峡出版发行集团 | 福建教育出版社

本卷总目

The Meeting
幽会 ·· 1

Our Village
我们的乡村 ·· 61

A Last Diary
最后的一本日记 ····································· 143

近代论坛 ··· 211

A Free Man's Worship
一个自由人的信仰 ·································· 325

集外译文 ··· 397

The Meeting

幽　　会

（英汉对照）

J. Galsworthy 著

梁遇春　译注

"英文小丛书"之一，上海北新书局，1930年9月付排，1930年10月初版

CONTENTS

目　　次

John Galsworthy（1867—　）

A Green Hill Far Away

远处的青山 ………………………………………… 8

Romance—Three Gleams

浪漫情调——三瞥 ………………………………… 22

Felicity

幸福 ………………………………………………… 38

The Meeting

幽会 ………………………………………………… 48

John Galsworthy[1]
（1867— ）

　　高尔斯华绥是英国当代大小说家同戏剧家。他父亲是律师，他自己也是学法律出身的，壮年时候旅行各处，足迹几乎走遍世界。他所最痛恨的是英国习俗的意见和中等社会的传统思想。他用的武器是冷讽，轻盈的讥笑。比如在他的杰作 The Forsyte Saga 里他就入木三分地描状英国拥有资产的人们（the man of property）的意识，他们把钱当做天下一切东西的准绳，能够卖得好价的艺术品就是好的。他们的立身处世完全被钱的观念所支配，除开占有冲动外，没有别的行为动机，他们生活没有个再高的标准，只好完全依靠各种传统的意见来做一切行动的南针。他们所以无条件地拥护传统，否则他们就手足无所措了。他们的生活也单调得可怜了。"怜悯"的确是高尔斯华绥的一个重要情调。他是怀个无限量的同情来刻画人世的愚蠢。他看出人世上最有价值的，最配得被人们追求的东西是审美的情绪。他们这班人都对于美毫无感觉。他觉得世上一切纷扰的来源是

---

[1] 梁遇春翻译该作时，作者高尔斯华绥尚健在，其确切生卒年为1867—1933年。——编者注

出于人们不懂怎样去欣赏自然和人世的美,把生命中心放在不值得注意的东西上面,因此一幕一幕的悲剧开展了。《远处的青山》是欧战后他发的感慨。《浪漫情调》和《幸福》是正面来描摹"美"。高尔斯华绥不单具有巧妙的冷讽同温和的同情,他还有一种恬静澈明,静观万物的心境,然后再用他那轻松灵活的文笔写出。《幽会》这篇可以代表他这方面。这四篇都是从他的散文集 The Inn of Tranquillity 里选出。他是法国人所最爱读的当代英国作家,这大概因为他布局的完整同他散文的秀逸。人们都说法国人是最善写散文的,因此也可以见他散文的价值了。

A Green Hill Far Away

Was it indeed only last March[1], or in another life[2], that I climbed this green hill on that day of dolour, the Sunday after the last great German offensive began? A beautiful sun-warmed day it was, when the wild thyme on the southern slope smelled sweet and the distant sea was a glitter of gold. Lying on the grass, pressing my cheek to its warmth, I tried to get solace for that new dread which seemed so cruelly unnatural[3] after four years of war misery.

"If only[4] it were all over[5]!" I said to myself, "and I could come here, and to all the lovely places I know, without this awful

---

1 last March: in March last,去年的三月里。
2 another life:因为战时的心境和战后的心境大不相同,所以回想起来恍如隔世。
3 尝了四年的大战苦痛,应当已经惯于一切了,完全麻木了,现在却

远处的青山

那个悲哀的日子,德国最后一次总攻击开始后的星期日,我爬上这座青山——这真真只是去年三月里的事情,还是前生的事情吗?那是太阳暖和地照着的佳日,南坡上的野茴香闻起来有甜蜜的气味,远海是一片闪耀的金黄色。躺在草上,我的面颊紧挨着它的暖气,我想法去安慰那个新恐怖;经过了四年战争的苦痛,那恐怖好象是如此残酷地不自然的事情。

"只求这场战争完全了结罢!"我对自己说道,"我能够来到这里,到我知道的一切可爱的地方,没有这种可怕的紧张心绪,

有这个新恐惧,所以是"不自然的";好象我们受了那许多磨折还不够,却叫我们的神经还有感觉,会感到新的忧愁,这真是"太残忍了"。
  4 If only:这是表示希望,底下是没有结句的。
  5 all over: finished, entirely ceased 了结;完了;全停。

contraction of the heart, and this knowledge that at every tick of my watch some human body is being mangled or destroyed. Ah, if only I could! Will there never be an end?"

And now there is an end, and I am up on this green hill once more, in December sunlight, with the distant sea a glitter of gold. And there is no cramp in my heart, no miasma clinging to my senses. Peace! It is still incredible. No more to hear with the ears of the nerves the ceaseless roll of gunfire, or see with the eyes of the nerves drowning men, gaping wounds, and death. Peace, actually peace! The war has gone on[1] so long that many of us have forgotten the sense of outrage and amazement we had those first days of August, 1914, when it all began. But I have not forgotten, nor ever shall.

In some of us—I think in many who could not voice it—the war has left chiefly this feeling: "If only I could find a country where men cared less for all that they seem to care for, where they cared more for beauty, for nature, for being kindly to each other. If only I could find that green hill far away!" Of the songs of Theocritus[2],

---

    1 to go on: to continue 继续。
    2 Theocritus: 希腊田园诗人。Mrs. Browning 在她的情诗 *Sonnets from the Portuguese* 里提到他时说:
        I thought once how Theocritus had sung
        Of the sweet years, the dear and wished-for years,
        Who each one in a gracious hand appears,

也不像现在这样知道我的表每响一下总有些人的身体受伤了或者被毁了。啊，只求我能够那样过日子！难道这个战争绝不会有个终止吗？"

现在有一个终止了，我又登临这座青山，在十二月的阳光里，远海是一片闪耀的金黄色。我心里没有抽搐了，我感官里没有乌烟瘴气了。和平！现在还是信不过的。精神的耳朵不再听到交火的不断轰轰声音了，精神的眼睛不再看见泅着的人，张开的伤口同死亡了。和平，真真是和平了！战争继续的这么久，我们里面有许多人忘却了一九一四年八月初旬我们所感到的愤怒和惊奇，当战争完全开始的时候。但是我并没有忘却，而且永不会。

在我们里面有些人的心中——我想在许多不能吐出这意思的人们心中——这次大战留下最主要的感想是："只求我能找到一个国土，那里人们对于一切他们好似关心的事情没有这么关心，那里人们更关心于美，自然，和彼此互相的好感。只求我能找到那远处的青山！"提奥克立塔的诗歌，圣法兰西斯的生

To bear a gift for mortals, old or young.
"我想起昔时 Theocritus 怎样唱着流年的歌儿，可爱的流年，渴望中的流年，一个个的宛然都手执着颁送给世上老少的人们的礼物。"从这里也可以看出这位希腊诗人的作风了。

of the life of St. Francis[1], there is no more among the nations than there is of dew on grass in an east wind. If we ever thought otherwise, we are disillusioned now. Yet there is peace again, and the souls of men fresh-murdered are not flying into our lungs with every breath we draw.

Each day this thought of peace becomes more real and blessed. I can lie on this green hill and praise Creation that I am alive in a world of beauty. I can go to sleep up here with the coverlet of sunlight warm on my body, and not wake to that old dull misery. I can even dream with a light heart, for my fair dreams will not be spoiled by waking and my bad dreams will be cured the moment I open my eyes. I can look up at that blue sky without seeing trailed across it a mirage of the long horror, a film picture of all the things that have been done by men to men. At last I can gaze up at it, limpid and blue, without a dogging[2] melancholy; and I can gaze down at that far gleam of sea, knowing that there is no murk[3] of murder on it any more.

And the flight of birds, the gulls and rooks and little brown wavering things which flit out and along the edge of the chalk-pits, is once more refreshment to me, utterly untempered. A merle is singing in a bramble thicket; the dew has not yet dried off the bramble

---

1 St. Francis（1182—1226）：中古的一个僧侣，和蔼可亲，与花鸟为友，他后来立一教派。他的生活真是美得像一首诗歌。

活，这些情调各国都没有了，正同东风过后草上失掉了露珠一样。假使我们起先怀了别个见解，我们现在也从那迷梦里醒起来了。然而和平又来了，新杀死的人们的灵魂没有随我们每下吸进的空气飞入我们的肺里。

和平这个观念，每天变得更实在，更可感谢的。我能够躺在这青山上面，赞美天地的创造，因为我活在一个美的世界里。我能在这高处睡去，太阳光的被暖和地盖我身上，醒来时也不会碰到久尝的，沉闷的苦痛。我甚至于能够心灵愉快地做梦，因为我的好梦不会被醒时所破坏，而我的噩梦会立刻勾消，当我睁开眼睛时候。我能够仰望蓝蔚的天，没有看见恐怖的幻象蔓延天上，那是人们自相残杀这类一切事情的电影。最后我能够瞪着眼睛看天，澄清的，蔚蓝的，没有一种老追随着的悲哀；我也能够俯视远海的光芒，知道那上面再也没有凶杀的黑暗。

群鸟的飞翔，海鸥，白嘴鸦同沿着白垩坑飞出的棕色的，摇动的小东西，又可以使我心神爽快，完全没有沾上别的不快之感了。一只鸫在黑莓丛里唱着；黑莓叶上的露还没有干尽。

---

2 dogging：never cease to follow 老是跟着；像一只狗追随着。
3 murk：darkness；gloom 黑暗。

leaves. A feather of a moon floats across the sky; the distance sends forth homely murmurs; the sun warms my cheeks. And all of this is pure joy. No hawk of dread and horror keeps swooping down and bearing off the little birds of happiness. No accusing conscience starts forth and beckons me away from pleasure. Everywhere is supreme and flawless beauty. Whether one looks at this tiny snail-shell, marvellouslly chased and marked, a very elf's horn[1] whose open mouth is coloured rose, or gazes down at the flat land between here and the sea, under the smile of the aftenoon sunlight, the island, hedgeless, with its many watching trees, and silver gulls hovering above the mushroom-coloured"ploughs" [2], and fields green in manifold hues; whether one muses on this little pink daisy born so out of time[3], or watches that valley of brown-rose-grey woods, under the drifting shadows of low-hanging chalky clouds—all is perfect, as only Nature can be perfect on a lovely day, when the mind of him who looks on her is at rest.

On this green hill I am nearer than I have been yet to realisation of the difference between war and peace. In our civilian[4] lives hardly anything has been changed—we do not get more butter or more petrol,

---

1 horn: drinking horn 盛酒的角; 酒具。
2 plough: ploughed field or land 耕地。
3 out of time: unseasonably; too soon or too late 不在适当的时候。

一片淡月飞过天上；远处发出亲切的喃喃声音；太阳使我双颊生暖。这许多全是纯净的欣欢。再也没有惶惧恐怖这个鸷鹰老是从半天飞下，将快乐这只小鸟带走。也没有自责的良心突然起来，叫我远离乐事。到处都是至上无瑕的美。无论人们是看这个小蜗牛壳子，雕镂刻画得出奇，真是仙人的酒杯，它的杯缘染上了玫瑰色，或者俯视居于这里同大海的中间，在下午阳光的微笑底下的平地，以及没有藩篱，带有许多守护的树林的小岛，在菌色的耕地上飞翔着的白〔银〕色海鸥，同青得散出几种彩色的田地，无论人们凝想开得这么不合时令的淡红小雏菊，或者观察在低垂的，白垩色的云的飘游影子的棕色，玫瑰色，灰色杂陈的森林的山谷———一切总是完美的，只有"自然"在一个佳日才能如是完美，当看着她的人是心境安详时候。

　　在这座青山上，我比以前更深切地了解战争同和平的不同。在我们通常的生活里几乎没有什么变更——我们没有得到更多量的牛油同煤油，战争的外貌同机关还是围着我们，报纸仍然

---

4 civilian：not in army or navy 非军人的。战争才停的时候，只有军人生活与前不同，其他日常生活还是一如战时状态。欧战时每家用的牛油同燃料都有限量，所以下面说到这点。

the garb and machinery of war still shrouds us, journals still drip hate; but in our spirits there is all the difference between gradual dying and gradual recovery from sickness.

At the beginning of the war a certain artist, so one heard, shut himself away in his house and garden, taking in¹ no newspaper, receiving no visitors, listening to no breath of the war, seeing no sight of it. So he lived, buried² in his work and his flowers—I know not for how long. Was he wise, or did he suffer even more than the rest of us who shut nothing away? Can man, indeed, shut out³ the very quality of his firmament, or bar himself away from the general misery of his species?

This gradual recovery of the world—this slow reopening of the great flower, Life—is beautiful to feel and see. I press my hand flat and hard down on those blades of grass, then take it away, and watch them very slowly raise themselves and shake off the bruises. So it is, and will be, with us for a long time to come⁴. The cramp of war was deep in us, as an iron frost in the earth. Of all the countless millions who have fought and nursed and written and spoken and dug and sewn and worked in a thousand other ways to help on⁵ the business of killing, hardly any have laboured in real love of war. Ironical,

---

1 to take in: to receive in to one's house 接到屋里去。
2 buried: 这个字是形容"he"。
3 to shut out: to exclude 闭而不纳。

滴沥出仇恨的口气；但是在我们精神里，看出渐渐死去和渐渐从疾病里复原的一切不同。

大战爆发时候某一位艺术家，我们听说，把自己关在他屋子同花园里面，不收报纸，不接见来客，不听战争的消息，不见战争的形景。他就这样过日，埋在他的工作同他的花草里面——我不知道有多么久。他是聪明吗？他是不是甚至于比我们这班接受一切的人们更苦痛吗？人们真能够拒绝他头上青天的性质吗？真能把他自己放在人类的共同悲哀之外吗？

世界的渐渐复原——那伟大的花，生命，的渐渐重开——感觉起来，看起来是美丽的。我把我的手掌平平地重重地压下那几片草，然后拿开，细看它们慢慢地自己站起，摆去那些伤痕。我们现在正是如此，将来许久还是如此。战争的痉挛深深震动了我们，好像一层树一样硬的浓霜铺在地上。在数不尽的几万万个打仗，看护，写宣传战争的文章，说鼓励战争的话，掘战壕，缝军装，以及干成千其它帮助残杀事情的发展的事务的人们，几乎没有一个人真是为着爱好战争而工作。那的确含

---

4 time to come：future time 将来。
5 to help on：to further; to promote; by aid 赞助，助进。

indeed, that perhaps the most beautiful poem written these four years, Julian Grenfell's "Into Battle!" was in heartfelt praise of fighting. But if one could gather the sighs and curses breathed by man and woman upon war since the first bugle was blown, the dirge of them could not be contained in the air which wraps this earth.

And yet the "green hill" where dwell beauty and kindliness, is still far away. Will it ever be nearer? Men have fought even on this green hill where I am lying. By the rampart markings on its chalk and grass it has surely served for an encampment. The beauty of day and night, the lark's song, the sweetscented growing things, the rapture of health and of pure air, the majesty of the stars, and the gladness of sunlight, of song and dance and simple friendliness, have never been enough for men. We crave our turbulent fate. Can wars, then, ever cease? Look in men's faces, read their writings, and beneath masks and hypocrisies note the restless creeping of the tiger spirit! There has never been anything to prevent the millennium except the nature of the human being. There are not enough lovers of beauty among men. It all comes back to[1] that. Not enough who want the green hill far away—who of their nature[2] hate disharmony and the greed, ugliness, restlessness, cruelty, which are its parents and its children.

---

1 to come back to: to derive from 因为。

有些冷讽的意味,也许可称为这四年里所写的最美的诗,朱理安·格棱斐尔的"到战争里面去!"是诚心地赞颂战争的。但是若使人们能够收集起自第一下号角响后世上男女对于战争所发的嗟叹同咒诅,他们的悲叹是包围地球的空气所容纳不下的。

然而那个"青山",那里住有美丽同好意,这是在辽远的地方。永远不会近些吗?人们甚至于会在我躺的这座青山上作战。从它的白垩土同青草上的壁垒痕迹看来,它必定做过驻扎军队的地方。昼夜的美,天鹅的歌,气息芬香,生机不绝的花草,健康同清洁空气的可乐,星空的壮伟,阳光,歌舞同简朴好意的欣欢,这许多东西人们总是觉得不够。我们渴望骚乱的命运。那么,战争能够消灭吗?请看一看人们的脸孔,念一念他们的文字,在假面具同假仁假义之后,注意他们心里老虎精神的不停的蠢动罢!没有别的东西阻止千福年的实现,除开了人类的天生根性。人们里面爱美的人还不够多。什么事情追求起来都是出于这个原故。需要远处的青山的人们——生性憎恶不谐和同它的原因,又可说是它的结果:贪婪,丑恶,不安同残酷,的人们——的确还不够多。

---

2 of one's nature:出自本性。

Will there ever be more lovers of beauty in proportion to those who are indifferent to beauty? Who shall answer that question? Yet on the answer depends peace. Men may have a mint of sterling qualities—be vigorous, adventurous, brave, upright, and self-sacrificing; be preachers and teachers; keen, cool, headed, just, industrious—if they have not the love of beauty, they will still be making wars. Man is a fighting animal with sense of the ridiculous enough to know that he is a fool to fight, but not sense of the sublime enough to stop him. Well! We have peace!

It is happiness greater than I have known for four years and four months to lie here and let that thought go on its wings, quiet and free as the wind stealing soft from the sea, and blessed as the sunlight on this green hill.

1918

将来爱美的人们比起对于世上的美漠不关心的人们到底会增多吗？谁能答这个问题？然而这个答案是和平的关键。人们可以有一大堆真实的良好性质——强壮，敢于冒险，大胆，正直，有牺牲自己的精神；可以当牧师同教师；精明，冷静，公平，勤勉——若使他们缺乏爱美的精神，他们还是要打仗。人是打仗的动物，他具有充分的滑稽情调，使他自己晓得他这样打仗着是个傻子，但是没有充分的宏壮情调，足使他阻止住自己。好罢！我们现在总算得到和平了！

这是胜于我最近四年四月内所尝过的一切快乐，躺在这里，让那些思想随意飘荡，恬静自由如轻轻地从大海偷偷地吹来的微风，又像这座青山的阳光那么值得感谢。

Romance—Three Gleams

I

On that New Year's morning when I drew up the blind it was still nearly dark, but for¹ the faintest pink flush glancing out there on the horizon of black water. The far shore of the river's mouth was just soft dusk; and the dim trees below me were in perfect stillness. There was no lap of water. And then—I saw her, drifting in on the tide—the little ship, passaging below me, a happy ghost. Like no thing of this world she came, ending her flight with sailings closing and her glowing lantern eyes. There was I know not what² of

---

1 but for: if this condition etc were absent 假使没有这些事。
2 I know not what: something which cannot be definitely described 我说不清的东西；难于描形的情形。

浪漫情调——三瞥

一

元旦的早晨,当我拉开百叶窗的时候,外面几乎还是黑沉沉的,只有黑水的远方水平线上透露出极淡的微红色调。河口的远岸刚是轻柔地幽暗;我下面模糊的树枝浸于完全静寂里。也听不到河水拍岸的声音。那时,我看见她乘潮而进——那只小船,从我下面经过,一个快乐的幽灵。不像这个世界里的东西,她来了;卷起帆篷,她的眼睛——灯——发亮着,来完结她的飞行。她这样爬进没有人期待她的这个地方时候,具有一

stealthy joy about her thus creeping in to the unexpecting land. And I wished she would never pass, but go on gliding by down there for ever[1] with her dark ropes, and her bright lanterns, and her mysterious felicity, so that I might have for ever in my heart the blessed feeling she brought me, coming like this out of that great mystery the sea. If only she need not change to solidity, but ever be this visitor from the unknown, this sacred bird, telling with her halfseen, trailing-down plume-sails the story of uncharted[2] wonder. If only I might go on trembling, as I was, with the rapture of all I did not know and could not see, yet felt pressing against me and touching my face with its lips! To think of her at anchor in cold light was like flinging-to[3] a door in the face of[4] happiness. And just then she struck her bell; the faint silvery[5] far-down sound fled away before her, and to every side, out into the hush, to discover the echo. But nothing answered, as if fearing to break the spell of her coming to brush with reality the dark sea dew from her sailwings[6]. But within me, in

---

1 for ever: for all future time 永久。

2 uncharted: to chart 是"记入海图",所以 charted 的意思是"记入航海地图的",uncharted 当然是"未入航海地图的"了。

3 flinging-to: shutting suddenly or forcibly 突然或者用劲地关着。

4 to shut the door in one's face: to shut the door before him, refusing him admittance 闭门不纳。

5 silvery: having the clear, soft resonance of a silver bell 像银钟那么嘹亮的。

种我不大明白的隐秘的欣欢。我希望她不会走过了，却老是这样徐徐地溯河而下，带着她的暗色帆索，她的明灯，同她那神秘的快乐，那么我心里可以永远蕴有她所带来的欣欢情绪，那正同这只船一样从那大神秘——大海——出来。只求她不必变为固体，却老是这么一个从没有人知道的国土来的客人，这么一只神圣的飞鸟，用她那半隐半露，下垂的鸟翼般的轻帆来说出航海图所未载的奇地的消息。只求我能够老像现在这样抖颤，感到狂欢，对于我所不知道，未曾见过，却觉得紧挨着我，用它的舌尖舔我脸孔的一切东西！去想起她抛锚于冷酷的光线之下是像见到"快乐"，却碰的一声闭门不纳。刚在那时候她响起她的钟了；微弱的，清醒轻柔的，渐渐消失的声音从她飞去，到四方去，沉到静默里去，去寻找她的回响。但是没有反应的声音，好像四周怕打破她的来临所含有的魔力，怕用现实从她那鸟翼般的轻帆扫去黑海的露珠。但是我心里跟着唱出一切我

---

6 sailwings：作者在前面把这只船比做神圣的鸟，所以将它的帆（sail）叫做鸟翼（wing）。

response, there began the song of all unknown things; the song so tenuous, so ecstatic, which seems to sweep and quiver across such thin golden strings, and like an eager dream dies too soon. The song of the secret-knowing wind¹ that has peered through so great forests and over such wild sea; blown on so many faces, and in the jungles of the grass—the song of all that the wind has seen and felt. The song of lives that I should never live; of the loves that I should never love—singing to me as though I should! And suddenly I felt that I could not bear my little ship of dreams to grow hard and grey, her bright lanterns drowned in the cold light, her dark ropes spidery² and taut, her sea-wan³ sails all furled, and she no more enchanted; and turning away I let fall the curtain.

II

Then what happens to the moon? She, Who, shy and veiled slips out before dusk to take the air⁴ of heaven, wandering timidly among the columned clouds, and fugitive from the staring of the sun; she, who, when dusk has come, rules the sentient⁵ night with

---

1 the secret-knowing wind: the wind which knows secret 知道秘密的风。
2 spidery: very thin 极细的。
3 sea-wan: 船上布帆饱尝海中风波，变做苍白色。这些字都是作者自己连在一起的，不见于字典里面。这个办法叫做铸（to coin）字。
4 to take the air: to go out to inhale the fresh air 出外呼吸新鲜空气。
5 sentient: that feels or is capable of feeling 有感觉的。深夜万籁俱寂，

所不知道的东西的歌；那首歌是这么缥缈，这么令人消魂，好像在这么细的黄金弦索上急急弹着，轻轻动着，又好像消失得太快了的一场热烈的好梦。这是晓得秘密了的风的歌声，这些风看透过这么大的森林，这么狂暴的大海；吹过这么多的脸孔，同野草的莽丛——这些风所曾见过同触过的一切东西的歌声。我永不会活到的生命同我永不会爱到的爱情的歌声——向我唱着，好象我将活到同爱到了！顿然间我觉得我不能忍看我的盛满好梦的小船化为坚硬同灰色，她的明灯泅于冷酷的亮光里面，她那暗色的帆索变为细密而紧张，她那被海水打成淡灰色的布帆完全捆扎起来，她再也不是一只具有魔力的小船了；脸转过来，我让窗帘垂下。

二

月亮到底变得怎么样呢？她羞答答地，盖着面幕在黄昏之前轻轻走出来吸天上的空气，胆小地在圆柱般排列着的白云里漫游，逃避太阳的睁视；当薄暮到后，她用这么纯洁冰

好象一个羞怯的处女，不则一声，所以虽是静悄悄地，却使人觉得它是具有感觉的。

such chaste and icy spell—whither and how does she retreat?

I came on[1] her one morning—I surprised her. She was stealing into a dark wintry wood, and five little stars were chasing her. She was orange-hooded, a light-o'-love[2] dismissed — unashamed and unfatigued, having taken all. And she was looking back with her almond eyes, across her dark-ivory shoulder at night where he still lay drowned in the sleep she had brought him.[3] What a strange, slow, mocking look! So might Aphrodite[4] herself have looked back at some weary lover, remembering the fire of his first embrace. Insatiate, smiling creature, slipping down to the rim of the world to her bath in the sweet waters of dawn, whence emerging, pure as a water lily, she would float in the cool sky till evening came again! And just then she saw me looking, and hid behind a holm-oak[5] tree; but I could still see the gleam of one shoulder and her long narrow eyes pursuing me. I went up to the tree and parted its dark boughs to take her; but she had slipped behind another. I called to her to stand if only for one moment. But she smiled and went slipping on. And I ran

---

1 to come on: to chance upon; to find by accident 偶然遇见。
2 light-o'-love: wanton woman 荡妇。
3 作者认"月"是个荡妇，"夜"给迷醉了，坠入酣睡里去。
4 Aphrodite: 希腊的爱神，就是罗马的维纳丝（Venus）。她和天上人间许多美男子恋爱过，Adonis 是她最有名的爱人。
5 holm-oak: holm; ever-green oak 冬青槲。

冷的魔力管理这感觉灵敏的夜——她退却到那里去呢，怎样子退去呢？

一天早上我偶然看见她——我使她惊愕。她正偷偷地走进一座黑暗的冬天森林，五颗小星星追赶她。她带〔戴〕上橘色的头巾，一个被辞退的荡妇——不害羞，不疲倦，满载而归。她回头来，用她的杏眼，从她那深色的，似象牙的肩膀，去望一望"夜"，他还是躺在她所带给他的睡眠里。那是一种多么奇怪的，慢慢的，嘲笑的一望呀！阿弗洛狄德自己也许是这样子回头来看一个疲倦的爱人，记起他第一下拥抱的狂热。贪得无厌的，微笑的东西轻轻地落到世界的边缘，去在晨曦的甜水里洗澡，从那里出来，洁白如水莲，她将浮游于清冷的天上，等晚上的来临！刚在那时候，她看见我瞧她，就隐于一棵冬青槲后面；但是我还能够看见她的一个肩膀同望着我的那对狭长的眼睛的光辉。我走近那棵树，分开它的暗色的树枝，想去抓她；但是她已经轻轻地躲在别一棵后面了。我喊她停住，就是一会儿也可以。但是她微笑，仍旧轻轻地走开，我跟着跑，冲过露湿的丛林，

thrusting through the wet bushes, leaping the fallen trunks. The scent of rotting leaves disturbed by my feet leaped out into the darkness, and birds, surprised, fluttered away. And still I ran—she slipping ever further into the grove, and ever looking back at me. And I thought: "But I will catch you yet, you nymph of perdition! The wood will soon be passed, you will have no cover then! " And from her eyes, and the scanty gleam of her flying limbs, I never looked away, not even when I stumbled or ran against[1] tree trunks in my blind haste. And at every clearing[2] I flew more furiously, thinking to seize all of her with my gaze before she could cross the glade; but ever she found some little low tree, some bush of birch ungrown, or the far top branches of the next grove to screen her flying body and preserve allurement. And all the time she was dipping to the rim of the world. And then I tripped; but, as I rose, I saw that she had lingered for me; her long sliding eyes were full, it seemed to me, of pity, as if she would have liked for me to have enjoyed the sight of her. I stood still, breathless, thinking that at last she would consent; but flinging back, up into the air, one dark-ivory arm, she sighed and vanished. And the breath of her sigh stirred all the birch-tree twigs just coloured with the dawn. Long I stood in that thicket

---

1 to run against: to collide with 撞。
2 clearing: peice of land leared for cultivation 开拓好预备耕种的地。

跳过横卧的老干。我的脚步所扰乱的败叶气息跳进黑暗里去，小鸟给我惊醒振翼而飞。我还是跑着——我〔她〕老是轻轻地更走进森林的深处，又老是回头来望我。我心里想："但是我总会抓到你，你这沉沦的女妖！森林快走完了，到那时你没有别遮盖了！"我不停地注视她的眼睛同她飞舞的四肢的些微光辉，甚至于当我在盲目的匆忙里摔了一交，或者撞着树干。跑到林中每个的空旷地方时候，我总是更暴怒地飞奔，想用我的眼睛把她全部抓住，在她能够穿过草地之前；但是她总得到一两个低枝，未长大的赤杨的丛林，或者第二丛树林的远处高枝来遮蔽她飞行的身体，保存了她的引诱魔力。这些时候里，她老望着世界的边缘沉下去，沉下去。我又摔交了；但是，当我站起来，我看见她为我迟留；她那滑动的，细长的眼睛，由我看起来，是充满着怜悯，好像她很愿意我能够有福气见到她的全部形容。我站着不动，不敢呼吸，暗自想她最后也肯答应了；但是伸出一只深色的，像象牙的手臂向空中一挥，她微叹，消失了。她的叹息搅动了刚染上朝暾的赤杨树小枝。我在那丛林里

gazing at the spot where she had leapt from me over the edge of the world—my heart quivering.

III

We embarked on the estuary steamer that winter morning just as daylight came full. The sun was on the wing[1] scattering little white clouds, as an eagle might scatter doves. They scurried up before him with their broken feathers tipped and tinged with gold. In the air was a touch[2] of frost, and a smoky mist-drift clung here and there above the reeds, blurring the shores of the lagoon so that we seemed to be steaming across boundless water, till some clump of trees would fling its top out of the fog, then fall back into whiteness.

And then, in that thick vapour, rounding[3] I suppose some curve, we came suddenly into we knew not what—all white and moving it was, as if the mist were crazed; murmuring, too, with a sort of restless beating. We seemed to be passing through a ghost—the ghost of all the life that had sprung from this water and its shores; we seemed to have left reality, to be travelling through live wonder.

And the fantastic thought sprang into my mind: I have died. This is the voyage of my soul in the wild. I am in the final wilder-

---

1 on the wing: flying 飞着。
2 touch: tinge; trace; dash 一些儿, 稍微。
3 rounding: going about; going round 绕行。

站了许久，尽凝视着她离我而跳过世界的边际的那个地方——我的心震动着。

三

那个冬天的早晨，我们踏上湖口的轮船的时候，曙光刚刚才满布中天。太阳鼓翼飞出，驱散许多小片的白云，好似一只鹰鸟会驱散许多鸽子。它们在他面前狂奔，它们破碎的羽毛装上了，染上了金黄色。空中稍有霜意，有些烟雾栖在各处的芦苇之上，使湖岸的轮廓模糊不明，所以我们好像借蒸气的力量横渡无涯的大洋，等到一两丛树林它的顶端伸出烟雾之上，然后又归到白茫茫里去。

在这个浓密的空气里，我想大概是拐湾〔弯〕，我们忽然走进我们所不知道的东西——那是一片白的，动着，好像雾变疯了；又喃喃地发出一种不安定的搏风的声音。我们仿佛穿过一个幽灵——从这个湖同它的四岸生长出来的一切生命的幽灵；我们好像离开了现实，旅行经过的的确确的奇迹。

一个怪诞的思想忽然跳进我心里：我已经死了。这是我的

ness of spirits—lost in the ghost robe that wraps the earth. There seemed in all this white murmuration[1] to be millions of tiny hands stretching out to me, millions of whispering voices, of wistful eyes. I had no fear, but a curious baffled eagerness, the strangest feeling of having lost myself and become part of this around me; exactly as if my own hands and voice and eyes had left me and were groping, and whispering, and gazing out there in the eeriness[2]. I was no longer[3] a man on an estuary steamer, but part of sentient ghostliness. Nor did I feel unhappy; it seemed as though I had never been anything but this Bedouin[4] spirit wandering.

We passed through again into the stillness of plain mist and all those eerie sensations went, leaving nothing but curiosity to know what this was that we had traversed. Then suddenly the sun came flaring out, and we saw behind us thousands and thousands of white gulls dipping, wheeling, brushing the water with their wings, bewitched with sun and mist. That was all. And yet—that white-winged legion through whom we had ploughed our way were not, could never be, to me just gulls—there was more than mere

---

1 murmuration: murmur 低而延久的声音。
2 eeriness: weirdness 怪诞。
3 no longer: no more 不再。
4 Bedouin: nomed 游牧的；飘荡的。阿拉伯文在沙漠里住的人叫做 Bedouin，这班人是逐水草而居的，所以这字带了"漂泊"的意义。

灵魂在旷野里的旅行。我到了灵魂的最后一个荒凉境界了——迷失于围着地球的幽灵世界里。这一团白色发声的怪雾里好像有万万只小手向我伸出，万万个耳语的声音，万万只不胜惆怅的眼睛。我没有恐惧，却只有一个奇怪的，无法了解的热情，一个最奇怪的感觉，好像失掉了我自己，变做我四围的东西的一部分了；真好像我自己的手，眼，声音都离开我，在那怪诞的东西里摸索着，耳语着，望外面凝视着。我已经不是一只河口的轮船上的一个人了，却是有感觉的一片鬼气里的一部分了。我也不感到不乐；我居然好像向来不是别的东西，只是这么一个飘荡的游魂。

　　我们又走到平凡的雾的静寂里面，这许多怪诞的感觉也消失了，单剩下一个好奇心，想知道我们刚才所穿过的是什么东西。那时太阳顿然间发出光辉，我们看见在我们后面有好几千个白色的海鸥，蘸水着，回翔着，用它们的羽翼拍水，被阳光和白雾弄得迷惑了。就是这些鸟而已矣。然而——我们从它们里面驶过去的这群白鸟由我看起来不单是，决不能够单单是，

sunglamour gilding their misty plumes; there was the wizardry of my past wonder, the enchantment of romance.

海鸥——在点缀它们雾中的羽翼的阳光魔力外还有别的东西；还有我刚才尝着的奇迹的魔力，同浪漫情调的令人销魂。

Felicity

When God is so good to the fields, of what use are words—those poor husks of sentiment! There is no painting Felicity on the wing! No way of bringing on to the canvas the flying glory of things! A single buttercup of the twenty million in one field is worth all these dry symbols—that can never body forth[1] the very spirit of that froth of may breaking over the hedges, the choir of birds and bees, the lost-travelling down of the wind-flowers, the white-throated swallows in their Odysseys[2]. Just here there are no skylarks, but what joy of song and leaf; of lanes lighted with bright trees, the few oaks still golden brown, and the ashes still spiritual! Only the

---

1 to body forth: to exhibit in outward shape 表现出。
2 Odysseys: 希腊荷马的史诗,叙述英雄 Ulysses 打完仗后回到 Ithaca

幸　　福

当上帝对于田野这么仁爱时候，文字还会有什么用处——那不过是情调的可怜外壳罢！"幸福"正在翱翔自如，怎么能够把它描摹呢！事物的飞舞光荣是无法画到画布上的！田野里二千万朵金凤花中的随便一朵就值得这一切干燥的象征——那决不能够传达出篱边怒发的阳春繁花的精神，鸟儿蜂儿的结队歌唱，待风花的缥缈无踪，和依旧归来的白喉燕子。这里刚刚没有天鹨，但是歌唱和绿叶的欣欢多么热闹呀；还有灿烂的树林点缀着的小巷，几棵槲树还是金黄的棕色，槐树还有俊逸不群，都是多么欣欢呀！只有山鸟和画眉才能够歌颂这个日子，还有

去沿途旅行的情形。这里拿来比喻归来的燕子的旅程。

blackbirds and thrushes can sing-up this day, and cuckoos over the hill. The year has flown so fast that the apple-trees have dropped nearly all their bloom, and in "long meadow" the "daggers" are out early, beside the narrow bright streams. Orpheus[1] sits there on a stone, when nobody is by[2], and pipes to the ponies; and Pan[3] can often be seen dancing with his nymphs in the raised beech-grove where it is always twilight, if you lie still enough against the far bank.

Who can believe in growing old, so long as we are wrapped in this cloak of colour and wings and song; so long as this unimaginable vision is here for us to gaze at—the soft-faced sheep about us, and the woolbags drying out along the fence, and great numbers of tiny ducks, so trustful that the crows have taken several.

Blue is the colour of youth, and all the blue flowers have a "fay" look. Everything seems young—too young to work. There is but one thing busy, a starling, fetching grubs for its little family, above my head—it must take that flight at least two hundred times a day. The children should be very fat.

When the sky is so happy, and the flowers so luminous, it does

---

1 Orpheus：他是古代最大的音乐家，他的乐声能够感动得木石花草都跑来听他奏曲。

2 by：near在旁边。

3 Pan：他是希腊牧羊人们所奉的神，他喜欢跳舞作乐，过无拘束的隔山的杜鹃。年光飞驰这么快，苹果树的花几乎全谢了，在"长的草场"里，"匕首"开得很早，缘着狭窄的，澄清的河流。当没有人在旁的时候，奥缶斯坐在石头上，对着小马吹笛子；你也可以常常看见半人半神的牧神同他的女伴跳舞于居在高处的山毛榉树林中，那里老是朦胧的景象，若使你静静地躺在远岸。

谁能够相信人们会变老了，当我们还是包在彩色，飞翼同歌唱之中的时候；当这个不能意想的景色排在这里让我们凝视——我们四旁的嫩脸绵羊，放在围墙上晒干的羊毛衣服，以及一大群小鸭，它们这么信任一切，毫不提防着，乌鸦已经攫去好几个了。

蓝色是青春的颜色，一切蓝色的花都有飘飘欲仙的神气。一切东西好像都是这么年青的——太年青了，简直不宜于工作。这里面只有一件东西忙着，一只噪林鸟，带回食物给它的小家庭，在我头上飞着——一天里它最少这样飞了二百次。那些小鸟儿一定很肥了。

当天空是这么满着欣欢的情调，花儿这么灿烂夺目的时候，那真不像是可能的事情，白天的光明天使会变成黑夜，这许多

自然生活。他代表异教里爱好自然的精神，和基督教灵的生活是相反的。

not seem possible that the bright angels of this day shall pass into dark night, that slowly these wings shall close, and the cuckoo praise himself to sleep, mad midges dance in the evening; the grass shiver with dew, wind die, and no bird sing...

Yet it is so. Day has gone—the song and glamour and swoop of wings. Slowly has passed the daily miracle. It is night. But Felicity has not withdrawn; she has but changed her robe for silence, velvet, and the pearl fan of the moon. Everything is sleeping, save[1] only a single star, and the pansies. Why they should be more wakeful than the other flowers, I do not know. The expressions of their faces, if one bends down into the dusk, are sweeter and more cunning than ever. They have some compact, no doubt, in hand.

What a number of voices have given up the ghost[2] to this night of but[3] one voice—the murmur of the stream out there in darkness!

With what religion all has been done! Not one buttercup open; the yew-trees already with shadows flung down! No moths are abroad yet; it is too early in the year for nightjars; and the owls are quiet. But who shall say that in this silence, in this hovering wan light, in this air bereft of wings, and of all scent save freshness, there is less of the ineffable, less of that before which words are dumb?

---

1 save: except 除开。
2 to give up the ghost: to die 死去; 消灭。
3 but: only 只。

羽翼渐渐会休息了，杜鹃自己会歌唱得睡着了，疯狂的小蚊子会跳舞着邀来黑夜；草儿会因为沾了露珠而颤动，风儿会消失了，没有鸟儿细啭了……

然而事实的确是这样。白天过去了——以及歌唱，种种的魔力和羽翼的突飞。一天里的神迹渐渐过去了。夜的时候来了。但是"幸福"并没有退却；她只是脱下这件华美的衣服，拿起静寂，天鹅绒，同月亮的珠扇。一切东西都睡着了，除开一粒明星和如意花。为什么如意花比别的花更清醒，我不知道。它们脸上的表情，若使人们弯下腰向夜色里细看，是比往常时候更甜蜜，更神妙不可测。无疑的，它们手里有一张和黑夜订好的合同。

多少的声音都归于寂静了，在这个只有一种声音的夜里——黑暗中那里河流的潺潺。

一切是怀着多么虔敬的精神呀！没有一朵金凤花开着；扁柏已经垂下影子来了！外面还没有一只飞蛾；季节太早了，还不是欧夜鹰出现的时候；猫头鹰是寂然无声。但是谁能说在这个静寂里，在这个翱翔的暗淡光线里，在这个没有羽翼，没有香味，除开一种新鲜的气息，的空气里，那种口舌难述，文字无法形容的情调会不如白天里？

It is strange how this tranquillity of night, that seems so final, is inhabited, if one keeps still enough. A lamb is bleating out there on the dim moor; a bird somewhere, a little one, about three fields away, makes the sweetest kind of chirruping; some cows are still cropping. There is a scent, too, underneath the freshness—sweetbrier, I think, and our Dutch honeysuckle; nothing else could so delicately twine itself with air. And even in this darkness the roses have colour, more beautiful perhaps than ever. If colour be, as they say, but the effect of light on various fibre, one may think of it as a tune, the song of thanksgiving that each form puts forth, to sun and moon and stars and fire. These moon-coloured roses are singing a most quiet song. I see all of a sudden that there are many more stars beside that one so red and watchful. The flown kite[1] is there with its seven pale worlds; it has adventured very high and far tonight—with a company of others remoter still.

This serenity of night! What could seem less likely ever more to move, and change again to day? Surely now the world has found its long sleep; and the pearly glimmer from the moon will last, and the precious silence never again yield to clamour; the grape bloom of this mystery never more pale[2] out into gold...

And yet it is not so. The nightly miracle has passed. It is dawn.

---

1 the flown kite：中国人所谓七星八斗的七星，外国人看做排得像个飞鸢形。
2 to pale：to grow pale 变得惨淡。

若使一个人静悄悄地不则一声，他就可以看出一件奇怪的事；这个夜的恬静，虽然好像是这么绝无声响，其实含有多少的东西呀！一只羊在远处苍茫的泽地咩咩；一只小鸟在三块田地以外的某处发出最甜蜜不过的啁啾；有几口牛还播种着。新鲜气息之下还有一种香味——我想是蔷薇同我们荷兰的甜水花；没有别的东西能够这么巧妙细腻地缠绕着空气。就是在这黑暗里，玫瑰还显出颜色，也许比往常更美丽。若使颜色只是，像他们所说的，光线射于各种纤维上所生的结果，那么我们可以把颜色看做是柔和的音调，每件可爱的东西对于日，月，星，火所发出的谢恩的清歌。这些日光照着的玫瑰唱出一曲最温柔的歌。我突然瞧见在那个这么红，这么睁大眼睛注意着的星儿外尚有许多的明星。排得像个飞鸢形的七星——还有一大堆离得更远的星群。

夜的宁静！有什么东西能够比她更像不会再动，又化为白天呢？世界现在一定找到它的长眠了；月亮发出的珠光一定是不灭的，可贵的肃静绝不会又变为嘈杂；这个神秘的葡萄花绝不致隐起，呈出金黄色……

然而，其实不是这样。夜里的神迹过去了。清晨来了。微

Faint light has come. I am waiting for the first sound. The sky as yet is like nothing but grey paper, with the shadows of wild geese passing. The trees are phantoms. And then it comes—that first call of a bird, startled at discovering day! Just one call—and now, here, there, on all the trees, the sudden answers swelling, of that most sweet and careless choir. Was irresponsibility ever so divining as this, of birds waking? Then—saffron into the sky, and once more silence! What is it birds do after the first Chorale[1]? Think of their sins and business? Or just sleep again? The trees are fast dropping unreality, and the cuckoos begin calling. Colour is burning up in the flowers already; the dew smells of them.

The miracle is ended, for the starling has begun its job; and the sun is fretting those dark, busy wings with gold. Full day has come again. But the face of it is a little strange, it is not like yesterday. Queer—to think, no day is like to a day that's past and no night like a night that's coming! Why, then, fear death, which is but night? Why care, if next day[2] have different face and spirit?

The sun has lighted buttercup-field now, the wind touches the lime-tree. Something passes over me away up there.

It is Felicity on her wings!

1912

---

1 chorale: choral 合唱的曲。
2 这里所谓"明天"就是指死后的光阴。

光来了。我正等候破晓时第一下鸟声。天空还不过只是一片灰色的纸,有些野鹅的飞影。树林也只是像许多幽灵。然后来了——一只鸟第一下的歌声,发现了白天后惊奇而发出的!只是一声——接着这里,那里,一切树林里,忽然的回唱声愈多了,凑起来成个最甜蜜,最自然的乐队。天下里别件漫不经心的举动有像鸟儿醒时的歌唱这么神圣吗?然后——红色侵入天边,又是一番寂静了!第一下合唱后鸟儿干什么呢?想它们的罪恶同事情吗?是又睡着了吗?树林迅速地弃了那缥缈的神情,杜鹃也啼起来了。颜色已在花朵上烧着;清露也染了花香了。

神迹结束了,因为噪林鸟开始它的工作了;太阳在那些忙碌的暗色羽翼上加上金黄色的格子。天已经大亮了。但是天空的脸孔有些奇怪,不像昨天。想起来真可以纳罕——没有一天像过去的那天,没有一夜像将来的那夜!那么,为什么怕死呢,那也不过是一种夜罢?为什么担心,若使第二天别具一种脸孔同精神?

阳光现在把金凤花照得通明,风儿也触着菩提树了。那里有一件东西从我身边飞过。

那是鼓翼而飞的"幸福"。

The Meeting

Walking one day in Kensington Gardens, I strolled into the enclosure of the tea kiosque[1] and sat down on the side sheltered from the east, where fashionable people never go.

The new-fledged leaves were swinging in a breeze that kept stealing up in puffs under the half-bare branches; sparrows and pigeons hunted on the grass for crumbs; and all the biscuit-coloured chairs and little round-topped marble tri-pods, with thick inverted cups and solitary bowls of sugar, were sending out their somewhat bleak invitation. A few of these tables were occupied; at one sat a pale, thin child in an enormous white hat, in the company of a cheery little redcross nurse and a lady in grey, whose pathetic,

---

1 kiosque: kiosk 土耳其式的凉亭。

幽　　会

一天在垦星吞花园散步，我踱进喝茶的凉亭里去，坐在东面有遮阳的那一边，这是时髦人物绝不会走到的地方。

新生的树叶摇荡在和风里，那些风一阵阵从半裸的树枝偷偷喷上来；麻雀同鸽子在草地上觅食，一切饼干色的椅子同三脚圆面的小号大理石桌子，以及密密排着的底向上的茶杯同孤单单的糖杯，送出它们那凄寂的邀请。只有几张桌子被人们占着；在一张桌子旁边坐一个戴顶非常大的白帽的脸色苍白，身体瘦损的小孩，陪着他是一个笑着脸的红十字会小看护妇同一位穿灰色衣服的太太，她那双悲哀的，半含谢意的眼睛表现出

halfthankful eyes betokened a struggling convalescence; at another, two ladies—Americans, perhaps—with pleasant, keen, brown faces, were munching rolls; at a third, an old square[1] man, bald and grey, sat smoking. At short intervals, like the very heart's cry of that Spring day, came the scream of the peacocks from across the water.

Presently there strolled along the gravel space from right to left a young man in a fashionable cut-away[2] coat, shining top-hat, and patent boots, swinging a cane. His face was fresh and high-coloured, with little twisted dark moustaches, and bold, bright eyes. He walked like an athlete, whose legs and loins are hard with muscle; and he looked about him with exaggerated nonchalance. But under his swagger I detected expectation, anxiety, defiance. He repassed, evidently looking for someone, and I lost sight of him.

But presently he came back, and this time he had her with him. Oh! She was a pretty soul, with her veil, and her flower-like face behind it, and her quick glances to left and right; and her little put-on air[3] of perfect ease, of perfect—how shall we call it?—justification. And yet behind all this, too, was a subtle

---

1 square：体格带方形的。

2 cut-away：having the skirts cut-away in front so as not to meet at the bottom 前裙剪去一部分，使下端不会相遇的。

3 to put-on air：to show conceit 装出一种神气。

正在挣扎中的渐就痊愈；在另一张桌子旁，两位太太——或者是美国人——她们的脸孔是高兴的，精明的，棕色的，正在吃面包卷：第三张桌旁，一位体格似正方形的老头子，秃顶的，有几根灰白色的头发，坐着抽烟。每隔一会儿，孔雀的尖声喊叫，像春天之心的狂号，从小河彼岸传来。

不久有一个年青的人沿着铺石子的空地从左边向右边踱去，他穿一件时髦的下裾切去隅角的外衣，戴一顶光亮的高帽，脚上是黑色的漆皮鞋，挥舞着手杖。他的脸孔是新鲜的，颜色很浓的，有一些卷曲的黑色上唇须，眼睛勇敢而奕奕有神。他走路像一个腿同腰都因为筋力强壮而化硬了的体育家；他带一种过度的冷淡神情四望。但是在他高视阔步之下，我窥出期望，焦虑同轻蔑。他又走过去，明明是寻找某一个人，跟着我又看不见他了。

但是不久他回来，这一下他同"她"在一起。啊！她是个俊秀的人儿，戴上一层面纱，纱后面是她那如花的脸孔，她的眼睛灵活地向左右望着；此外还有她那一点儿装出的十分从容的态度，同十分——我们怎么说呢？——自认无罪的神情。然

mixture of feelings—of dainty displeasure at her own position[1], of unholy satisfaction, of desire not to be caught. And he? How changed! His eyes, no longer bold and uneasy, were full of humble delight of deferential worship; his look of animal nonchalance was gone.

Choosing a table not far from mine, which had, as it were, a certain strategic value[2], he drew her chair back for her, and down they sat. I could not hear their talk, but I could watch them, and knew as well as if they had told me in so many words that this was their first stolen meeting. That first meeting, which must not be seen, or rather the first meeting that both felt must not be seen—a very different thing. They had stepped in their own minds over the unmarked boundary of convention. It was a moment that had perhaps been months in coming, the preliminary moment that in each love affair comes only once, and makes all the after poignancy so easy.

Their eyes told the whole story—hers restlessly watchful of all around, with sudden clingings to his; and his, with their attempt at composure, and obvious devotion. And it was psychologically amusing to see the difference between the woman and the man. In the midst of the stolen joy she had her eyes on the world, instinctively

---

1 她大约是个已嫁的女人么，所以这个幽会才用得这偷偷地。
2 所谓战略的价值也是指地点隐秘，不易被人窥见。

而，在这些后面也有各种情感的细微混合——难取悦地不满于她自己的地位，不净的称心适意，同不愿被熟人们看见。他呢？变化得太厉害了！他的眼睛不是勇敢同不安了，是充满了虔敬地崇拜时所具的谦恭的快乐；他那禽兽般的冷淡神情已经消失了。

捡〔拣〕了一张离我不远的桌子，那好像有战略上的价值，他替她把椅子望〔往〕后排好，他们坐下了。我不能听见他们的谈话，但是我能够观察他们，真像他们亲口告诉我一样，知道这是他们第一次密会。第一次绝不可被人瞧见的相会，或者可以说第一次他俩觉得绝不可被人瞧见的相会——这是件大不相同的东西。他们在他们自己的心里踏过习俗的没有画出来的界限。这一刻光阴或者期待了好几个月，这是每件恋爱事情里只来一下的相会，此后一切的热情都因此而容易生出来了。

他们的眼睛说出全部的历史——她的是不停地注意四周的人们，同忽然间依附着他；他的是试为镇静同显明地对于她的虔敬。去观察男女心理的不同是有趣味的事。在这个偷欢里面，她的眼睛看着世人，本能地尊重他们的意见，可以说自认她错

deferring to its opinion, owning, so to speak[1], that she was in the wrong; while he was only concerned with striving not to lower himself in his own estimation by looking ridiculous. His deference to the world's opinion had gone by the board[2], now that he was looking into her eyes.

"D—n[3] the world! " he said to himself; while she, still watching the world as a cat watches some bullying dog, knew she need not trouble about looking ridiculous—she would never look that. And when their eyes met, and could not for a moment tear themselves apart, it gave one an ache in the heart, the ache that the cry of the peacock brings, or the first spring scent of the sycamores.

And I began wondering. The inevitable life of their love, just flowering like the trees, the inevitable life with its budding, and blossom, and decay, started up before me. Were they those exceptional people that falsify all expectation and prove the rule[4]? Not they! They were just the pair of lovers, the man and woman, clean, and vigorous, and young, with the Spring in their blood—fresh-run[5], as they say of the salmon, and as certain to drift back to the sea at the

---

1 so to speak: if such language is fitting 若使可以这样说。

2 to go by the board: to go to ruin 完全倾覆。本来是航海的术语,指折断的船桅落到船外。

3 d—n: damn 天所责罚。因为这是咒诅的语,绅士们认为近于下流,所以通常只写出头尾两个字母,不知道这样办法有什么好处。

了；他却只是关怀怎样去努力使自己不显出可笑的神气，免得被自己看轻了。现在他望着她的眼睛，他对于世人意见的尊敬已经推翻了。

"让世人鬼混去罢！"他对自己说道；她却注视着世人，好像一只猫注视那暴躁凌弱的狗一样，知道她用不着怕显出可笑的神气——她绝不会现出那样子。当他们的眼睛相遇，一分钟也不能扯开，那使人心痛，正如孔雀的叫喊，或者早春枫树的香味那样叫人心疼。

我开始纳罕。他们现在正如盛开着花的树的爱情所免不了要经过的将来，那个免不了的将来连同它的发芽，开花同凋谢，顿然呈我眼前。他们真是那班例外的人们，打破了旁观者一切的预料，证明了那个公例吗？不，他们不是！他们刚是通常的一对爱人，干净，有精力，年青，"春天"在他们的血里——从人海新到爱河里面的，像他们所说由海新入河川的鲑鱼；同样

---

4 expectation proves the rule：shows that the rule exists 这个例子证明那定律还是有意义的。虽然许多例子已经打破那定律，但是这个特别例子却证明这个定律并不是绝不可能的。

5 fresh-run：lately come up from the sea（of salmon）新近由大海来的。

appointed time. On that couple bending their heads together, morals and prophecies were as little likely to take effect as a sleet shower on the inevitable march of spring.

I thought of what was in store[1]—for him, the hours of waiting, with his heart in his mouth, tortured by not knowing whether she would come, or why she did not come. And for her the hours of doubt: "Does he really love me? He cannot really love me! " The stolen meetings, whose rapture has gone almost as soon as come, in thought of the parting; the partings themselves—the tearing asunder of eyes, the terrible blank emptiness in the heart; and the beginning of waiting again. And then for her, the surreptitious terrors and delights of the "post, " that one particular delivery agreed on for safety; the excuses for going out, for secrecy, for solitude. And for him, the journeys past the house after dark to see the lights in the windows, to judge from them what was going on; and the cold perspirations and furies of jealousy and terror; the hours of hard walking to drive away the fit; the hours of sleepless desire.

And then the hour, the inevitable hour of some stolen day on the river, or under the sheltering cover of a wood; and that face of hers on the journey home, and his offer to commit suicide, to relieve

---

1 in store: laid up in readiness 预备着。

一定地，在规定了的时候，会漂流回到海里。然而，对于弯下头，凑在一起的一对爱人，道德观念同预言是不会有效力的，正如一阵霏霏的雨雪不能阻止春天的免不了的前进。

我想起他将来会尝到的——长时间的等候，不胜惶恐之至，心里难过，不知道她会不会来，同为什么她不来。她将来会尝到的——长时间的怀疑："他真爱我吗？他不能够真真爱我！"密会，它的欣欢几乎是一感到就消失了，因为想起别离；别离本身的苦痛——拼命一下地掉头不顾，同可怕的心里空虚，于是等候又开始了。然后在她那方面，偷偷的忧惧同欣欢，关于他的来信，那是约定好为着安全起见用某一种特别方法传递的；为着这些"来信"，她弄出许多托词，求得能够出去，能够找个秘密的所在，能够独自滞在一个地方。至于他那方面，夜里故意走过她的屋前，去望窗里的灯光，靠着它们来断定屋里的情形；妒忌和忧惧所生的冷汗同盛怒；一连用劲地步行好几个钟头，为着要赶去那突然来的热情；一连好几个钟头怀个睡不着的渴望。

然后，那个钟头，那个免不了的钟头，于某一个密约的日子，在河旁或者一丛森林的浓阴之下；她归程中脸上的神情，

her of his presence; and the hard-wrung promise to meet once more. And the next meeting, the countless procession of meetings. The fierce delights, the utter lassitudes—and always like the ground bass of an accompaniment, the endless subterfuge. And then—the slow gradual process of cooling—the beginning of excuses, the perpetual weaving of self-justification; the solemn and logical self-apologies; the finding of flaws in each other, humiliating oaths and protestations; and finally the day when she did not come, or he did not come. And, then—the letters; the sudden *rapprochement*[1], and the still more sudden—end.

It all came before the mind, like the scenes of a cinematograph; but beneath table I saw their hands steal together, and solemn prophetic visions vanished. Wisdom, and knowledge, and the rest, what were they all to that caress!

So, getting up, I left them there, and walked away under the chestnut trees, with the cry of the peacock following.

---

1 rapprochement: recommencement of harmonious relations 谐和关系的复兴。

他跑去自杀的提议，为的是免得她见到他的面会心酸；同那不容易得到的再会一次的约言。下一次的会面，接着来的无数的幽会。剧烈的欣欢，极端的疲惫——以及对于别人的不断的托辞，那好像一曲合奏里的基本低音。然后——渐渐的，慢慢来的冷淡程序——辩解的开始，替自己剖白的话在心里永久织着；严肃的，合于逻辑的自辩之词；彼此的寻找缺陷，自卑的誓辞同声明款曲；最后有一天她没有来了，或者他没有来了。然后——质问的信，突然的和好如初；更突然的——终止。

这些全呈现于我心里，像一场电影的各幕；但是我看见他们的手偷在桌下握着，严肃的先见全消失了。智慧，知识，同其它，跟这个爱抚比较起来，算得什么！

于是，站起来，我离开他们了，从栗树底下走去，孔雀的叫喊声音跟在后面。

Our Village
我们的乡村
（英汉对照）

M. R. Mitford 著
梁遇春 译注

"英文小丛书"之一，上海北新书局，1931年4月付排，1931年5月初版

CONTENTS

目　　次

Mary Russell Mitford（1787—1855）

The Old Gipsy

老游民 ·· 68

The Young Gipsy

年青的游民 ·· 98

The Fall of the Leaf

落叶 ··· 128

Mary Russell Mitford
（1787—1855）

这位女作家一生里最大的不幸是十岁时候她父亲买送给她的一张彩票中了头彩二万镑。他父亲因此学会了挥霍的本领，不单把这笔天外飞来的钱用光，而且家里本有的财产也荡然一空。后来他的女孩还得辛辛苦苦地靠着文字弄些钱来养活她这个"可怕的父亲"。但是她对于父亲始终是忠实真挚的，她这种浑厚的性情可以从她的作品里看出。

她曾经想当英国最大女诗人，写了许多诗，又因为谋生起见，编了好几本悲剧，这两方面都很得当时批评家的赞美，但是她的不朽却建设在她的描写乡村风景同生活的文字。描写风景本来不是容易的事，英国文学里善道出野外风光的作家不过 Cobbett, Jefferies, Hudson, Galsworthy, Belloc 等几人而已。他们有的用白描的方法，有的把自己溶在自然里面，有的用轻松的文笔刻画着，有的拿精细的眼光去体会。我们现在所说的这位女作家是用极生动的笔调来说出最恬静的景致，我们读时候好像有一位感觉锐敏的人带我们到温和柔美的乡间，兴致勃勃地向我们说出她的欣赏所在。她不单深切地了解自然，对于自然怀里的村夫农妇游民牧羊人都蕴有热烈的同情，同时拿自然来渲染奇妙可爱的人物，又拿奇妙可爱的人物来渲染自然，结果是活泼泼的诗的散文。

以上三篇都是从她的杰作《我们的乡村》（*Our Village*）里选出，据说这种人间天国在英国也已是过去的事情，不可复得了。她这些文字是在她环境最坏时候写的。当四围都有可怕阴影伏着时候，居然能写出如是冰雪聪明的东西，这仿佛 Charlotte Brontë 在她妹妹死去不久时候写出最含有诙谐情调的小说 *Villette*，她们都是值得尊敬的女性。

The Old Gipsy[1]

We have few gipsies in our neighbourhood. In spite of[2] our tempting green lanes, our woody dells and healthy commons, the rogues don't take to[3] us. I am afraid that we are too civilised, too cautious; that our sheep-folds are too closely watched; our barn-yards too well guarded; our geese and ducks too fastly penned; our chickens

---

1 Gipsy: 也有写作 Gypsy, 是一种很特别的民族, 散见于欧洲, 亚洲西部, 西比利亚, 埃及, 非洲北岸, 美洲和澳洲各地。他们没有一定的住处, 在世界上漂泊着。他们虽说学有各种手艺, 其实他们常靠着偷窃为生, 所以作者说村里防备太严了, 因此这班游民不肯光临。他们还有两副本领: 预言同唱歌。他们算命时有的是看人们的手掌花纹, 有的是用一副牌请顾客随便取一张, 他们就照着那张牌信口胡说了。他们的音乐天才据说是任何民族都比不上的。他们过这种不安定的生活, 他们的性格也跟着有几个特色。他们总是笑嘻嘻的, 高兴地过浪漫的日子, 喜欢颜色鲜明的服饰, 对人的态度常是和蔼可亲的, 因此许多人很爱他们。据说他们最初

老　游　民

　　我们在我们的乡村邻近不常遇到游民。虽然我们有可以引诱人的碧绿的小路，森林丛生的幽谷，同空气新鲜的公地，这班流氓却不喜欢我们。我恐怕我们太文明了，太谨慎了；我们的羊栏看守得太小心了；我们的仓场防备得太周到了；我们的鹅鸭太紧地关在栏里；我们的小鸡太稳固地锁着；我们的小猪

出于印度，他们这个名字是导源于 Egyptian 这个字，稍含轻蔑之意。现在有人们把这个字译作"寄泊栖"，这样连音带义都译起来，是翻译界老前辈严又陵的办法，的确也很妙。
　　2　in spite of：not with standing 虽然。
　　3　to take to：to conceive liking for 喜欢；怀个爱好之情。

too securely locked up; our little pigs too safe in their sty; our game too scarce; our laundresses too careful¹. In short, we are too little primitive; we have a snug brood of vagabonds and poachers of our own, to say nothing of² their regular followers, constables and justices of the peace—we have stocks in the village, and a treadmill in the next town; and therefore we go gipsyless³ — a misfortune of which every landscape painter, and every lover of that living landscape, the country, can appreciate the extent. There is nothing under the sun that harmonises so well with nature, especially in her woodland recesses, as that picturesque people, who are, so to say⁴, the wild genus—the pheasants and roebucks⁵ of the human race.

Sometimes, indeed, we used to⁶ see a gipsy procession passing along the common, like an eastern caravan, men, women, and children, donkeys and dogs; and sometimes a patch of bare earth, strewed with ashes and surrounded with scathed turf, on the broad green margin of some cross road, would give token of a gipsy halt; but a regular gipsy encampment has always been so rare an event,

---

1 偷洗衣妇晒的衣服也是"游民"的一大宗生意。

2 to say nothing of: not to mention 姑且不讲到……; 就说不提起……

3 to go gipsyless: to be habitually gipsyless 常常没有游民；惯于没有游民了。less 是表示"没有"之意，所以加在一个名词后面是指缺乏那件东西，比如 doubtless 就是"无"疑。

4 so to say: if I may speak thus; if such language is fitting 若使我可以这

太安全地在他们的圈里；我们的洗衣妇也太小心了。总之，我们太失掉古风了；我们自己又有一小窝安乐的流浪汉同偷捕鱼鸟的人，就说我们不谈到他们照例的跟随者：警察和保安官——我们村里有脚镣，邻县有囚犯踏动的磨，所以我们老是碰不到游民——这是个多么大的不幸，个个风景画家，同喜欢活风景——田舍风光——的人们都能深切地感到。太阳底下没有别的东西跟自然风景，尤其她森林区域里的幽隐地方，会这么巧妙地和谐，像那班可以入画的人们，他们简直可以说是野类——人类里的山雉同野鹿。

真的，有时我们也常看见一群游民从公地走过，像一队东方的旅人，男人，女人，小孩，猎狗；有时，交叉路的宽阔绿色道旁有一块撒着灰烬，四围是焦土的土地，那指示出一队游民曾经驻足过；但是游民的长时期屯扎总是这么罕见的一件事

样说；若使这种话是适当可用的。

5 the pheasants and roebucks：这两种动物都是生于田野的，不是家禽，所以可以拿来比拟从少到老总过个户外生活的游民。

6 used to：be accustomed to 惯于；常。

that I was equally surprised and delighted to meet with one in the course of¹ my walks last autumn, particularly as the party was of the most innocent description, quite free from² those tall, dark, lean, Spanish-looking men, who it must be confessed, with all my predilection for caste, are rather startling to meet when alone in an unfrequented path; and a path more solitary than that into which the beauty of a bright October morning had tempted me could not well be imagined.

  Branching off from the high road, a little below our village, runs³ a wide green lane, bordered on either side by a row of young oaks and beeches just within the hedge, forming an avenue, in which, on a summer afternoon, you may see the squirrels disporting from tree to tree, whilst the rooks, their fellow denizens, are wheeling in noisy circles over their heads. The fields sink gently down on each side, so that, being the bottom of a natural winding valley, and crossed by many little hills and rivulets, the turf exhibits even in the dryest summers an emerald verdure. Scarcely any one passes the end of that lane without wishing to turn into it; but the way is in some sort⁴ dangerous and difficult for foot passengers, because the

---

  1 in the course of: at some time during 在……的期间里。
  2 free from: not combined or mingled 没有混有……
  3 to run: to creep, climb, or extend up or along 蔓延。
  4 in some sort: as it were 仿佛。

情，我真是又惊又喜，当前一个秋天我在散步时碰到一队住下来的游民，尤其因为那队是属于最清白一类的，完全没有那班瘦长的，脸色深黑的，西班牙人样子的男人，不管我多么偏爱这类游民，我不得不承认遇到那班男人我有些恐慌，当独自在一条不常走的路上；而一条比十月里那天晴朗早晨的美景诱我走进的更寂静的路是不大容易想像出来的。

从大路分出，比我们乡村低一点儿，有一条宽阔的，翠绿的僻路，路的两旁都植有年龄不大的一列橡树和山毛榉，那是刚生在篱笆里面，这两列树做成一条绿荫大道，在里面，夏天的下午，人们可以看见松鼠攀枝越树地跳跃着，那时他们的同居者，白嘴鸦，噪闹着在他们上面兜圈子飞翔。路的两旁的田地缓徐地下斜，这条路既是一个天然曲折的山谷的底，中间又有许多小山同细流横断着，所以那土地甚至于在最干燥的夏天也现出绿玉般的青翠。几乎没有人走过那僻路的道口而不想转进去；但是那道路仿佛是危险的，徒步的人们有些困难，因为

brooklets which intersect it are in many instances bridgeless, and in others bestridden by planks so decayed that it were rashness to pass them; and the nature of the ground treacherous and boggy, and in many places as unstable as water, renders it for carriages wholly impracticable.

I however, who do not dislike a little difficulty where there is no absolute danger, and who am moreover almost as familiar with the one only safe track as the heifers who graze there, sometimes venture along this seldom-trodden path, which terminates, at the end of a mile and a half, in a spot of singular beauty. The hills become abrupt and woody, the cultivated enclosures cease, and the long narrow valley ends in a little green, bordered on one side by a fine old park, whose mossy paling, overhung with thorns and hollies, comes sweeping round it, to meet the rich coppices which clothe the opposite acclivity. Just under the high and irregular paling, shaded by the birches and sycamores of the park, and by the venerable oaks which are scattered irregularly on the green, is a dark deep pool, whose broken banks, crowned with fren and wreathed with brier and bramble, have an air of wildness and grandeur that might have suited the pencil of Salvator Rosa[1].

In this lonely place (for the mansion to which the park belongs

---

1 Salvator Rosa：意大利画家（1615—1673）。

穿过这条路的小河有好几个没有桥，其他是那么破旧的木板横在上面，踏着走过去的确可算做卤莽；地面的土又是靠不住的，泥泞的，有许多地方和水一样地不坚定，使他绝不能有车子在上面走。

可是我喜欢有一点儿困难，又没有绝对的危险，而且对于那里面惟一的安全路线几乎像在那里吃草的小牛那么熟识，有时却走进这条人迹罕到的道路，他于一哩半之外终止于一片小草地，这块地一边有美丽的古猎苑缘着，它那苔侵的围栏挂着荆棘同冬青，连绵地绕着这草地，跟衣被对面斜坡的丰饶树林相遇。刚在这不规则的高栏底下，被猎苑里的赤杨同槭树和凌乱地站在草地上的可敬的橡树遮着，有一口黑暗的深地，他那残破的池岸有羊齿生在顶上，荆棘悬钩子盘绕着，俱一种荒野壮严的气概，那恰是萨尔瓦托·罗撒铅笔画的题材。

在这个寂寞的地方（因为猎苑所属的住宅久已没有人住了）

has long been uninhabited) I first saw our gipsies. They had pitched their tent under one of the oak trees; perhaps from a certain dim sense of natural beauty, which those who live with nature in the fields are seldom totally without; perhaps because the neighbourhood of the coppices, and of the deserted hall, was favourable to the acquisition of game, and of the little fuel which their hardy habits required. The party consisted only of four—an old crone, in a tattered red cloak and black bonnet, who was stooping over a kettle, of which the contents were probably as savoury as that of Meg Merrilees[1], renowned in story; a pretty black-eyed girl, at work under the trees; a sun-burnt urchin of eight or nine, collecting sticks and dead leaves to feed their out-of door[2] fire, and a slender lad two or three years older, who lay basking in the sun, with a couple of shabby dogs, of the sort called mongrel, in all the joy of idleness, whilst a grave, patient donkey stood grazing hard-by[3]. It was a pretty picture, with its soft autumnal sky, its rich woodiness, its sunshine, its verdure, the light smoke curling from the fire, and the group disposed around it so harmless, poor outcasts! and so happy—a beautiful picture! I stood gazing on it till I was half ashamed to look longer,

---

1 Meg Merrilees: 民间传说里有名的女游民，Keats 有一首巧妙的小诗赞美她。
2 out-of door: being out of the house 露天的；户外的。
3 hard-by: near at hand 邻近。

我第一次看见我们的游民。他们在一棵橡树底下搭起他们的帐篷,也许是出于一种矇眬的,对于自然界的美的欣赏,在田野里跟自然住在一块儿的人们很少完全缺乏这种感觉;也许因为邻近有丛林同荒凉的住宅,便于得野味同他们艰苦生活所需要的燃料。这一群游民一共只有四个人——一个老太婆她穿一件破烂的红袍子,戴一顶黑帽,弯下腰来对着一只锅子,里面煮的东西大概是同故事里有名的墨格·麦立利煮的东西一样地可口;一个美丽的,黑眼睛的姑娘,在树下工作着;一个约略有七八岁大的给太阳晒成棕黑色的小孩子,他搜集树枝同死叶来维持他们户外的火,还有一个两三岁大的瘦小的孩子,他躺着晒太阳,身边有一对难看的狗,属于所谓杂种的,享受懒惰的一切快乐,有一口严重〔肃〕的,耐心的驴子站在近旁吃草。这是一幅妙画,柔和的秋天,浓密的丛树,阳光,绿野,火里慢卷上来的淡烟,而围着火旁的一群是这么无害的,可怜的流浪者!这是这么快乐——这么美丽的一幅画图!我站着凝视他们,一直到我有些不好意思再看他们了,走开时心里有些怕他

and came away half afraid that they should depart before I could see them again.

This fear I soon found to be groundless. The old gipsy was a celebrated fortune-teller, and the post having been so long vacant, she could not have brought her talents to a better market. The whole village rang with the predictions of this modern Cassandra[1]—unlike her Trojan predecessor, inasmuch as her prophecies were never of evil. I myself could not help admiring the real cleverness, the genuine gipsy tact with which she adapted her foretellings to the age, the habits, and the known desires and circumstances of her clients.

To our little pet, Lizzy, for instance, a damsel of seven, she predicted a fairing[2]; to Ben Kirby, a youth of thirteen, head batter of the boys, a new cricket-ball; to Ben's sister, Lucy, a girl some three years his senior, and just promoted to that ensign of womanhood a cap, she promised a pink top-knot[3]; whilst for Miss Sophia Matthews, our oldmaidish[4] schoolmistress, who would be heartily glad to be a girl

---

1 Cassandra：她是Troy人，Priam皇帝和Hecuba皇后的女儿。阿坡罗（Apollo，太阳神）爱上了她，给她以预言的本领；后来同她生气了，又设法使没有人肯相信她的预言。Agamemnon被杀之前，她警告过，但是他当然不信她的话。

2 fairing：present from fair 从市场买来的礼物。

3 top-knot：tuft of feathers worn on top of head 头上戴的一丛鸟毛。

4 our oldmaidish：ish 加在名词后面是指含有那种性质（having the qualities of），所以这字作"具有老处女的性质的"解。

们会离去，在我能够再看见他们之前。

这个恐怕，我很快就看出是无根据的。老游民是个有名的算命者，我们这里这个位置是空了这么久了，她这副本领真不能找个更好的销场。整个乡村都谈起这位近代卡散德剌的预言——但是她跟那位前辈推来人也有不同，她的预言绝没有是属于厄运的。我不能不赞美这个真正的伶俐同游民特具的聪明，靠着这个本领她使她的预言跟顾客的年龄，习惯，同已知的希望和环境相合。

比如，对于我们所钟爱的小孩，梨支，一位七岁的小姑娘，她预言有人从市场买东西给她，对于宾·刻比，一个十三岁的男孩，小孩队里的一个领袖打球手，她预言可以得一个新板球；对于宾的姊姊，露茜，一位比他大三岁左右的姑娘，刚戴上成年的徽章：女帽，她应许可以得到一丛插在帽上的红色鸟毛；至于莎菲亚·马条兹女士，我们学堂里老处女式的先生，一定很喜欢若使能变成一个少女，她就预见将来会有一个漂亮的丈

again, she foresaw one handsome husband, and for the smart widow Simmons, two. These were the least of her triumphs. George Davis, the dashing young farmer of the hill-house, a gay sportsman, who scoffed at fortune-tellers and matrimony, consulted her as to whose greyhound would win the courser's cup at the beacon[1] meeting: to which she replied, that she did not know to whom the dog would belong, but that the winner of the cup would be a white greyhound, with one blue ear, and a spot on its side, being an exact description of Mr. George Davis's favourite Helen, who followed her master's steps like his shadow, and was standing behind him at this very instant. This prediction gained our gipsy half-a-crown. And Master Welles—the thriving, thrifty yeoman of the Lea—she managed to win sixpence from his hard, honest, frugal hand, by a prophecy that his old brood mare[2], called Blackfoot, should bring forth twins. And Ned the blacksmith, who was known to court the tall nursemaid at the mill—she got a shilling from Ned, simply by assuring him that his wife should have the longest coffin that ever was made in our wheelwright's shop. A most tempting prediction! Ingeniously combining the prospect of winning and of surviving the lady of his heart—a promise equally adapted to the hot and cold fits of that

---

1 beacon: a high hill near the shore 近海高山。
2 brood mare: mare for breeding 专为繁殖用的马。

夫；至于衣冠楚楚的孀妇西门斯，她预见将来有两个丈夫。这些还是她最少的胜利。乔治·大卫斯，山屋里勇敢的年青农夫，一个嘻嘻哈哈的游猎者，他嘲笑算命同婚姻，问她谁的猎狗能够在近海高山的赛跑会里得到猎夫的奖杯：她答道，她不知道那只得到奖杯的狗是属谁的，但是她晓得它将是一只白色的猎狗，有一只耳朵是蓝色的，身旁有一块花斑，这刚好描写出乔治·大卫斯先生的爱狗赫宁，她跟随着她的主人同他的影子一样，那时正站在他后面。这个预言使我们的游民得到一块值得二先令六辨士的银币。威尔士先生——草场里勤俭的农民——她设法从他那劳力的，诚实的，节省的掌握得到六便士，她的预言是他那传种的牝马，叫做黑脚的，会产一对孪生的小马。铁匠勒得，人们都知道他向磨坊里的高身量儿的照顾小孩的女仆求婚——她从勒得得到一先令，只因为告诉他将来他妻子的棺材是我们轮匠铺子里所未曾做过的那么长的。一个最有引诱力的预言！巧妙地把得到他心坎里女人同比他心坎里女人死后这两个前途联起来——这一个预言和那种叫做"爱情"的疟疾

ague called love; lightening the fetters of wedlock; uniting in a breath the bridegroom and the widower. Ned was the best pleased of all her customers, and enforced his suit with such vigour, that he and the fair giantess were asked[1] in church the next Sunday, and married at the fortnight's end.

No wonder that all the world—that is to say, all our world—were crazy to have their fortunes told—to enjoy the pleasure of hearing from such undoubted authority that what they wished to be should be. Amongst the most eager to take a peep into futurity[2] was our pretty maid Harriet, although her desire took the not unusual form of disclamation—"Nothing should induce her to have her fortune told, nothing upon earth! She never thought of the gipsy, not she! " And, to prove the fact, she said so at least twenty times a day. Now Harriet's fortune seemed told already; her destiny was fixed. She, the belle of the village, was engaged, as everybody knows, to our village beau, Joel Brent; they were only waiting for a little more money to marry; and as Joel was already head carter to our head farmer, and had some prospect of a bailiff's place, their union did not appear very distant. But Harriet, besides being a beauty, was a coquette, and

---

1 to ask: to proclaim in church for marriage 在教堂里宣布出结婚的预告。这个举动的意思是问人们知道他们有什么别的婚姻关系没有，所以叫做"ask"。

2 to take a peep into futurity: 就是偷偷地瞧一下将来的情形如何。

的发烧发冷同样地相合；减轻了婚姻桎梏的苦痛；一口气把新郎同鳏夫放在一个人身上。勒得是她顾客里最高兴的，用了这么大的力气去强迫答应，他同这位美丽的女巨人就于第二个星期日在教堂里预告结婚，过了两星期正式结婚了。

这是毫不足奇，全世界——那是说，我们的世界——都疯狂着要去她那里算一下命——去享受一种快乐，那是从这么靠得住的权威口里听到他们所希望的事情将来可以实现。在最热烈地想向将来瞧一下的人们里的一个是我们美丽的女仆哈立厄特，虽然她的欲望是取了那并不罕见的形式：否认——"无论什么东西也不能引她把她的命运拿去算一下，地上无论什么东西都不行！她绝没有想到游民，她是不会想到她们的！"为着要证明她没有想到她们，她一天最少说了二十遍这句话。哈立厄特的命运现在好像已算好了；她的将来是安排定了。她，乡村里的绝代佳人，谁也知道是同我们乡村里的美少年，约耳·布伦，订婚了；他们只是等候再积下一些钱就结婚；约耳既然是我们最富的农夫顶重要的赶车子的人，又有获得管家这个位置的希望，他们的结合并不像是很远的事情。但是哈立厄特不单

her affection for her betrothed did not interfere with certain flirtations which came in like Isabella, "by-the-bye," [1] and occasionally cast a shadow of coolness between the lovers, which, however, Joel's cleverness and good humour generally contrived to chase away. There had probably been a little fracas[2] in the present instance, for at the end of one of her daily professions of unfaith in gipsies and their predictions, she added, "that none but[3] fools did believe them; that Joel had had his fortune told, and wanted to treat[4] her to a prophecy—but she was not such a simpleton."

About an hour after the delivery of this speech, I happened, in tying up a chrysanthemum, to go to our wood-yard for a stick of proper dimensions, and there, enclosed between the faggot-pile and the coal-shed, stood the gipsy, in the very act of palmistry, conning the lines of fate in Harriet's hand. Never was a stronger contrast than that between the old withered sibyl, dark as an Egyptian, with bright laughing eyes, and an expression of keen humour under all her

---

1 Isabella, "by-the-bye"：这是引用Keats长诗 *Isabella* 的第一段的话，现在抄在下面：
    Fair Isabel, poor simple Isabel!
    Lorenzo, a young palmer in Love's eye!
    They could not in the self-same mansion dwell
    Without some stir of heart, some malady;
    They could not sit at meals but feel how well
    It soothed each to be the other by;

是一个美人,而且是一个卖弄风情的女子,她对于她未婚夫的爱情并没有阻住她跟别人的调情,那好像伊萨伯拉的喜同她的男人在一起,因此有时在这一对情人里生出一片冷淡的阴影,然而,约耳的聪明同好脾气常设法把它赶跑。这一次也许有些吵闹,因为有一天在她整天里照例声明不信游民同她们的预言之后,她还说,"只有傻子们才相信她们;约耳把他的命算了,要出钱替她也算一下——但是她不是这么一个愚人。"

这些话说出后一个钟头,我正在结紧一盆菊花的枝干,偶然到我们放木料的围场,找一根长短大小合式的竿子,那里在柴堆同煤棚之间,老游民站着,正在相手纹,看哈立厄特掌上命运的纹。没有一个再强度的相反了,比起这个枯干的老女巫,皮肤颜色黑得像埃及人,眼睛明亮地笑着,她那一股假装严重的样子之后有一种极诙谐的神情,同我们乡村里的美人,高大

    They could not, sure, beneath the same roof sleep
    But to each other dream, and nightly weep.
    2 fracas:brawl 吵闹。
    3 but:except 除开。
    4 to treat:to pay the expenses of as a compliment 款待;表示好意而代出钱。

affected solemnity, and our village beauty, tall and plump and fair, blooming as a rose, and simple as a dove. She was listening too intently to¹ see me, but the fortune-teller did, and stopped so suddenly that her attention was awakened, and the intruder discovered.

Harriet at first meditated a denial. She called up² a pretty innocent unconcerned look; answered my silence (for I never spoke a word) by muttering something about "coals for the parlour"; and catching up my new painted green watering-pot, instead of the coal-scuttle, began filling it with all her might, to³ the unspeakable discomfiture of that useful utensil, on which the dingy dust stuck like birdlime—and of her own clean apron, which exhibited a curious interchange of black and green on a white ground. During the process of filling the watering-pot, Harriet made divers signs to the gipsy to decamp. The old sibyl, however, budged not a foot, influenced probably by two reasons—one, the hope of securing a customer in the new-comer, whose appearance is generally, I am afraid, the very reverse of dignified, rather merry than wise; the other, a genuine fear of passing through the yard-gate, on the outside of which a much more imposing person, my greyhound Mayflower, who has a sort of beadle instinct anent⁴ drunkards and pilferers, and disorderly persons

---

1 too+adverb+to: so+adverb+that+subject+cannot 如是……以至于。
2 to call up: to assume 假装。
3 to: expressing what is produced or effected 以致。

肥胖，又美丽，青春得像一朵玫瑰，天真得像一只鸽子。她太注意听了，没有看见我，但是算命者却看到了，这么突然地停着不说话，引起她的注意，使她看到这个无端闯进的人。

哈立厄特起先想否认。她扮出一种天真可爱，漫不关心的神情，答应我的静默（我是一个字也没说的）以喃喃地说些关于"客厅里的煤"；没有拿起煤斗，却抓着我那新涂绿漆的喷水壶，开始尽力装进煤块，把那有用的器具弄得说不出来的难看，黑色的煤层黏在上面像雀胶——她自己干净的围裙也弄得一样的可怜，那在本来的白色上现出黑色同绿色奇怪的参杂。当盛着那喷水壶时候，哈立厄特向老游民用各种的暗示叫她离开。然而，老女巫却一步也不动，也许是受两个理由的影响——一个是希望可以得到一个顾客在这新来人身上，她的外貌，我恐怕，通常正与尊严相反，是快乐的，而不是精明的；一个是真怕走过广场的门，门外一个比我更威风得多的人物，我的猎狗五月花，他对于醉汉，小窃，同种种不规则的人们，具有差役

---

4 anent：about; concerning 关于。

of all sorts, stood barking most furiously.

This instinct is one of May's remarkable qualities. Dogs are all, more or less, physiognomists, and commonly pretty determined aristocrats, fond of the fine and averse to the shabby, distinguishing, with a nice accuracy, the master castes from the pariahs[1] of the world. But May's power of perception is another matter, more, as it were, moral. She had no objection to honest rags; can away with[2] dirt, or age, or ugliness, or any such accident, and, except just at home, makes no distinction between kitchen and parlour[3]. Her intuition points entirely to the race of people commonly called suspicious, on whom she pounces at a glance. What a constable she would have made! What a jewel of a thief-taker! Pity that those four feet should stand in the way of her preferment! She might have risen to be a Bow Street[4] officer. As it is we make the gift useful in a small way. In the matter of hiring and marketing the whole village likes to consult May. Many a chap has stared when she has been whistled up to give her opinion as to his honesty; and many a pig bargain has gone off on her veto. Our neighbour, mine host of the Rose, used constantly to follow her judgment in the selection of his lodgers. His

---

1 pariah: a member of a certain low caste of South India; an outcast, one despised by society 印度南部一种下层阶级的人；社会所不齿的人。
2 can away with: can get on with; can tolerate 能容忍。
3 kitchen and parlour: 凡是穷人来找，多半是请到厨房里去，叫仆役的本能，站在那里顶凶恶的狂吠着。

这个本能是五月特性之一。狗多少总有些相学家的气味，常是很坚决的贵族政治论者，喜欢精美的衣服，厌恶褴褛，精明地分出主人的阶级和世上下级的人们。但是五月的观察力另是一回事，好像更偏重于道德方面。她并不反对老实的穷人；能够宽宥龌龊，老年，丑恶，或者其他这类的不幸；除非是在家里，对于厨房的客人同客厅的客人并没有加以分别。她的直觉完全用于通常所谓可疑的人物，她一瞧到他们，就突然跳前擒住。她会做个多么好的警察！会成个多么可珍贵的捉贼人！真可怜，她的四脚挡住使她不能升级！否则会升到做宝街警察区的警官。现在我们却将她的大才小用了。关于雇人同买牲口这两件事，全村人都欲征求五月的意见。许多汉子睁着眼睛，当人们作啸声喊她来说出她以为他是否诚实可靠；许多次买猪生意没有成功，因为她加以否决。我们的邻人，玫瑰客栈的老板，拣选住客时候常依她的判断。他的店从来没有像在她管

去招待他们，所以可说是厨房的来客，和客厅里衣服丽都者有分别。

4 Bow Street：noted London police court 伦敦有名的违警罪裁判所。

house was never so orderly as when under her government. At last he found out that she abhorred tipplers as well as thieves—indeed, she actually barked away three of his best customers: and he left off appealing to her sagacity, since which he has, at different times, lost three silver spoons and a leg of mutton. With every one else May is an oracle. Not only in the case of wayfarers and vagrants, but amongst our own people, her fancies are quite a touchstone. A certain hump-backed cobbler, for instance[1]—May cannot abide him, and I don't think he has had so much as a job of heel-piecing to do since her dislike became public. She really took away his character[2].

Longer than I have taken to relate Mayflower's accomplishments stood we, like the folks in *The Critic*[3], at a dead lock[4], May, who probably regarded the gipsy as a sort of rival, an interloper on her oracular domain, barking with the voice of a lioness—the gipsy trying to persuade me into having my fortune told—and I endeavouring to prevail on May to let the gipsy pass. Both attempts were unsuccessful: and the fair consulter of destiny, who had by this time recovered from the shame of her detection, extricated us from our dilemma by smuggling[5] the old woman away through the house.

---

1 for instance：for example 例如。
2 character：reputation；repute 名誉。
3 *The Critic*：这是英国十八世纪大戏剧家 R. B. B. Sheridan 三大佳作之一，里面有一幕也是大家呆着找不出个好办法。

理之时那么安静不乱。最后，他发现出她厌恶酒鬼不下于小窃——真的，她吠走三个他最好的主顾：他就不再听她聪慧的判断了，从那时起，他好几次凑起来一共失掉三只银匙，一块羊腿。其他的人们都认五月是一个百无一失的预言者。不单关于过客同流浪汉，就是住在我们村里的人们，她的好恶成为大家公认的试金石。比如，某一个驼背的补鞋匠——五月不能跟他在一起，我恐怕他简直连一次补鞋后跟的工作都得不到，自从她的厌恶被大家看出了。她真是使他失掉了名誉。

比我叙述五月本领的时间还要久些，我们像《批评家》这本戏里的人们，呆板板地站着；五月，她也许认为老游民是一个劲敌，征犯她的预言领土，用牝狮的声音狂吠着——老游民一再劝我算一下我的命运——我努力劝五月让老游民走过。两个人的企图都没有成功：那位去算命的美人这时候从被人发觉的羞惭里恢复过来，救我们出这难关，把老太婆偷偷地由屋里运走。

---

4 dead lock：such a clashing or opposition of affairs or interests as renders progress impossible 事情如是冲突着，简直无法进行了。

5 to smuggle：to convey clandestinely，暗中带着，本来是指私运货物，这里诙谐地把那位老太婆当个货物来说。

Of course Harriet was exposed to some raillery, and a good deal[1] of questioning about her future fate, as to which she preserved an obstinate but evidently satisfied silence. At the end of three days, however—my readers are, I hope, learned enough in gipsy lore to know, that unless kept secret for three entire days, no prediction can come true—at the end of three days, when all the family except herself had forgotten the story, our pretty soubrette[2], half bursting with the long retention, took the opportunity of lacing on my new half-boots[3] to reveal the prophecy. "She was to see within the week, and this was Saturday, the young man, the real young man, whom she was to marry."—"Why, Harriet, you know poor Joel."—"Joel, indeed! The gipsy said that the young man, the real young man, was to ride up to the house dressed in a dark great-coat (and Joel never wore a great-coat in his life—all the world knew that he wore smock-frocks and jackets), and mounted on a white horse—and where should Joel get a white horse?"—"Had this real young man made his appearance yet?"—"No, there had not been a white horse past the place since Tuesday; so it must certainly be today."

---

1 a good deal: a large amount 许多。
2 soubrette: a coquettish maidservant 一个爱卖弄风流的女仆。
3 half-boots: boots reaching somewhat above the ankle 半长靴，靴统达到踝骨之上。

哈立厄特当然挨骂，还一再受人盘问她将来的命运如何，关于第二点她却保持一个固执的，而分明是满意的缄默。然而，过了三天——我希望我的读者都还精通游民的学问，晓得除非守三个整天的秘密，没有个预言能够成为事实——过了三天，除开她以外全家人都忘却这件事了，我们这位风流女仆，守了这么久的秘密有些忍耐不下了，乘替我结好我新深靴的带子这个机会，泄露出老游民的预言。那是："她将在这星期内，今天是星期六了，看见那个青年，她将来的确会嫁给的那一个青年。"——"怎么，哈立厄特，你深知道可怜的约耳。"——"约耳，不错！那个游民却说那个青年，那个真会娶我的青年，会骑马到这大门口，穿一件黑色大衣（约耳一生里没有穿着大衣——全世界人们都知道他是穿粗外衣同短衣），骑一匹白马——约耳从那里找到一匹白马呢？"——"这个真会娶你的青年已经出现没有？"——"不，从星期二起没有一匹白马走过这地方；所以一定是在今天。"

A good look-out[1] did Harriet keep for white horses during this fateful Saturday, and plenty did she see. It was the market-day at B. , and team after team came by with one, two, and three white horses; cart after cart, and gig after gig, each with a white steed: Colonel M. 's carriage, with its prancing pair—but still no horseman. At length[2] one appeared; but he had a great-coat whiter than the animal he rode; another, but he was old farmer Lewington, a married man; a third, but he was little Lord L. , a schoolboy, on his Arabian pony. Besides, they all passed the house; and as the day wore on[3], Harriet began, alternately, to possess her old infidelity on the score of[4] fortune-telling, and to let out certain apprehensions that, if the gipsy did really possess the power of foreseeing events, and no such horseman arrived, she might possibly be unlucky enough to die an old maid—a fate for which, although the proper destiny of a coquette, our village beauty seemed to entertain a very decided aversion.

At last, at dusk, just as Harriet, making believe[5] to close our casement shutters, was taking her last peep up the road, something white appeared in the distance coming leisurely down the hill. Was it

---

1 look-out: a watching for an object 守望。
2 at length: at last 最后；末了。
3 to wear on: to pass slowly by 慢慢地过去了。
4 on the score of: on the point of 关于。
5 to make believe: to pretend 佯为。

在这个定了一生命运的星期六,哈立厄特很留心地瞭望有没有白马走过,她却看了许多。这天是卑镇市集的日子,一队一队的牲口走过去,内中各有一匹,两匹或者三匹白马;货车跟着货车,马车跟着马车,每辆都有一匹白马;蒙上校的家有一对溜蹄的白马——但是还没有见到一个骑马的人。最后有一个现在眼前;但是他有一件大衣比他骑的马更白;又一个,但是他是老农夫纽英敦,一个已婚的人;第三个,但是他是鲁小爵爷,一个学生,骑他亚拉伯小马。而且,他们都只走过那门口;时光渐渐地过去了,哈立厄特开始忽而恢复她从前那种对于预言术的不相信态度,忽而发出恐惧之言,怕的是若使老游民的确具有预见将来事情的本领,又没有这样的骑马的人来临,那么她或者会不幸得死时是个老处女了——这个命运虽然是卖弄风情女人所应得的,我们村里的美人却怀个极坚决的厌恶。

最后,黄昏时节,正当哈立厄特假装去关闭我们窗扉的百叶窗,实在向路上最后望一望,有件白的东西现在远处,从容地走下山坡。那真是一匹马吗?那不是到〔倒〕像泰塔斯·史

really a horse? Was it not rather Titus Strong's cow driving home to milking? A minute or two dissipated that fear; it certainly was a horse, and as certainly it had a dark rider. Very slowly he descended the hill, pausing most provokingly at the end of the village, as if about to turn up the Vicarage lane. He came on, however, and after another short stop at the Rose, rode up full to our little gate, and catching Harriet's hand as she was opening the wicket, displayed to the half—pleased, half-angry damsel, the smiling, triumphant face of her own Joel Brent, equipped in a new great-coat, and mounted on his master's newly purchased market nag. Oh, Joel! Joel! The gipsy! The gipsy![1]

---

1 作者所以一连惊叹起来，是因为她看出老太婆对于这位风骚女仆说的预言是和她的情人商量好的。这位少年故意弄出这么一个圈套，使她相信他们真是良缘天定的。老太婆自然得到一些钱，那位少年此后亦可高枕无忧了。

特龙的牛赶回家榨牛乳吗？一两分钟后这个疑惧消失了；那的确是一匹马，同样的确地它有一个穿黑衣的人骑着。他很慢地下山来，极叫人生气地停在乡村的那头，好像将走进牧师住宅那条小巷。然而，他继续前进，在玫瑰客栈又停一下子后，一直骑到我们小门的门口，抓着哈立厄特的手，当她开那小门时候，给这位半喜半怒的姑娘看见她亲亲的约耳·布伦胜利的笑容，穿着一件新大衣，骑在他主人新从市场买来的小马。啊，约耳！约耳！那个古怪的游民！那个古怪的游民！

The Young Gipsy

The weather continuing fine and dry, I did not fail to revisit my gipsy encampment, which became more picturesque every day in the bright sun-gleams and lengthening shadows of a most brilliant autumn. A slight frost had strewed the green lane with the light yellow leaves of the elm—those leaves on whose yielding crispness it is so pleasant to tread and which it is so much pleasanter to watch whirling along, "thin dancers upon air, " in the fresh October breeze; whilst the reddened beech, and spotted sycamore, and the rich oaks drooping with acorns, their foliage just edging[1] into its deep orange brown, added all the magic of colour to the original beauty of the scenery. It was undoubtedly the prettiest walk in the neighbourhood,

---

1 to edge: to move by little and little 渐渐走入。

年青的游民

天气仍然是晴朗的,我当然再去看一看我的游民屯扎的地方,那地方在一个最光荣的秋天的明亮阳光同加长阴影里一天一天变得更可以入画的。一阵轻霜使绿色小径铺上榆树轻微的黄叶——那些叶子的柔顺松脆踏在脚下时使人这么感到快乐;看他们在十月的新鲜和风里旋舞,"空中的苗条的跳舞者,"是更可乐得多的事情;而化红的山毛榉,有斑点的枫树,以及枝叶刚走进深沉的橙棕色,给果实载得弯下身来的丰饶橡树,这许多又在本来的美景致上加了一切彩色的魔力。无疑地,这是

and the one which I frequented the most.

Ever since the adventure of May, the old fortune-teller and I understood each other perfectly. She knew that I was no client, no patient, no customer[1](which is the fittest name for a goosecap[2] who goes to a gipsy to ask what is to befall her?), but she also knew that I was no enemy to either her or her profession; for, after all[3], if people choose to amuse themselves by being simpletons, it is no part of their neighbours' business to hinder them. I, on my side, liked the old gipsy exceedingly; I liked both her humour and her good-humour, and had a real respect for her cleverness. We always interchanged a smile and a nod, meet where we might. May, too, had become accustomed to the whole party. The gift of a bone from the cauldron—a bare bone—your wellfed dog likes nothing so well as such a windfall, and if stolen the relish is higher—a bare bone brought about[4] that reconciliation. I am sorry to accuse May of accepting a bribe, but such was the fact. She now looked at the fortune-teller with great complacency, would let the boys stroke her long neck, and, in her turn[5], would condescend to frolic with their

---

1 作者用这三个名称来嘲笑去算命的人们。
2 goosecap: fool 傻子。
3 after all: when all is said or done 究之；毕竟。
4 to bring about: to cause 造成。
5 in one's turn: in one's order of succession 轮到。

乡村邻近最美丽的一条路，也是我最常散步的地方。

自从五月那回事变后，老预言者同我总是彼此十分了解。她知道我不是个托人料理事情的人，不是个要人医治的人，也不是个顾客（这三个头衔那个最合于到游民那里去问将来有何遭遇的傻子呢？），但是她也知道我不是她的或者她职业的敌人；因为澈底讲起来，若使人们高兴当傻子来替自己解闷，他们的邻人绝没有阻止他们的义务。我，在我这方面，非常喜欢老游民；我喜欢她的诙谐同她的愉快神情，对于她的伶俐有个真实的尊敬。我们总是彼此点头微笑一下，无论我们是在什么地方会着。五月也同全队的游民熟起来了。大锅里一块骨头的赠送——一块没有肉的骨头——你们所娇养的狗喜欢这么一个意外得来的东西胜过一切别的，若使是偷来的，那么味道必定更浓厚了——一块没有肉的骨头做成这个和睦。我觉得难过，告发五月受过贿赂，但是事实是如此。她现在很好意地看着预言者，肯让游民的男孩子抚弄她的长颈，跟着在她这方面，她肯自卑来同他们龌龊的野狗嬉戏，这班野狗训练成具有猫一样

shabby curs, who, trained to a catlike caution and mistrust of their superiors, were as much alarmed at her advances as if a lioness had offered herself as their playfellow. There was no escaping her civility, however, so they submitted to their fate, and really seemed astonished to find themselves alive when the gambol was over. One of them, who from a tail turned over his back like a squirrel, and an amazingly snub nose, had certainly some mixture of the pug in his composition, took a great fancy[1] to her when his fright was past; which she repaid by the sort of scornful kindness, the despotic protection, proper to her as a beauty, and a favourite, and a high-blooded[2] greyhound—always a most proud and stately creature. The poor little mongrel used regularly to come jumping to meet her, and she as regularly turned him over and over and over, and round and round, and round, like a teetotum[3]. He liked it apparently, for he never failed to come and court the tossing whenever she went near him.

The person most interesting to me of the whole party was the young girl. She was remarkably pretty, and of the peculiar prettiness which is so frequently found amongst that singular people. Her face resembled those which Sir Joshua[4] has often painted—rosy, round,

---

1 to take a great fancy to: to love 喜悦；爱。
2 high-blooded: brave 勇敢的。
3 teetotum: any top spun with the fingers 用手指来转动的陀螺。
4 Sir Joshua Reynolds：英国名画家（1723—1792）。

的小心同对于比他们高明的狗的不信任，看到她来要好，吓得不得了，好像有一只牝狮自愿来做他们的游侣。然而，又无法躲避她的殷勤，所以他们就屈服于他们的命运之下了，的确觉得惊讶，看到自己还活着，当玩耍过去了。野狗里面有一条，从他那反卷背上的，像松鼠的尾巴，同一个出奇地扁短而向上的鼻子，可以确然地断为身里含有小狮子狗的血液，这条狗很喜欢她，当他的恐怖消灭了；这个盛意她报以一种含有蔑视的好感，似乎专制皇帝的保护，和她的身份相称，因为她是一条美丽狗，一条受人们钟爱的狗，一条勇敢的猎狗——无时不是一个最骄傲的，最庄严的东西。那个可怜的小杂种狗总是常常跳着来迎接她，她也总是把他拿来滚来滚去，弄他兜着圈儿转，像一只陀螺。他分明是高兴给她玩弄，因为他总是来找这种抛掷，每回她走近他身旁时候。

　　全队游民里最使我感到趣味的人是那年青的女子。她是非常美丽，而且是在这班奇怪人们里面这么常碰到的他们特有的那种美丽。她的脸孔像约书亚爵士常画的那类面貌——玫瑰色

and bright, set in such a profusion of dark curls, lighted by such eyes, and such a smile! And she smiled whenever you looked at her— she could not help[1] it. Her figure was light and small of low stature, and with an air of great youthfulness. In her dress she was, for a gipsy, surprisingly tidy. For the most part[2] that ambulatory race have a preference for rags, as forming their most appropriate wardrobe, being a part of their tools of trade, their insignia of office. I do not imagine that Harriet's friend, the fortune-teller, would have exchanged her stained tattered cloak for the thickest and brightest red cardinal that ever came out of a woolen-draper's shop. And she would have been a loser if she had. Take away that mysterious mantle, and a great part of her reputation would go too. There is much virtue in an old cloak. I question if the simplest of her clients, even Harriet herself, would have consulted her in a new one. But the young girl was tidy; not only accurately clean, and with clothes neatly and nicely adjusted to her trim little form, but with the rents darned, and the holes patched, in a way that I should be glad to see equalled by our own villagers.

Her manners were quite as ungipsy-like[3] as her apparel, and so was her conversation; for I could not help talking to her, and was

---

1 can not help: can not prevent, or avoid 不能避免。
2 for the most part: mostly; in most cases 大半。
3 ungipsy-like: not like gipsy's 不像游民的。

的，圆的，光明的，放在这么富丽的黑发中间，给这样的眼睛同这样的微笑照耀着！她总向你微笑，无论什么时候你瞧见她——她是不能不笑的。她的身材是轻盈短小，带有很青春的神情。她的衣服，在游民里面，可说是干净得出奇。这班徒步流荡的民族多半喜欢褴褛的衣服，因为那做了他们最合宜的服装，是他们做生意的一个工具，他们职业的徽章。我想哈立厄特的朋友，预言者，不肯将她那沾污的，破烂的外衣拿来换毛织物商人店里所未曾有过的最厚的，颜色最鲜明的红色短外套。她会吃亏，若使她真换了。把她那神秘的外衣拿开，她一大部分的名誉也跟着去了。一件旧外衣有不少好处。我怀疑她最傻的托她的人，甚至于哈立厄特，会不会去征求她的意见，若使她穿上一件新衣。但是那位年青的姑娘是干净的；不单十分整洁，衣服跟她那楚楚的苗条体态整饬地，精确地相称，而且裂痕也缝好，破洞也补好，那种补缀的本领若使我们村里人也具有，我是会很高兴的。

她的态度和她的衣服一样也不像游民样子，她的谈话也是如此；我觉得不能不同她谈天，很喜欢她的坦白天真，同她答

much pleased with her frankness and innocence, and the directness and simplicity of her answers. She was not the least shy; on the contrary, there was a straightforward look, a fixing of her sweet eyes full of pleasure and reliance right upon you, which, in the description, might seem almost too assured, but which, in reality, no more resembled vulgar assurance than did the kindred artlessness of Shakespeare's Miranda[1]. It seems strange to liken a gipsy girl to that loveliest creation of genius; but I never saw that innocent gaze without being sure that just with such a look of pleased attention, of affectionate curiosity, did the island princess listen to Ferdinand[2].

All that she knew of her little story she told without scruple, in a young liquid voice, and with a little curtsy between every answer, that became her extremely. "Her name, " she said, "was Fanny." She had no father or mother; they were dead; and she and her brothers lived with her grandmother. They lived always out of doors, sometimes in one place—sometimes in another, but she should like always to live under that oak tree, it was so pleasant. Her grandmother was very good to them all, only rather particular. She loved her very much; and she loved Dick (her eldest brother), though he

---

1 Miranda：莎士比亚剧本《暴风雨》Tempest 叙述一位被弃在荒岛里的废公爵 Prospero 同他美丽的女孩 Miranda 一同过活。皇子 Ferdinand 船破漂流至岛上，两人就天真地恋爱起来了。

2 见前注。

话的直爽简单。她一点儿也不害羞；而且，有一种向前直望的凝视，她那充满快乐同自信的甜蜜眼睛完完全全钉着你身上，这种神情，描写起来，几乎好像是太大胆了，但是实在和那粗野的大胆绝不相似，正好像莎士比亚的米兰达的相类的纯朴不是粗野的大胆。这仿佛有点奇怪，拿一个游民的女孩跟天才所描写的最可爱的人物相比；但是我每次看到这天真的凝视，总免不了相信必定是用这么一种高兴地注意着的，亲爱地含个好奇心的眼神，那位岛里公主细聆斐迪南的话。

她所知道的关于她自己简短的历史，她毫不踌躇地说出，用一种少女的，流畅的声音，每答一句话都稍微行个屈膝礼，那和她非常相合。"她的名字，"她说，"是芬妮。"她没有父母；他们都已经死了；她同她的兄弟们和祖母一同过活。他们总是过户外的生活，有时在一个地方——有时在另一地方；但是她喜欢老在这橡树底下住，这里是如是舒服。她祖母待他们都很好，只是有些挑剔。她很爱她祖母；她也爱狄克（她最大的兄弟），虽然他的确是个非常不幸的小孩。

was a sad unlucky boy, to be sure. She was afraid he would come to[1] some bad end.

And, indeed, Dick at that moment seemed in imminent danger of verifying his sister's prediction. He had been trying for a gleaning of nuts amongst the tall hazels on the top of a bank, which, flanked by a deep ditch, separated the coppice from the green. We had heard him for the last five minutes smashing and crashing away at a prodigious rate, swinging himself from stalk to stalk, and tugging and climbing like a sailor or a monkey; and now, at the very instant of Fanny's uttering this prophecy, having missed a particularly venturesome grasp, he was impelled forward by the rebound of the branches, and fell into the ditch with a tremendous report, bringing half the nuttery after him, and giving us all a notion that he had broken his neck. His time, however, was not yet come; he was on his feet[2] again in half a minute, and in another half minute we again heard him rustling among the hazel boughs; and Fanny and I went on with[3] our talk, which the fright and scolding consequent on this accident, had interrupted. My readers are of course aware that when any one meets with a fall, the approved medicament of the most affectionate relatives is a good dose of scolding.

"She liked Dick, " she continued, "in spite of his unluckiness—

---

1 to come to: to result in 结果。

她恐怕他会有个不好的结果。

的确，狄克在那时候好像立刻就将证实他姊妹的预言。他正设法在生长于堤的高处的高大榛树里检〔捡〕些榛实，这个堤旁边是个深沟，所以这丛树林和草地隔开了。最近五分钟里我们听他速度极快地在上面冲撞，发出砰磕的声音，从这枝攀援到那枝，拖拉攀援像个水手或猴子；现在，正当芬妮说出这个预言，他大胆地放手去抓一个远枝，没有抓着，被群枝的反动力推着向前，就掉到沟里，发出极大的声音，树上一半榛实跟他落下，使我们都以为他的头颈摔断了。然而，他结束的时候还没有到；过半分钟，他站起来；再过半分钟，我们又听见他在榛树枝叶里沙沙作响了；芬妮和我也继续我们的谈话，那是被这件意外的事所引起的惊惶同责骂所打断了。我的读者们当然知道，当一个人摔倒地上时候，他最亲爱的亲戚的最好的一剂药是痛快地责骂一场。

"她〈喜〉欢狄克，"她接着说，"不管他是多么不幸——他

---

2 on one's feet：standing up 站着。
3 to go on with：to continue 继续。

he was so quick and good-humoured; but the person she loved most was her youngest brother, Willy. Willy was the best boy in the world, he would do anything she told him" (indeed the poor child was in the very act of picking up acorns under her inspection, to sell, as I afterwards found, in the village), "and never got into mischief, or told a lie in his life; she had had the care of him ever since he was born, and she wished she could get him a place. " By this time the little boy had crept towards us, and, still collecting the acorns in his small brown hands, had turned up his keen intelligent face, and was listening with great interest to our conversation. "A place! " said I, much surprised. "Yes, " she replied firmly, "a place. That would be a fine thing for my poor Willy to have a house over him in the cold winter nights." And with a grave tenderness, that might have beseemed a young mother, she stooped her head over the boy and kissed him. "But you sleep out of doors in the cold winter nights, Fanny? " —"Me! Oh, I don't mind it, and sometimes we creep into a barn. But poor Willy! If I could but get Willy a place, my lady! "

This "my lady", the first gipsy word that Fanny had uttered, lost all that it would have had of unpleasing in the generosity and affectionateness of the motive. I could not help promising to recommend her Willy, although I could not hold out[1] any very strong

---

1 to hold out: to offer 提出。

是这么敏捷欣欢；但是她最钟爱的人是她最小的兄弟，威立。威立是世上顶好的孩子，无论她叫他做什么，他都肯干。"（真的，那个可怜的孩子正在她盈视之下从地面检〔捡〕起橡实，我后来知道那是拿到村里卖的），"他从来绝没有恶作剧过，或者说一句谎话；自从他生下来，她一向都照顾他，她希望能给他找一个位置。"这时候，小孩子向我们爬来，还是用他棕色小手检〔捡〕橡实，却抬起他那聪明伶俐的脸孔，很注意地听我们的谈话。"一个位置！"我很惊讶地说道。"是的，"她坚决地答道，"一个位置。那是件很好的事，若使我这可怜的威立在严冷的冬夜里有屋子可住。"带着一种严重的慈爱，那是和一个年青的母亲很相称的，她弯下头来，俯身吻他一下。"但是严冷的冬夜里你是在户外睡吗，芬妮？"——"我！啊，我不觉得有什么不好，有时我们也爬进仓廪过夜。但是可怜的威立！我只求我能够给威立找到一个位置，我的太太呀！"

这个"我的太太"，芬妮第一次说出的游民的字眼，失却这个称呼会引出的一切不快之感，因为她的动机是这么慷慨，这么慈爱。我不能不答应介绍她的威立，虽然我不能说成功的希

hopes of success, and we parted, Fanny following me, with thanks upon thanks, almost to the end of the lane.

Two days after I again saw my pretty gipsy; she was standing by the side of our gate, too modest even to enter the court, waiting for my coming out to speak to me. I brought her into the hall, and was almost equally delighted to see her, and to hear her news; for although I had most faithfully performed my promise, by mentioning master Willy to everybody likely to want a servant of his qualifications, I had seen enough in the course of my canvass to convince me that a gipsy boy of eight years old would be a difficult protégé[1] to provide for.

Fanny's errand relieved my perplexity. She came to tell me that Will had gotten a place—"That Thomas Lamb, my lord's head gamekeeper, had hired him to tend his horse and his cow, and serve the pigs, and feed the dogs, and dig the garden, and clean the shoes and knives, and run on errands[2]—in short[3], to be a man of all work. Willy was gone that very morning. He had cried to part with her, and she had almost cried herself, she should miss him so; he was like her own child. But then it was such a great place; and Thomas Lamb seemed such a kind master—talked of new clothing him, and meant

---

1 protégé: person to whom another is protector 受人保护的人。
2 to run on errands: to carry message, etc. 干传话等零碎跑路的事情。
3 in short: briefly 总之。

望很大,我们就分手了,芬妮跟着我走,谢了又谢,差不多送到那条路的出口了。

两天后,我又看见我这位美丽的游民姑娘;她站在我们大门旁边,太谦虚了甚至于不敢走进天井,等候我出去同我说话。我带她到走廊,我的高兴几乎同她的相等,当我看见她,听到她的消息;因为虽然我极忠实地履行我的许诺,向个个有雇用他这类仆人的可能的人提起威立这小孩子,但是我游说的结果足够使我相信一个八岁大的游民小孩子是个不容易设法去安插的被保护的人。

芬妮来说的话消除了我的困难。她来告诉我威立得到一个位置了——"那位托马斯·兰姆,我们爵爷的猎场总管,雇他替他看马看牛,喂猪饲狗,掘园,刷鞋,磨刀,送信传话——总之,做一个无所不干的人。威立就在那天早上去。他和她分离时哭起来,她自己差不多也哭了,因为她将老是这样怀念他;他好像是她自己的小孩。但是那里是个这么大的一个所在;托马斯·兰姆好像是这么仁爱的一个主人——说要做新衣服给他,

him to wear shoes and stockings, and was very kind indeed. But poor Willy had cried sadly at leaving her," —and the sweet matronly elder sister fairly cried too.

I comforted her all I could, first by praises of Thomas Lamb, who happened to be of my acquaintance, and was indeed the very master whom, had I had the choice, I would have selected for Willy, and secondly, by the gift of some unconsidered trifles, which one should have been ashamed to offer to any one who had ever had a house over her head, but which the pretty gipsy girl received with transport, especially some working materials of the commonest sort. Poor Fanny had never known the luxury of a thimble before; it was as new to her finger as shoes and stockings were likely to be to Willy's feet. She forgot her sorrows, and tripped home to her oak-tree, the happiest of the happy.

Thomas Lamb, Willy's new master, was, as I have said, of my acquaintance. He was a remarkably fine young man, and as wellmannered as those of his calling usually are. Generally speaking, there are no persons, excepting real gentlemen, so gentlemanly as gamekeepers. They keep good company[1]. The beautiful and graceful creatures whom they at once preserve and pursue, and the equally noble and generous animals whom they train, are their principal associates;

---

1 to keep good company: to associate with good persons 同好人在一块。

打算叫他穿鞋袜，真是仁爱得很。但是可怜的威立离开她时候哭得很悲哀，"——这位具有母亲神气的温良长姊说时也大哭起来了。

我极力来安慰她，先赞美托马斯·兰姆这个人，他刚好是我认得的，真是我所要拣出来当威立主人的人，若使我可以随便选择，其次，随便送她几件零星东西，这些礼物一个人会觉得不好意思拿出来，若使是给曾经住过屋子的人，但是这位美丽的游民小姑娘得到时却高兴极了，尤其几件最普通的工作的材料。可怜的芬妮从前绝不知道抵针这件奢侈品；这对于她的手指正如鞋袜对于威立的脚那样新奇。她忘却她的悲哀了，跳跃回到橡树下她的家去，可说是世上快乐人们里顶快乐的了。

托马斯·兰姆，威立的新主人，是，像我上面所说的，我所认得的。他是个非常漂亮的青年，他的态度和一班操他这种职业的人们一样的优雅。普通说起来，除开真正的士君子外，没有人像管猎场的人们那么具有士君子之风。他们和上流人物一起过日子。他们所贮养，同时又追逐着的美丽文雅的动物，

and even by their masters they are regarded rather as companions than as servants. They attend them in their sports more as guides and leaders than as followers, pursuing a common recreation with equal enjoyment, and often with superior skill. Gamekeepers are almost always well behaved, and Thomas Lamb was eminently so. He had quite the look of a man of fashion; the person, the carriage, the air. His figure was tall and striking; his features delicately carved, with a paleness of complexion, and a slight appearance of ill-health that added to their elegance. In short, he was exactly what the ladies would have called interesting in a gentleman; and the gentleness of his voice and manner, and the constant propriety of his deportment, tended to confirm the impression.

Luckily for him, however, this delicacy and refinement lay chiefly on the surface. His constitution, habits, and temper were much better fitted to his situation much hardier and heartier, than they appeared to be. He was still a bachelor, and lived by himself[1] in a cottage, almost as lonely as if it had been placed in a desert island. It stood in the centre of his preserves, in the midst of a wilderness of coppice and woodland, accessible only by a narrow winding path, and at least a mile from the nearest habitation. When you have threaded the labyrinth, and were fairly arrived in Thomas's dominion, it was a

---

1 by himself: alone 他独自。

和他们所训练的同样高尚大量的猎狗,是他们主要的朋友;就是他们的主人,仿佛也是待他们如同伴,不像仆人。他们和主人一起打猎,到有些像个指导同领袖,而不像跟随者,同样快乐地干一种大家都有份的游戏,常常本领还比主人高明些。管猎场的人们差不多总是行为规矩的,托马斯·兰姆特别是这样。他走出来很像个时髦的人;容貌,丰采,态度都是如此。他的身材是高大壮伟;他的脸孔长得很精美,面色有些苍白,稍微现出身体的孱弱,这更加了他容貌的清秀。总之,他刚是淑女们所谓士君子里有意思的人;他声音态度的温顺柔和,和他素来举止的适当,也足以证实这个印像。

但是,这种柔弱文雅幸而都只是在表面上。他的身体,习惯同癖〔脾〕气是更壮健的,更活动的,也更宜于他的地位,比起他的外衣。他还是个单身汉,独自住在一所茅屋里,那里寂寞得几乎像是位于一个荒岛里面。那屋子站在他猎场的中间,四周是一片荒野的丛林矮树,只有一条弯曲的窄路可以通到,跟顶近的屋子最少也隔了一哩路。当你穿过这块迷园,完全走到托

pretty territory. A low thatched cottage, very irregularly built, with a porch before the door, and a vine half covering the casements; a garden a good deal neglected, (Thomas Lamb's four-footed subjects, the hares, took care[1] to eat up[2] all his flowers: hares are animals of taste, and are particularly fond of pinks and carnations, the rogues!) an orchard, and a meadow completed the demesne. There was also a commodious dog-kennel, and a stable, of which the outside was completely covered with the trophies of Thomas's industry—kites, jackdaws, magpies, hawks, crows, and owls, nailed by the wings, displayed, as they say in heraldry, against the wall, with polecats, weasels, stoats, and hedgehogs figuring at their side, a perfect menagerie of dead gamekillers.

But the prettiest part of this woodland cottage was the real living game that flitted about it, as tame as barn-door fowls; partridges flocking to be fed, as if there were not a dog, or a gun, or a man in the world; pheasants, glorious creatures! Coming at a call; hares almost as fearless as Cowper's[3], that would stand and let you look at them: would let you approach quite near, before they raised one quivering ear and darted off; and that even then, when the instinct of

---

1 to take care: to exercise caution 留心。
2 to eat up: to consume 吃光。
3 Cowper, William: 英国十八世纪诗人，性恬静，喜欢家禽和虫鸟的声音，常蓄几只兔，在他蕴藉的书札里常提到他那几只兔的事情。

马斯的范围之内了，那真是一片美丽的土地。一所低低的茅屋，很不按规则地盖起来的，门口一个走廊，一棵葡萄树半遮住了窗扉；一块几乎是没有人去料理的花园，（托马斯四脚的部下，兔子们，留心把他所有的花卉都吃完了：兔子是趣味高明的动物，特别喜欢粉红花同和些瞿麦，这班流氓！）一片果园，同一块草地就包括尽他的区域了。此外还有一个宽阔的狗舍，同一个马厩，它的外面盖着托马斯勤劳的战利品——鸢，穴鸟，喜鹊，䴗，乌鸦，猫头鹰，他们的翅膀钉住，像他们在纹章学里所说的，"炫耀"在壁上，他们的两旁镶有臭猫，黄鼠狼，黄鼬同箭猪，可说是已经去世的囿人们的成绩的完善展览会。

但是这个林中茅舍旁边最美丽的东西是真真还活着的禽兽，那在屋子的四周飞驰，驯熟得有如仓廪门口的家禽；鹌鹑成群飞来受饲，仿佛世上没有一条狗，一把枪，或者一个人；雉鸡，光荣的动物！听到呼唤就来；兔子几乎和考伯所钟爱的同样的不怕人，会站着，让你看它们；肯让你走得很近，然后才举起一个老是颤动的耳朵，一溜烟跑去了；甚至于当懦怯的本能已

timidity was aroused, would turn at a safe distance to look again.

Such was to be Willy's future habitation. The day after he entered upon his place, I had an opportunity of offering my double congratulations, to the master on his new servant, to the servant on his new master. Whilst taking my usual walk, I found Thomas Lamb, Dick, Willy, and Fanny, about half-way up the lane, engaged in the animating sport of unearthing a weasel, which one of the gipsy dogs followed into a hole by the ditch-side. The boys showed great sportsmanship on this occasion: and so did their poor curs, who, with their whole bodies inserted into the different branches of the burrow, and nothing visible but their tails (the one, the long puggish brush, of which I have already made mention, the other a terrier-like[1] stump, that maintained an incessant wag), continued to dig and scratch, throwing out showers of earth, and whining with impatience and eagerness. Every now and then[2], when quite gasping and exhausted, they came out of a moment's air; whilst the boys took their turn[3], poking with a long stick, or loosening the ground with their hands, and Thomas stood by, superintending and encouraging both dog and boy, and occasionally cutting a root or a bramble that impeded their

---

1 terrier-like: like terrier 像狸的。
2 every now and then: occasionally 有时。
3 to take one's turn: to do what is assigned to one in proper order 值班; 干轮到的事情。

经弄发作了，在安全的矩〔距〕离它们还会回头望一下。

　　这么一个地方是威立将来的居处。他开始干他的职务的第二天，我有个机会说出我双份的祝词，向主人庆祝他得到这个新仆人，向仆人庆祝他得到这个新主人。当我照例散步时候，我看见托马斯，兰姆，狄克，威立，同芬妮，在小径的中途，干那件使人有精神的工作：向土中掘出鼬鼠，那是被一条游民的狗追逐到沟旁一个土洞里去。小孩子们这一下显出他们很具有游猎者的本领；他们可怜的野狗也是这样，他们全身插进兽穴的不同洞口，除开他们的尾巴外，别的全看不见了（一条尾巴是狮子狗式，长的，像刷子一样，那是我已经提过了，其它那一条是捕狐犬式，好像被削断的只剩下短短一节，那是不断地摇动着），继续掘下去同用爪乱抓，掷出阵雨般的土，焦急同热望得娇啼着。隔不多久，当完全喘着气，十分疲倦了，他们出来吸一下空气；那时轮到孩子们来工作了，用一条长竿子冲刺着，或者用他们的手把土弄松些，托马斯站在一旁，监视同鼓舞狗同小孩，有时割断那阻碍他们进行的树根或者荆棘。芬

progress. Fanny also entered into the pursuit with great interest, dropping here and there a word of advice, as nobody can help doing[1] when they see others in perplexity. In spite of all these aids, the mining operation proceeded so slowly, that the experienced keeper sent off his new attendant for a spade to dig out the vermin, and I pursued my walk.

After this encounter, it so happened that I never went near the gipsy tent without meeting Thomas Lamb—sometimes on foot, sometimes on his pony; now with a gun, and now without; but always loitering near the oak-tree, and always, as it seemed, reluctant to be seen. It was very unlike Thomas's usual manner to seem ashamed of being caught in any place, or in any company; but so it was. Did he go to the ancient sibyl to get his fortune told? Or was Fanny the attraction? A very short time solved the query.

One night, towards the end of the month, the keeper presented himself at our house on justice business. He wanted a summons for some poachers who had been committing depredations in the preserve. Thomas was a great favourite; and was of course immediately admitted, his examination taken, and his request complied with. "But how, " said the magistrate, looking up from the summons which he was signing, "how can you expect, Thomas, to keep your

---

1 参见104页注1。

妮也很感到兴趣地加入这个追寻，有时替这个，有时替那个出些主意，这是谁也免不了干的，当看到别人在困难之中。虽然有许多帮忙，掘穴的工作是进行这么慢，那位有经验的猎场总管派他的新仆人去拿一个铲来掘出那坏东西，我也继续走我的路了。

这次相会之后，说也奇怪，我每次走近游民的帐幕，绝没有不碰到托马斯·兰姆——有时步行，有时骑它的小马；有时带一把枪，有时没有；但是总在橡树旁边闲荡着，好像总是不愿意被人们瞧见。这很不像托马斯平常的态度，这种觉得不好意思当被人们看见在什么地方，或者同什么人一起；但是他现在的确是如此。他去找那老女巫算一下他的运命吗？也许芬妮是具有引诱力吗？一个很短的时间就可以解决这个疑问。

一天晚上，快到月底了，这位猎场总管为着一件法律事情来到我们屋里。他要求传几个劫掠他的猎场的私捕鱼鸟的人出庭。托马斯是大家都很喜欢的人，自然立刻就让他进来，他的案件问一下，他的要求答应了。"但是，"知事正签字在传票上，抬起头来说道，"你怎么能够希望，托马斯，保住你的雉鸡，当

pheasants, when that gipsy boy with his finders[1] has pitched his tent just in the midst of your best coppices, killing more game than half the poachers in the country? " —"Why, as to the gipsy, sir," replied Thomas; "Fanny is as good a girl—" "I was not talking of Fanny, " interrupted the man of warrants, smiling, — "as good a girl, " pursued Thomas—"A very pretty girl! " ejaculated his worship, — "as good a girl, " resumed Thomas, "as ever trod the earth! " —"A sweet, pretty creature, certainly, " was again the provoking reply. "Ah, sir, if you could but hear how her little brother talks of her! " — "Why, Thomas, this gipsy has made an impression." — "Ah, sir! She is such a good girl! " —And the next day they were married.

It was a measure to set every tongue in the village a-wagging[2]; for Thomas, besides his personal good gifts, was well-to-do[3] in the world—my lord's head keeper, and prime favourite. He might have pretended[4] to any farmer's daughter in the parish: everybody cried out[5] against the match. It was rather a bold measure, certainly; but I

---

1 finder: one who finds 寻找东西的人，这里是指游民的狗。
2 a-wagging：这个加在 verbal noun 前面是等于 on（正在），所以 a-wagging 的意思是 "在摇动着"。
3 well-to-do：properous 成功的；顺利的。
4 to pretend to：to lay claim in marriage to 求婚。
5 to cry out against：to censure or blame 反对；责问。

那个游民的小孩和他的野狗刚刚在你最好的丛林中间立起她的帷幕,他杀死的野味比这里一半的私捕鱼鸟的人们杀的还多?"——"嗳吓,谈到游民,先生,"托马斯答道;"芬妮是个那么好的女孩子,简直——""我不是说芬妮,"发拘票的这位先生微笑着打断他的话,——"那么好的女孩子,"托马斯还是接着说道——"一个很美丽的女孩子!"这位大人物忽然赞美一声,——"是个那么好的女孩,"托马斯继续说,"简直是不下于历来踏过地面的一切姑娘!"——"的确是个可爱的,美丽的人儿,"又是这样叫人生气地答道。"吓,先生,若使你能够听到她的小弟弟怎样谈她!"——"怎么,托马斯,这个游民感动了人了。"——"吓,先生!她是个这么好的姑娘!"——第二天他们结婚了。

这个处置是使全村的人们都喋喋不休;因为托马斯,在他本身许多才干之外,在世界里境遇也是很好的——爷爷的猎场总管同最喜欢的人。他很可以向教区里任一个农夫的女孩求婚:个个人都大声反对他这次婚姻。那的确是有些大胆的处置;但

think it will end well. They are, beyond a doubt, the handsomest couple in these parts; and as the fortune-teller and her eldest grandson have had the good sense to decamp, and Fanny, besides being the most grateful and affectionate creature on earth, turns out[1] clever and docile, and comports herself just as if she had lived in a house all her days, there are some hopes that in process of time her sin of gipsyism may be forgiven, and Mrs. Lamb be considered as visitable, at least by her next neighbours, the wives of the shoemaker and the parish clerk. At present, I am sorry to say that those worthy persons have sent both Thomas and her to Coventry[2]—a misfortune which they endure with singular resignation.

---

1 to turn out: to be ultimately revealed as or proved to be 最后显出是；证明是。
2 to send one to Coventry: to combine to cut him 联合起来使他不得入交际场中；跟他断绝社交。

是我想结果将是很好的。无疑地，他们是这块地方里最漂亮的一对夫妇；那个老预言家同她的长孙既然是懂事的，知道撤幕到别地方去，芬妮不单是世上最感恩的，最有爱情的人儿，而且显出又聪明，又听话，处身持己很适当，好像她一生都是在屋里住的，我们可以有些希望，过了相当时间，她当过游民这个罪可以蒙人赦宥，兰姆太太将被人们认为可以去拜望的，最少她的紧邻将这样想，那是鞋匠同教区书记的太太们。现在，我觉得难过，我要说这班值得尊敬的人们是绝不跟托马斯和她来往的——这个不幸他们却达观得很出奇地忍受着。

The Fall of the Leaf

November 6th. —The weather is as peaceful today, as calm, and as mild, as in early April; and, perhaps, an autumn afternoon and a spring morning do resemble each other more in feeling, and even in appearance, than in any two periods of the year. There is in both the same freshness and dewiness of the herbage; the same balmy softness in the air, and the same pure and lovely blue sky, with white fleecy clouds floating across it. The chief difference lies in the absence of flowers and the presence of leaves. But then the foliage of November is so rich, and glowing, and varied, that it may well supply the place of the gay blossoms of the spring; whilst all the flowers of the field or the garden could never make amends for[1] the

---

1 to make amends for: to compensate 补偿。

落　叶

十一月六日——今天天气是恬静温和跟四月初一样；也许，一个秋天的下午同一个春天的早晨在情调上，甚至于在外貌上，是比一年里任何两季都更相似。在这两个时候里，地上的草是同样的新鲜同含着露珠；空中有同样的芬芳和蔼；同样的洁净可爱的蓝色穹苍，羊毛般的白云浮游过去。最大的不同是在于秋天没有花，有叶子。但是十一月的簇叶是这么丰盛，这么发红，这么杂色，那很可以代替春天里欣欢的繁花；而满地满园的花绝不能补偿叶的缺乏——那个美丽可爱的衣服，自然用它

want of leaves—that beautiful and graceful attire in which nature has clothed the rugged forms of trees—the verdant drapery to which the landscape owes its loveliness and the forests their glory.

If choice must be between two seasons, each so full of charm, it is at least no bad philosophy to prefer the present good[1], even whilst looking gratefully back, and hopefully forward, to the past and the future. And of a surety[2], no fairer specimen of a November day could well be found than this—a day made to wander.

"By yellow commons and birch-shaded hollows, and hedgerows bordering unfrequented lanes."

Nor could a prettier country be found for our walk than this shady and yet sunny Berkshire, where the scenery, without rising into grandeur or breaking into wildness, is so peaceful, so cheerful, so varied, and so thoroughly English.

We must bend our steps towards the water side, for I have a message to leave at Farmer Riley's: and sooth to say[3], it is no unpleasant necessity; for the road thither is smooth and dry, retired, as one likes a country walk to be, but not too lonely, which women never like; leading past the Loddon—the bright, brimming, transparent

---

1 to prefer the present good: 喜欢当前的乐事，不去追念过去或者希冀将来而悲愁，这当然是个聪明的哲学。

2 of a surety: surely 必定；确实。

3 sooth to say: to speak the truth 说一句真话。

盖住树林多凹凸的躯体——那个青翠的披布，风景的可爱是靠着它，森林的光荣也是靠着它。

若使必定在这雨季中间拣选一个，每个都是这么充满了美色，这最少不能算是不高明的哲理，宁其倾心于目前可以得到的好处，甚至于当我们感恩地回顾过去，有望地前瞻将来。的确，今天这样日子是十一月天气最好的榜样，我们不能找个更完美的了——这天这样日子是预备给我们游荡。

"缘着黄色的公地同桦树成阴的凹地，以及人迹罕到的小路两旁的篱笆。"

我们也不能找出个更美丽的田野给我们散步，比起这个有树荫，但是也满足阳光的波克斯，那里的风景没有达到瑰奇伟丽，也没有变为荒芜蛮野，是这么平静的，这么欣欢的，这么各色纷陈的，这么澈底英国风味的。

我们得向着水滨走去，因为我有个口信要传到莱利农夫家里：说句真话，这个必要并不是个不愉快的事情；因为到那里去的路是干燥平坦的，幽静的，人们总喜欢乡下的路是这样的，但是不太荒凉，那是女人所绝不喜欢的；这条路经过罗敦湖畔——那个清朗的，满到边缘的，透明的罗敦湖——这个明朗的

Loddon—a fitting mirror for this bright blue sky, and terminating at one of the prettiest and most comfortable farm-houses in the neighbourhood.

How beautiful the lane is today, decorated with a thousand colours! The brown road, and the rich verdure that borders it, strewed with the pale yellow leaves of the elm, just beginning to fall; hedgerows glowing with long wreaths of the bramble in every variety of purplish[1] red; and overhead the unchanged green of the fir, contrasting with the spotted sycamore, the tawny beech, and the dry sere leaves of the oak, which rustle as the light wind passes through them; a few common hardy yellow flowers (for yellow is the common colour of flowers, whether wild or cultivated, as blue is the rare one), flowers of many sorts, but almost of one tint, still blowing in spite of the season, and ruddy berries glowing through all. How very beautiful is the lane!

And how pleasant is this hill where the road widens, with the group of cattle by the wayside, and George Hearn, the little postboy, trundling his hoop at full speed[2], making all the better[3] haste[4] in his work because he cheats himself into thinking it play! And how beautiful again is this patch of common at the hill-top with the clear pool, where Martha Pither's children—elves of three, and four, and

---

1 purplish: somewhat purple 微紫。

蓝色天空的一面合式的镜子,这条路的尽处是邻近里一间最美丽的,最舒适的田舍。

这条小路今天是多么艳丽,点缀有成千的彩色!棕色的路,路的两旁是鲜明的青翠,上面散有榆树淡黄色的叶子,那正开始落下;两旁篱树有各种紫红颜色的长圈的悬钩子照耀着;头上是枞树的长青簇叶,跟那有斑点的槭树,黄褐色的山毛榉,同微风过去,沙沙作响的橡树枯燥的叶子正相反;几朵耐苦的普通黄花(黄是花普通的颜色,野花也好,家花也好,好像蓝是花中罕见的颜色),各种的花,但是差不多是同一的色调,还在开花着,不怕这个季候,红色的浆果到处焕发着。这条小路真是多么美丽呀!

路渐变宽的这座小山是多么可喜,路旁有一群牛,乔治·赫因,小邮差,以极大的速度赶他的车子,他的工作进行得更快,因为他骗自己以为这是一种游戏!山顶这块公地,带一口澄明的小池,又是多么美丽呀,在那里马大·匹德的小孩子——三,四,五岁大的神仙——他们那太阳晒黑的脸孔同破

---

2 at full speed:going as quickly as possible 以极快的速度。
3 all the better:so much the better 更妙;愈佳。
4 to make haste:to be quick 加快。

five years old—without any distinction of sex in their sunburnt faces and tattered drapery, are dipping up water in their little homely cups shining with cleanliness, and a small brown pitcher with the lip broken, to fill that great kettle, which, when it is filled, their united strength will never be able to lift! They are quite a group for a painter, with their rosy cheeks, and chubby hands, and round merry faces; and the low cottage in the background, peeping out of its vine leaves and china roses, with Martha at the door, tidy, and comely, and smiling, preparing the potatoes for the pot, and watching the progress of dipping and filling that useful utensil, completes the picture.

But we must go on[1]. No time for more sketches in those short days. It is getting cold too. We must proceed in our walk. Dash is showing us the way, and beating the thick double hedge-row that runs along the side of the meadow, at a rate that indicates game astir, and causes the leaves to fly as fast as an east wind after a hard frost. Ah! A pheasant! A superb cock pheasant! Nothing is more certain than Dash's questing, whether in a hedge-row or covert, for a better spaniel never went into the field; but I fancied that it was a hare afoot[2], and was also as much startled to hear the whirring of those splendid wings as the princely bird himself would have been at the

---

1 to go on: to continue to walk 继续走去。
2 afoot: astir 动着。

碎的衣服绝分不出男性女性来，用他们洁净得发光的朴素小杯，同一只破口的棕色小水瓮淘水去盛那个大锅子，当它盛满时，他们合起来的力气也绝不能举起！他们这一群小孩子真是画家的好材料，他们那玫瑰色的双颊，短胖的小手，和快乐的圆脸孔，背后低矮的茅屋，从它四旁的葡萄叶子同佛桑花丛里露出，马大站在门口，洁净悦目，微笑着，正预备将放在锅里煮的马铃薯，一面监视他们淘水盛满那有用的器具，这些情境凑足了那幅绝妙画图。

  但是我们必得望〔往〕前走去。在这种短促的秋日，我们没有时间再多描写些风景了。而且渐渐冷起来了。我们必得继续前进。达士这条狗给我们引路，搜索缘着草场的双行繁茂的篱树，他的速度指示出有什么猎禽被他扰动了，使叶子飞得像重霜后的东风那么快。阿！一只雉鸡！一只华美的雄雉鸡！达士的探寻是比任何事情都更有把握的，无论是在一列篱树里，或者丛林之中，因为猎场里找不出一个再好的猎狗了；但是我起先以为是一只兔跑着，听到这对灿烂的羽翼的胡胡声，我的惊讶不下

report of a gun. Indeed, I believe that the way in which a pheasant goes off[1] does sometimes make young sportsmen a little nervous (they don't own it very readily, but the observation may be relied on nevertheless), until they get, as it were, broken-in[2] to the sound; and then that grand and sudden burst of wing becomes as pleasant to them as it seems to be to Dash, who is beating the hedge-row with might and main[3], and giving tongue[4] louder, and sending the leaves about faster than ever—very proud of finding the pheasant, and perhaps a little angry with me for not shooting it; at least looking as if he would be angry if I were a man; for Dash is a dog of great sagacity, and has doubtless not lived four years in the sporting world without making the discovery, that although gentlemen do shoot, ladies do not.

The Loddon at last! The beautiful Loddon! And the bridge, where every one stops, as by instinct, to lean over the rails, and gaze a moment on a landscape of surpassing loveliness—the fine grounds of the Great House, with their magnificent groups of limes, and firs, and poplars grander than ever poplars were; the green meadows opposite, studded with oaks and elms; the clear winding river; the

---

1 to go off: to depart with haste 匆忙地离去。
2 to break in: to discipline 训练。
3 with might and main: forcibly 有力地。
4 to give tongue: to yelp at the discovery of scent 闻到野兽的味而狂吠。

于这只王子般的飞鸟,若使它听到放枪的声音。真的,我相信一只雉鸡决然而起时的状态有时使年青的游猎者有些心惊(他们不很愿意承认这事,但是这个观察是靠得住的),等到他们可说训练得不怕那声音了;然后,这伟大突然的翅膀声音对于他们会生出快感,正好像对于达士那样。他现在猛力地向篱树探索,更大声狂吠,把叶子踢飞得更远——觉得很骄傲会找到雉鸡,也许对于我有一点儿生气,因为没有向它射击;最少现出好像他会生气,若使我是一个人;因为达士是条非常聪明的狗,在游猎世界里住了四年绝不会没有发现这个事实,虽然先生们放枪,淑女们是不放枪的。

最后走到罗敦湖了!秀媚的罗敦湖!还有那条桥,每个人到那里都会留连一下,好像是出于本能的,去凭阑干,凝视一会儿一片佳丽无比的风景——大屋的绝好空地,以及地上菩提树的宏大丛林,枞树,比历来的白杨都更壮伟的白杨树;对面镶着橡树榆树的碧绿草地;清澈的屈曲自如的小河;风景的边

mill with its picturesque old buildings bounding the scene; all glowing with the rich colouring of autumn, and harmonised by the soft beauty of the clear blue sky, and the delicious calmness of the hour. The very peasant whose daily path it is cannot cross the bridge without a pause.

But the day is wearing fast, and it grows colder and colder. I really think it will be a frost. After all, spring is the pleasantest season, beautiful as this scenery is. We must get on[1]. Down that broad yet shadowy lane, between the park, dark with evergreens and dappled with deer, and the meadows where sheep, and cows, and horses are grazing under the tall elms; that lane, where the wild bank, clothed with fern and tufted with furze, and crowned by rich berried thorn and thick shining holly, on the one side, seems to vie in beauty with the picturesque old paling, the bright laurels, and the plumy, cedars, on the other, down that shady lane, until the sudden turn brings us to an opening where four roads meet, where a noble avenue turns down to the Great House; where the village church rears its modest spire from amidst its venerable yew trees; and where, embosomed in orchards and gardens, and backed by barns and ricks, and all the wealth of the farm-yard, stands the spacious and comfortable abode of good Farmer Riley—the end and object of our walk.

---

1 to get on: to advance; to make haste in movement 前进，赶快。

际有个带了可以入画的老屋的磨坊；一切给秋天浓厚的彩色染得发光，又被澄蓝的天空同当时一种甜蜜的恬静弄成和谐一气。就是天天要走这条路的农夫也不能走过这座桥而不停一下子。

但是今天日子快完了，也渐渐更冷起来了。我真想将降下霜来了。实在说起来，春天是最快乐的时节，又是明媚得像这个风景。我们必得望〔往〕前走去。走下那宽阔的，但是有阴影的僻路，那是在给常青树遮成阴森森，群鹿点缀着好似斑点的花园同牛羊马匹在宏壮的榆树底下吃草的草场之间；那条僻路，它的野堤有羊齿衣被着，金雀花丛生着，顶上是有浆果的鲜艳荆棘同夺目的密密的冬青，这一边野堤好像是同那一边可以入画的旧木栅，光明的桂树同多羽毛的柏香木赛美；走下这条多阴影的僻路，等到忽然一转弯，到了一个空旷的地方，那里有四条路交叉着，那里一条壮伟的大路岔出直达到大屋；那里村里教堂在它尊严的紫杉中间举起它那不大高的尖塔；那里，投在果园花园的怀中，后面有仓廪，稻草堆，同农家庭园里一切的富裕，站着那个好农夫莱利的宽大舒适的屋子——我们路程的终点同目的。

And in happy¹ time the message is said and the answer given, for this beautiful mild day is edging off² into a dense frosty evening; the leaves of the elm and the linden in the old avenue are quivering and vibrating and fluttering in the air, and at length falling crisply on the earth, as if Dash were beating for pheasants in the tree-tops; the sun gleams dimly through the fog, giving little more of light and heat than his fair sister³ the lady moon—I don't know a more disappointing person than a cold sun; and I am beginning to wrap my cloak closely round me, and to calculate the distance to my own fireside, recanting all the way my praises of November, and longing for the showery, flowery April, as much as if I were a half-chilled butterfly, or a dahlia knocked down by the frost.

Ah, dear me! What a climate this is, that one cannot keep in the same mind about it for half-an-hour together! I wonder, by-the-way,⁴ whether the fault is in the weather, which Dash does not seem to care for, or in me? If I should happen to be wet through in a shower next spring, and should catch myself longing for autumn, that would settle the question.

---

1 happy: lucky 侥幸。
2 to edge off 参看98页注1。
3 his fair sister: 照希腊的神话，月（Phoebe）是太阳（Phoebus）的姊妹。
4 by-the-way: 说到一件事时，忽然记起一件同他不大相关的事，就用这几个字作引子。

在凑巧的时候里那句话传达了,答话也说了,因为这温暖的佳日渐陷入一个密雾的晚上了;古老的大路上的榆树同菩提树的叶子在空中颤动着,摇摆着,临风飘扬着,最后清脆一声落到地上,好像达士在树巅探寻雉鸡;太阳暗淡地从雾里发光,他所发的光热并不胜过他的漂亮姊妹月姑娘——我不知道有个比寒冷的太阳更使别人见着生愁的人;我正开始把我的大衣紧紧地围在身上,肚子里暗算还有多少路可以到我自己的炉旁,一路上勾消我对于十一月的赞美辞,期望着多雨多花的四月天,仿佛我是个半冻死的蝴蝶,或者一朵被霜压倒的天竺牡丹。

呀,天吓!这是什么天气,人们对他不能够接连半个钟头怀同一的心肠!可是,我又想,这个错是在于天气呢,达士对于天气好像是漠不关心的,还是在于我呢?若使明年春天我偶然给一阵暴雨淋透了,抓着我自己正在渴望秋天,那么这个问题就可以解决了。

A Last Diary

最后的一本日记

(英汉对照)

W. N. P. Barbellion 著

梁遇春 译注

"英文小丛书"之一,上海北新书局,1931年4月付排,1931年5月初版

W. N. P. Barbellion
（1889—1919）

W. N. P. Barbellion是个笔名。作者的真名字是Bruce Frederick Cummings。他天生一副极锐敏的心灵，再加上小孩时候犯过肺病，所以一生都沉浸在苦痛之中，可是从这血肉模糊的病榻上却开出一朵鲜艳的花，那是他的日记。他从十一二岁起对于自然界就感到强烈的兴趣，儿时的光阴多半用于在大自然怀中采集标本，二十二岁考入"南肯辛顿博物院"（the Natural History Museum at South Kensington）当研究员，一直到一九一七年才因病辞职。他在十三岁时开始写日记，起先只将他对自然界的观察记下，后来渐渐注重于记下自己的心境和情调。因为他是个科学家，所以他对自己能取一种客观的态度，拿自己当做研究的对象。而他的性格又是极可爱的。他几乎无日不在病中，可是他的意志力非常强，有一次写信给他兄弟，他引法国文学家（Balzac）的话："假使你受苦，最少你可以因此知道你是活着"，他真同Stevenson，Henley，Nietzsche一样，在病魔鞭打之下挣扎着，努力干他所想做的事。他虽然心中含有无限悲痛，对人却和蔼可亲，嘻嘻哈哈谈了一大堆。一个素来是瘦骨不盈一把的长汉子按下呻吟天天兴致勃勃地研究生物，对于人生具种积极的态度，想法叫自己的生活充实，然后再冷静地把这个辛酸的生活记下，成为一本心史，这是多么有趣而值得佩服的事情。他自从十三岁起十五年中所写的二十厚册日记里选编一本，叫做 *The Gournel of a Disappointed Man*（《一个失望人的日记》），他死后人们把他最后两年的日记印出，叫做《最后的一本日记》，这本书的出版也是出自他生前的意思，他而且吩咐人家在他这部日记后面写上"The rest is silence"（其余是静寂了）这句话。我们这一本就是他一九一八年的日记。

他患的是一种奇病，专家叫做 disseminated sclerosis，是脊椎上的毛病，医生诊断在几年之内这个病会把他身体内的机官逐一损坏，慢慢地把他杀死。他的家人不肯把这话告诉他，骗他只要好好休息就可以复原。他的爱人是知道了这种情形，却毅然嫁他，情愿同他一起受苦，甘心度孀妇的生涯。这真是挚情，他后来知道却觉得万分难过，这本日记里的伊（E）就是指他这个值得钦佩的妻子。

他的著作在这两部日记之外还有一部散文集（*Enjoying Life and Other Literary Remains*），里面有一篇论"日记文学是极精辟的批评文字。此外都是科学文章了"。

A Last Diary
1918

March 21st, 1918. —Misery is protean[1] in its shapes, for all are indescribable. I am tongue-tied. Folk come and see me and conclude it's not so bad after all[2] —just as civilians tour the front and suppose they have seen war on account of [3] a soldier with a broken head or an arm in a sling. Others are getting used to[4] me, though I am not getting used to myself.

Honest British jurymen would say "temporarily insane" if I had a chance of showing my metal[5]. I wish I could lapse into

---

1 protean: as of Proteus 像普洛条斯。Proteus 是希腊的海神，能够变化为各种样子，同《西游记》里的孙悟空一样，所以 protean 的意思是 "千变万化"，"变化无穷"。

2 after all: in spite of what has been expected 虽然我们起先推测以为很严重，其实不过如此；究之。

最后的一本日记
一九一八年

　　一九一八年，三月，二十一日——苦痛，它的形态是千变万化的，因为全是不能描状的。我现在不能说话了。人们来瞧我，断定其实我并没有什么大毛病——正好像普通人们到前线去观察，看到一个头破了或者手臂放在吊腕带里面的兵士，就以为他们已经见到战争了。别人对于我已经惯了，虽然我对于自己却还没有惯。

　　老实的英国陪审官会说"暂时疯狂"，若使我有一个露出本色的机会。我希望我能够沉到永久的疯狂里去——那也可以止

3　on account of：because of 因为。
4　getting used to：becoming accustomed to 惯于。
5　metal：constitutional disposition; character; temper 本质。

permanent insanity—'twould be a relief to let go control[1] and slide away down, down[2]. Which is the farthest star? I would get away there and start afresh, blot out all memory of this world and its doings. Here, even the birds and flowers seem soiled. It makes me impatient to see them—they are indifferent, they do not know. Those that do not know are pathetic, and those knowing are miserable.[3] It is ghostly to live in a house with a little child at the best of times—now at the worst of times a child's innocence haunts me always.

March 25th, 1918.—I shall not easily forget yesterday (Sunday). It was just like Mons[4] Sunday. The spring shambles[5] began on Thursday in brilliant summer weather. Yesterday also was fine, the sky cloudless, very warm with scarcely a breeze. They wheeled me into the garden for an hour: primroses, violets, butterflies, bees; the song of the chaffinches and thrushes—otherwise silence. With the newspaper on my knee, the beauty of the day was oppressive. Its unusualness at this time of year seemed of evil import. Folk shake their heads, and they say in the village there is to be an earthquake on account of the heat. In rural districts simple souls believe it is the end of the world coming upon us.

---

1 to let go control: to abandon restraint 放肆不自制。
2 down, down: 表示沉沦之意。
3 这两句可说包括尽人世的悲哀。无知无识者胡涂过日子是怪可怜的，有知识者又深染上了人世的酸情。

痛；不再管束自己了，就让自己溜下去，溜下去。那个是同地球离得最远的星儿呢？我想躲到那里去，重新开始一番生涯，把这个世界的回忆和它一切的事情全部勾销。在这个地球上，甚至于花鸟好像都是龌龊的。看到它们，我觉得不耐烦——它们是漠不关心的，它们毫无所知。毫无所知者使我们动怜悯之心，具有知识能力者又是免不了受苦。这真是鬼气森森，住在一所屋里，顶好的时候只有一个小孩作伴——现在当此顶坏的时候，一个小孩的天真老是萦绕我的心里。

一九一八年，三月，二十五日——昨天（星期日）是我不容易忘记的一天。那正同蒙斯大战那个星期日一样。春天的屠杀于星期四在夏天的骄阳之下开始了。昨天天气也很好，青天无片云，很暖和，几乎没有一丝风。他们把我的车子推到花园里，在那儿滞一个钟头：满眼是莲馨花、紫萝兰、胡蝶、蜜蜂；听到的是金丝鹊〔雀〕同画眉歌声——此外是寂然。报纸放在膝上，天气的佳美使我感到困倦。当此时令这种非常的天气好像是个不祥之兆。人们摇头，他们在村里说恐怕会有地震发生，因为天气太热了。在乡野的区域里思想简单的人们相信世界末日快临到头上来了。

---

4 Mons：欧战起始时，英国进兵比利时的Mons，与德国大战。
5 shambles：屠场，德国此时开始最后一次总攻击。

At such times as these my isolation here is agonising. I write the word, but itself alone conveys little. I spend hours by myself[1] unable to talk or write, but only to think. The war news has barely crossed my lips once, not even to the bedpost[2]—in fact, I have no bedpost. And the cat and canary and baby would not understand. It is hard even to look them in the face[3] without shame. All the while I hear the repeated "kling" in my ears as the wheel of my destiny comes full circle—not once but a hundred superfluous times.[4] When am I going to die? This is a death in life.

I intended never to write in this diary again. But the relief it affords could not be refused any longer. I was surprised to find I could scribble at all legibly. Yet it is tiring.

March 26th, 1918. —In reply to a query from me if there were any fresh news in the village this afternoon, my mother-in-law thus (an obiter dictum[5], while dandling the baby): "No, not good news anyway. Still, when there's a thorough assault, we're bound to lose some... Dancy, dancy, poppity pin[6]," etc.

---

1 by oneself: alone 独自；孤寂地。
2 not even to the bedpost 所谓"对床柱说"就是"对自己说"。
3 to look in the face: to regard firmly or boldly 毅然直视；直目相对。
4 作者神经衰弱，觉得仿佛命运的铁轮真是向他滚来。
5 obiter dictum: a passing remark 旁及之言；信口说的话。
6 Dancy, dancy, poppity pin: 随便唱起来哄小孩的调子，只有音，没有意义。

在像这类的时候里，我离群索居于此是"令我苦楚难堪"。我写下这句话，但是这句话仅仅能够达出我意思的一小部分。我独自过好几个钟头，不能说话，不能写东西，只能默想。战争的消息只有一次从我的双唇吐出，甚至于都没有对我的床柱说——其实，我也没有床柱。猫，金丝雀，婴孩是不懂这些事的。对着它们，我的确难免有些惭愧。这些时候里，我耳朵听到重复的"克林"一声，当我命运的轮子整个圈儿滚来——不单是一次，而且多余了一百次。我什么时候会死呢？这种情形真是虽生犹死。

我本来打算不再写这日记了。但是它所给的慰藉是我不能再继续拒绝着的。看到我还能明白地写下字，我自己也觉得奇怪。然而，这使我感到疲劳。

一九一八年，三月，二十六日——我问我的岳母今天下午村里有什么新闻，她就这样回答道（一句信口说的话，当摇弄着婴儿）："没有，绝没有什么好消息。但是，当有一个猛烈的攻击，我们总得损失一些……丹茜，丹茜，波皮蒂，瓶……"

But we are all moles, in cities as in villages, burrowing blindly into the future. These enormous prospects transcend vision; we just go on¹ and go on—following instinct, nursing babies, and killing our enemies. How unspeakably sorrowful the whole world is! Poor men, killing each other. Murder, say, of a rival in love, is comparatively a hallowed thing because of the personal passion. Liberty? Freedom? These are things of the spirit. Every man is free if he will. Yet who is going to lend an ear to the words of a claustrated² paralytic? I expect I'm wrong, and I am past³ hammering out⁴ what is right. I must anaesthetise⁵ thought and accept without comment. My mind is in an agony of muddle, not only about this world but the next.

Publication of the Journal

May 29th, 1918. —This journal in part is being published in September (D. V.). In the tempest of misery of the past three weeks, this fact at odd intervals has shone out like a bar of stormy white light. By September I anticipate a climax as a set-off⁶ to the

---

1 to go on: to advance forward 望〔往〕前进，这里是指我们一天天莫名其妙地活下去。
2 claustrated: confined in a cloister 被囚在寺院里的。
3 past: beyond 已过。
4 hammering out: devising 想出，弄出。
5 to anaesthetise: to render insensible by an anaesthetic 用麻醉药使失掉知觉。

但是我们都是鼹鼠，在城里的人们和在乡村里的人们一样，盲目地向将来钻去。那些巨大的前途是我们所不能预见的；我们只是望〔往〕前进，望〔往〕前进——随着本能行事，饲养婴儿，屠杀我们的敌人。整个世界是多么说不出来地悲哀呀！可怜的人们，互相残杀。别种的残杀，比如说残杀情敌，比较起来可算是神圣的东西，因为里面含有个人的热情。自主？自由？这些是精神上的东西。个个人都是自由的，假使他想得自由。然而，谁肯去听一个被幽闭的患麻痹的人的话呢？我预料我是错了，我已经不能弄出所谓不错的话了。我必得麻醉我的思想，一声不则地接收一切。我的心是浸在一团杂乱无章的苦楚里，不单是关于这个世界，而且关于死后的世界。

日记的出版

一九一八年，五月，二十九日——这部日记的一部分将在十一月里出版（由狄维出版）。在过去三星期里苦痛的波涛之内，这件事有时照亮着，像暴风雨中的一道白光。我预料十一月时我的病会有个抖〔斗〕变，做我的书的成功的一个衬托。也许，

---

6 set-off: that which is used to improve the appearance of anything, decoration 装饰品。

achievement of my book. Perhaps, like Semele[1], I shall perish in the lightning I long for!

My dear E. has had a nervous breakdown—her despairing words haunt me. Poor, poor dear—I cannot go on.

June 1st, 1918.—A fever of impatience and anxiety over the book. I am terrified lest it miscarry. I wonder if it is being printed in London? A bomb on the printing works?

When it is out and in my hands I shall believe. I have been out in a beautiful lane where I saw a white horse, led by a village child; in a field a sunburnt labourer with a black wide-brimmed hat lifted it, smiling at me. He seemed happy and I smiled too.

Am immensely relieved that E. is better. I cannot, cannot endure the prospect of breaking her life and health. Dear woman, how I love you!

Regard these entries as so many weals[2] under the lash.

June 3rd, 1918. —When it is still scalding, grief cannot be touched. But now after twenty-five days. I look back on those dreadful pictures and crave to tell the story. It would be terrible... I scorn

---

1 Semele：她是天帝（Jove）的爱人，但是心里怀疑他是真天帝，还是别人假托，于是请他答应她一个要求。他赌咒允许了，她就说出：她的要求是他穿在天上所用的光荣衣服来临。他照她的话办了，她这个凡人之躯却受不起他身旁的雷电，一会儿化成灰烬了。

2 weals：ridge raised on flesh by whip 鞭打浮起的伤痕。

跟塞麦利一样,我会在我所希冀的闪电里死去!

我亲爱的伊近来神经上受个大打击——她所说沮丧的话老是缠绕我的胸际。可怜的,可怜的亲爱人儿——我不能再写下去了。

一九一八年,六月,一日——关于我的书我有一种强烈的焦急同忧虑。我吓住了,只怕它会流产。我纳罕是不是在伦敦城里印刷?会不会有一粒炸弹落到印刷工厂上?

当它出版了,放在我手里,我才能相信。今天我走到一条美丽的小路,在那里我看见一匹白马,一个乡下小孩牵着;在田里,一个脸晒黑了的工人举起一顶宽边的黑帽,向我微笑。他好像很高兴,我也微笑了。

伊好些了,我如释重负。我不能,"不能"忍看损害她的生活同健康。亲爱的女人呀,我多么爱你!

这许多话,我都认为是鞭下的伤痕。

一九一八年,六月,三日——当悲哀还是灼热时候,那是不可触的。但是现在过了二十五日。我回顾那些可怕的情状,很想说出里面的经过。那将是可怖的……我却鄙视这种

such self-indulgence, for the grief was not mine alone, nor chiefly, and I cannot desecrate hers.

The extraordinary thing is that all this has no effect on me. The heart still goes on beating. I am not shrivelled.

June 15th, 1918. —I get tired of these inferior people drawn together to look after[1] me and my household. If, as to-day, I utter a witticism, they hastily slur it over so as to resume the more quickly the flap-flap[2] monotone of dull gossip. I had a suspicion once that my fun was at fault.[3] I was ill and perhaps had softening of the brain and delusions. So I made an experiment: I foisted off[4] as my own some of the acknowledged master-strokes of Samuel Foote[5] and Oscar Wilde[6], but with the same result. So I breathed again.

However, I except the old village woman come in to nurse me while E. is away. She is a dear, talks little and laughs a lot, is mousy[7] quiet if I wish, has lost a son in the war, has another, an elementary-school master who teaches sciences—"a fine scientist." She keeps on feeling my feet and says, "They're lovely warm, " or else in horrified because they are cold. Penelope she calls "little miss" (I like this), and attempts to caress her with, "Well, my little pet." But P. is

---

1 to look after: to take care of 照顾；看护。
2 flap-flap: 这个字的声音模仿无聊谈天的单调口气。
3 at fault: in the wrong; worthy of blame 错了；该骂的。
4 to foist off: to pass off 当做是。

放纵自己，因为那悲哀不是我所独有的，我挨的又不是最大的部分，我绝不能够去亵渎她的悲哀。

最奇怪的是这许多灾祸不损我的毫发。我的心还是继续跳动着。我并没有萎缩了。

一九一八年，六月，十五日——我讨厌这班下流人们，她们来照料我同我的家。假使，像今天，我讲一句笑话，她们赶紧乱以他语，为的是可以更快些再继续无聊闲谈的单调口气。我曾经怀疑我的笑话有毛病。我是病着，也许有脑病，迷惑了。我于是试验一下：我把撒母耳·佛特同鄂斯加·王尔德大家公认的绝妙笑话拿来当做我自己的说出，但是结果还是这样。于是乎我又放心了。

然而，我认为她们里面有一个例外，那是当伊不在这儿，来看护我的村里那个老女人。她是个可爱的人，不大说话，爱笑，若使我要静默，她就一声不响得有如一只耗子，有一个儿子死于这次战争；还有一个当小学教师，教科学——"一个好科学家"。她老是摩抚我的两脚，说，"它们暖和得可爱，"否则就恐慌起来，因为它们变冷了。她喊皮涅罗皮做"小姑娘"（我喜欢这个称呼），想用"好，我的小乖乖"这句话来哄她。但是

---

5 Foote：Samuel Foote（1720—1777）英国戏剧家。

6 Oscar Wilde：1856—1900，英国唯美派作家，善说含有精辟思想的诙谐。

7 mousy：quiet like mouse 耗子一样的安静。

a ruthless imp and screams at her.

I sat up in my chair to tea yesterday. It was all very quiet, and two mice crept out of their holes and audaciously ate the crumbs that fell from my plate. It is a very old cottage. In the ivy outside a nest of young starlings keep up a clamour. The doctor has just been here (three days since) and says I may live for thirty years. I trust and believe he is a damned liar.

The prospect of getting the proofs makes me horribly restless. The probability of an air raid depresses me, as I am certain the bombs will rain on the printers. Oh! Do hurry up! These proofs are getting on my mind[1].

Malignant Fate

June 16th, 1918. —I'm damned; my malignant fate has not forsaken me; after the agreement on each side has been signed, and the book partly set up in type[2], the publishers ask to be relieved of their undertaking. The fact is, the reader who accepted the MS.[3], has been combed out[4], and his work continued by a member of the firm, a godly man, afraid of the injury to the firm's reputation as publishers

---

1 getting on one's mind: irritating one 使他烦恼。
2 to set up in type: to arrange type ready for printing 把版排好预备印。
3 MS.: manuscript.
4 to comb out: to get recruits from among those previously exempted from service 从本来得免兵役的人们里去募新兵。

皮是个残酷无情的小鬼，对着她大声啼哭。

昨天我坐在椅子上用茶点。四围是非常恬静的，两只耗子由他们的窟里爬出，大胆吃从我盘子掉下的面包碎屑。这是一所很旧的屋子。在外面常春藤里椋鸟老是噪闹着。医生刚才来这儿（已经有三天没有来了），说我还可以活三十年。我相信他是个该受天罚的扯谎者。

校对稿子的预期使我心中不宁得可怕。一阵空中袭击的可能性令我抑郁，因为我想〔相〕信炸弹一定会落在印刷工人身上。啊！赶快印好罢！这些校对稿子渐渐沉重地压我心上。

刻毒的命运

一九一八年，六月，十六日——我是受上天的责罚了；我那刻毒的命运还没有离开我；双方的合同都已签好，书一部分也排好了，出版者却请求解约。事实是，接受这部稿子的那位编辑被召去当兵了，他的工作就由公司里一位人员来代替，一位好好先生，怕损坏公司的声誉，那是教科书同圣

of school-books and bibles! H. G. Wells[1], who is writing an Introduction, will be amused! At the best, it means an exasperating delay till another publisher is found.

June 17th, 1918. —E. comes home on Thursday.

A robin sits warming her eggs in a mossy hole in the woodshed. A little piece of her russet breast just shows, her bill lies like a little dart over the rim of the nest, and her beady eyes gleam in a fury at the little old nurse in her white bonnet and apron who stands about a yard away, bending down with hands on her knees, looking in and laughing till the tears run down her face: "poor little body, poor little body—she's got one egg up on her back." They were a pretty duet[2]. She is Flaubert's "Coeur simple"[3].

July 1st, 1918. —Turning out[4] my desk I found the other day:

"37, West Frambes Ave.

"Columbus, Ohio.

"September 30th, 1915."[5]

---

1 H. G. Wells (1866—):英国当代大思想家,著有《世界史纲》和许多小说。

2 duet: a composition for two performers 二人合奏之曲。这里是指她们两个人,一个要讨好,一个偏不高兴她,真是天生一对绝妙的伴侣,好比一曲二个合奏的音乐。

3 "Coeur simple":福罗贝尔所著的一种短篇小说的篇名,里面述一个老实的女人,遇到许多灾难,心地始终是单纯的。

经的出版者！替我写序的威尔思先生会觉得这是可笑的！就说有个最好的结果，这也引起一个叫人生气的耽搁，等找到了另外一个出版者。

一九一八年，六月，十七日——星期四伊回家里来了。

一只知更鸟在外屋中一个满是苍苔的洞里坐着孵卵。她那赤褐色的胸膛刚可以看见一小块，她的喙放在巢边像一枝投箭，她那如小珠的眼睛生气得发光，对着戴白帽，围帷裙的短小老看护妇，她站在一码远的地方，弯下腰来，双手放在膝盖了，向窝里望，大笑着弄得眼泪都流到面上："可怜的小东西，可怜的小东西——她有一只卵溜到背上去了"。她们是很有意思的一对。她是福罗贝尔所描写的，"老实人"。

一九一八年，七月，一日——前天翻屉子我发现底下这封信：

"寄自俄亥俄·哥伦布·西夫蓝柏斯大街三十七号"

---

4 turning out：emptying of contents 把里面东西倒出。
5 信的落款时间"一九一五年，九月，三十日"，译文缺。——编者注

MR. BRUCE CUMMINGS, ENGLAND.

"Dear Sir,

"I wonder if you will pardon my impertinence in writing to you. You see I haven't even your address; I am doing this in a vague way, but I wanted to tell you how much I appreciated your '*Crying for the moon*' which I read in the April forum. You have expressed for me, at least, most completely the insatiable thirst for knowledge. I can't live enough in the short time allotted to me, but I've seldom found anyone so eager, so desirous as you to secure all that this world has to offer in the way of knowledge. My undergraduate work was done at Ohio State University. Then for two years following I was a Fellow in English at the same school, and at present I am here as a laboratory assistant in psychology. Always I am taking as much work as possible to secure as varied a knowledge as possible. I am working now for my doctor's degree; I have my master's.

"I have had the idea of trying only so much; I can't get away from the Greek idea of Nemesis[1], but your article gave me the suggestion that one should try everything; better to be scorched than not to know anything about everything. And so this year I am trying to lead a fuller life. The article has inspired and helped me to attain a

---

1 Nemesis: 希腊报复之神, 凡是人们作事太顺利了, 或者运命太好, 她必来光顾, 使你倒霉, 叫你懂得谦虚。

致英国布鲁司·卡明先生

"亲爱的先生,

"我不知道你会不会恕我写信给你这种鲁莽的举动。你看我连你的通信处都不晓得;我没有多大把握地写这封信,但是我要告诉你我多么赞美你那篇,《啼哭着要揽月》,那篇文章我是在四月份的法庭上看到的。你十分完美地最少替我说出那种无法餍足的智识欲。我在上天派定给我的短促时间之内觉得没有活够,但是我很少碰到人们像你这么热情的,渴望的,想把这个世界所能有的学问都弄来。我是俄亥俄州立大学毕业的。接着我在这个大学当两年的英文学研究生,现在我在这儿做心理学实验室的助教。我总是尽力工作,以冀能够得到最广博不过的知识。我现在预备考博士;我已得到硕士学位了。

"我从前打算只干'这么多'的事情;我无法扔开希腊人关于能麦息斯的观念,但是你的文章使我想起我们应当试一试一切事情;还是因为太接近而被烧焦好些罢,比起对于个个东西没有相当的概念。所以今年我正试去过个更丰富的生活。那篇文章鼓舞我,助我对于人生意义得到一个更明了的见解。我既

clearer vision of the meaning of Life. As one of your readers, allow me to thank you for the splendid treat you gave us. Pardon please this long message.

"Respectfully,

"(Miss) Verona Macdollinger."

On its receipt, I was slightly flattered but chiefly scornful. I know the essay deserved better criticism. But now, I am touched—beggars can't be choosers[1]—and grateful. Dear Miss Verona Macdollinger! Thank you so much for your sympathy, and your truly wonderful name. Perhaps you are married now and have lost it—perhaps there is a baby Verona. Perhaps.... I don't know, but I am curious about you.

Four Weeks of Happiness

August 7th, 1918. —In the cottage alone with E. and nurse. Four weeks of happiness—with the obvious reservation. I am in love with my wife! Oh! Dear woman, what agony of mind, and what happiness you give me. To think of you alone struggling against the world, and you are not strong, you want a protector, someone's strong arm. But we are happy, these few weeks—I record it because it's so strange. I am deeply in love and long to have something so as to sacrifice it all with a passion, with a vehemence of self-abnegation.

---

1 beggars can't be choosers: beggars must take what is offered 叫花子不能拣选，人们给他什么，他总得收进去，否则他就没有东西了。作者感到没有人对他生同情，所以对于这无谓的赞美也觉得感谢。

是你的一个读者，让我谢你给我们以这么妙的作品。请原谅这封长信。

"维罗娜·马克得令革（女士）谨上。"

从前接到这封信时，我稍有自得之意，但是多半还是蔑视这个人。我知道那篇文章值得一个比这封信更高明的批评。但是"现在"，我受感动了——叫花子不配拣选着吃——而且觉得感恩。亲爱的维罗娜·马克得令革女士！深谢你的同情和你那真奇怪的姓名。也许你现在嫁人了，失掉那个姓名了——也许有一个小维罗娜了。也许……我不知道，但是我很想晓得你的情形。

四星期快乐的时光

一九一八年，八月，七日——独自同伊和看护妇在那小屋里。四星期快乐的时光——除开用不着说的那一点。我跟我的妻子在热烈的恋爱之中！啊！亲爱的女人，你给我多大的精神苦痛，你给我多大的幸福。想起你孤单地同世界奋斗，而你又不是一个强者，却是需要一个保护人，一个强壮的手臂。但是我们是快乐的，在这几个星期之内——我记下来，因为这是如此奇怪的。我是在热烈的恋爱之中，渴望有件宝贵东西，那么我可以一阵热情地把它牺牲去，简直绝对不顾我自己。

August 15th, 1918. —The Bishops are very preoccupied just now in justifying the ways of God to man. I presume it an even harder task to justify the ways of man to God. Why does not God stop the war? The people are asking—so the Bishops complain. But why did man make it? Man made the war and we know his reasons. God made the world, but He keeps His own counsel[1]. Yet if man, who aspires to goodness and truth, can sincerely justify the war, I am willing to believe—this is my faith—that God can justify the world, its pain and suffering and death. We made the war and must assume responsibility.

Yet why is not the world instantaneously redeemed by a few words of reproach coming from a dazzling figure in the Heavens, revealed unmistakably at the same instant to every man, woman, and child in the world? Why not a sign from Heaven?

September 1st, 1918. —Eighteen months ago I refused to take any more rat poison[2], with food so dear, and I refused to have any more truck[3] with doctors. I insist on being left alone, this grotesque disease and I. Meanwhile I must elaborately observe it getting worse by inches. But I scoff at it. It's so damned ridiculous, and I only give

---

1 to keep one's own counsel: to hold one's purpose as a secret 把自己的目的秘而不宣。

2 rat poison: 作者厌恶医药, 认为有害无益, 所以叫它做"毒耗子的药"。

3 truck: dealing 买卖。

一九一八年，八月，十五日——牧师们现在很忙于向人们辩护上帝的行为。我预料那是个更难的工作，向上帝辩护人们的行为。上帝为什么不止住这次战争呢？人们都问着——牧师诉苦，认为不好答。但是人们为什么打仗呢？人们打仗，我们知道他们的理由。上帝创造宇宙，他却秘不告人。然而，假使矢志以真善为人生鹄的的人们能够诚实地辩护为什么要打仗，我敢相信——这是我的信仰——上帝也能辩护为什么创造出宇宙，以及它的苦痛，它的灾难，它的毁灭。战争是我们"弄出来的"，我们该负这个责任。

然而，为什么上帝不肯明显地一下子向普天下个个男人，女人同孩子启示，在空中写出几个耀眼的责备的话，立刻将世界从苦痛里拯救出来呢？为什么上天没有一个"表示"呢？

一九一八年，九月，一日——十八月以前，看到粮食这么贵，我决定不再食那些耗子药了，我决定不再跟医生有什么买卖了。我坚持让这个古怪的病同我独自在一起。一面我却专诚地看这个病一寸一寸地慢慢坏下去。但是我嘲笑这个病。那是这么怪可笑的，我总是到万不得已时候才肯稍稍让步的，因为

ground obstinately, for I have two supreme objects in life which I have not yet achieved, tho' I am near, Oh! So very near the victory. The days creep past shrouded in disappointment; still I cling to my spar[1]—if not to-day, why then to-morrow, perhaps, and if not to-morrow it won't be so bad—not so very bad because *The Times Literary Supplement* comes then; that lasts for two days, and then the *Nation*... My thoughts move about my languid brain like caterpillars on a ravaged tree. All the while I am getting worse—and they are all so slow: if they don't hurry it will be too late—oh! make haste. But I must wait, and the caterpillars must crawl. They are "Looper" caterpillars, I think, which span little spaces.

A Splendid Dream

September 2nd, 1918. —It was a brilliantly fine day today, with the great avenue of blue sky and sunlight thro'[2] groups of clouds ranged on each side. I rolled along a very magnificent way bordered by tall silvered bracken and found two tall hedges. It irked me to remain on the hard road between those two high hedges fending me off from little groups of desirable birch-trees in the woodlands on each side. Suddenly I sprang from my chair, upset it, dumbfounded the nurse, and disappeared thro' the hedge into the

---

1 spar: stout pole used for ship's yard 桅。所谓 cling to the spar 是指船将沉时，爬到桅顶，紧紧抓着，瞭望有救船来没有。

2 thro': through 经过。

我一生里两个大志愿尚未完成，虽然我是近于，啊，这么近于，优胜了。日子天天是被失望罩着爬过去的；但是我还是抓着在大海飘流的这个桅樯——假使今天不成功，那么也许是明天罢，假使明天也不行，那也并不坏——并不很坏，因为那时，《泰晤士日报》"文学副刊"来了，那也足消磨两天的光阴，然后《国家》又寄到了……我的思想在我这疲劳的脑子里走动，好像一条毛虫在一棵荒芜的树上。这些时候里，我是一天比一天坏了——我的思想又都是那么不灵活的；假如它们不赶快些，也许会来不及了——啊，赶快些罢。但是我必得等候，毛虫只能慢爬。我想它们是每步走不多远的尺蠖。

一场奇妙的好梦

一九一八年，九月，二日——今天天气非常晴朗，一道蓝色的天和阳光从两边云群里照出。我坐在椅子里推到两面是很高的银白羊齿的光明道上，看见两排的高篱笆。我觉得生气，滞在这硬道路上，两边的篱笆把各面林地中可喜的小丛赤杨树挡住了。忽然间我从椅子跳下，把它弄翻，看护妇吓得说不出话，我从篱笆钻到林中去了。我一直到赤杨树面前，它

woods. I went straight up to the birches and they whispered joyously: "Oh! He's come back to us." I pressed my lips against their smooth, virginal cheeks. I flung myself down on the ground and passionately squeezed the cool soft leaf-mould as a man presses a woman's breasts. I scraped away the surface leaves and, bending down, drew in the intoxicating smell of the earth's naked flesh... It was a splendid dream. But I wonder if I could do it if absent-mindedly I forgot myself in an immense desire!

September 3rd, 1918. —Passed by the birches again today. Their leaves rustled as I approached, thrilling me like the liquefaction of Julia's clothes[1]. But I shook my head and went by[2]. Instantly they ceased to flutter, and no doubt turned to address themselves to prettier and more responsive young men who will pass along that road in the years to come.

September 4th, 1918. —Still no news. I have to reinforce all the strength of my soul to be able to sit and wait day by day, impotent and idle and alone...

---

1 the liquefaction of Julia's clothes: Robert Herrick (1591—1674) 有一首短诗，叫做 *Upon Julia's Clothes*（《咏周丽亚的衣服》）。

"Whenas in silks my Julia goes,
Then, then (me thinks) how sweetly flows
That liquefaction of her clothes."

（当周丽亚穿着丝织的衣服走过，那时，那时，我想，她衣服的波动自如是多么美妙呀。）

们欣欢地低语道："啊，他回到我们这儿来了。"我吻它们少女般光滑的面颊。我投身到地上，热情地紧握清冷的，柔软的叶堆，好像一个人按女人的奶头。我把地面的叶子括〔刮〕去，弯下身来，吸进赤裸裸的地的迷人气味……这是一场奇妙的好梦。但是我纳罕假使在一个大热望里我忘却了自己时候，我能不能这样干出来！

一九一八年，九月，三日——今天又走过赤杨树丛。当我走近时候，它们的叶子沙沙作响，刺激着我，有如周丽亚衣服的波动自如。但是我摇一下头，走过去了。它们立刻也不颤动了，它们必定是转头去向将来走过这条路的更美丽的，更会回答它们雅意的年青人说话了。

一九一八年，九月，四日——还是没有消息。我得重鼓起我灵魂里一切的力量，才能天天坐起来等着，毫无气力的，懒惰的，孤单单的……

---

2 to go by：to pass 走过去。

Goodness the Chief Thing

September 7th, 1918. —During the past twelve months I have undergone an upheaval, and the whole bias of my life has gone across from the intellectual to the ethical. I know that Goodness is the chief thing.

Thatching: a Kodak[1] Film

September 24th, 1918. —Two brown men on a yellow round rick, thatching; in the background, a row of green elms; above, a windhover poised in mid-air; perpendicular silver streaks of rain; bright sunlight, and a rainbow encircling all. It was as simple as a diagram. One could have cut out the picture with a pair of scissors. I looked with a cold detached eye, for all the world as if[2] the thatchers had no bellies nor immortal souls, as if the trees were timber and not vibrant vegetable life; I forgot that the motionless windhover contained a wonderful and complex anatomy, rapidly throbbing all the while, and that the sky was only a painted ceiling.

But this simplification of the universe was such a relief. It was nice for once in a way not to be teased by its beauty or overstimulated by its wonder. I merely received the picture like a photographic

---

1 Kodak: a kind of portable photographic camera 一种手提照相机。
2 for all the world as if: in every respect or exactly like 种种各面都像; 完全像。

善是最重要的东西

一九一八年，九月，七日——过去一年内，我经过一段大波澜，我生活的基本情调从理智的走到伦理的了。我知道"善"是最重要的东西。

茸草：一幅快镜的照片

一九一八年，九月，二十四日——两个肤色棕黑的人在一个黄色的圆的干草堆上茸草；后面是一排绿榆；上面一只茶隼停在空中；银色的雨条壁直地下着；明亮的阳光，一个虹围住这一切。这是简单得有如图表。我们简直可以用剪子剪出这幅画。我用毫不关心的冷眼旁观，真好像这些茸草人是没有胃肠的，也没有不死的灵魂的，真好像这些树是木材，并不是会颤动的植物；我忘却了那不动的茶隼含有一个奇妙同复杂的机官，那是不停地跳动着；我也忘却了天只是暂时画着的天花板。

但是这样把宇宙拿来简单化是一种这么好的慰藉。能够有一次不大为宇宙的美所扰，或者不大被宇宙的奇怪所刺激，总

plate.

September 24th, 1918. —Saw a long-tailed tit today. Exquisite little bird! It was three years since I saw one. I should like to show one to Hindenburg[1], and watch them in juxtaposition. I wonder what would be their mutual effect on each other. I once dissected a "specimen" —God forgive me—but I didn't find out anything.

Emily Brontë

September 26th, 1918. —It was over ten years ago that I read *Wuthering Heights*[2]. Have just read it again aloud to E., and am delighted and amazed. When I came to the dreadfully moving passages of talk between Cathy and Heathcliff[3]—

" 'Let me alone, let me alone,' sobbed Catherine. 'If I have done wrong, I'm dying for it. It is enough! You left me too! But I won't upbraid you for it!I forgive you! Forgive me!'

" 'It is hard to forgive, and to look at those eyes and feel those wasted hands,' he answered. 'Kiss me again, and don't let me see your eyes! I forgive you what you have done to me. I

---

1 Hindenburg：兴登堡，欧战时德国大将，当时英国人民恨他，说他这个人一生没有读过一本小说，是个粗糙的大汉，所以作者有这句打趣的话。现在他是德国总统。

2 *Wuthering Heights*：英国女小说家 Emily Brontë（1818—1843）的杰作，是一部极有魄力，使读者心惊胆颤的作品。伍光建先生最近译成中文，书名却译成"狭路冤家"。

3 Cathy and Heathcliff：本是一对爱人，后来闹翻了，Heathcliff 积忿

是件好事。我只是把这幅画接受进去，像一块照相的感光板。

一九一八年，九月，二十四日——今天看见一只长尾巴的山雀。真是精美的小鸟！我已经有三年没有看见山雀了。我很想拿一只给兴登堡看，瞧一下他们并列在一起是什么样子。我不知道他们彼此会有什么影响。我曾经有一回解剖一只"标本"——愿上帝赦宥我——但是那时我也没有找出什么。

厄密力·布纶忒

一九一八年，九月，二十六日——我读《狂风冈》是十年前的事情。近来大声地又读一遍给伊听，觉得高兴同惊奇。当我念到喀得同希司克利夫那段可怕地动人的对话——

"'不要缠着我罢，不要缠着我罢，'喀得邻呜咽说道。'若使我曾经做过错事，我现在是以死偿之。这也够了！你也曾弃掉过我！但是我并不因此责备你！我赦宥你！请你赦宥我罢！'"

"'看到这双眼睛，摸着这双瘦削的手，真不容易赦宥，'他答道。'再吻我罢，可是不要让我看见你的眼睛！你从前对我种种的举动，我都能原谅。我爱我的凶手——

之下，用很毒的手段对付一切他认为害过他的人们。

love my murderer—but yours? How can I?'"

I had to stop and burst out laughing, or I should have burst into tears[1]. E. came over and we read the rest of the chapter together.

I can well understand the remark of Charlotte[2], a little startled and propitiatory—that having created the book, Emily did not know what she had done. She was the last person to appreciate her own work.

Emily was fascinated by the beaux yeux[3] of fierce male cruelty, and she herself once, in a furious rage, blinded her pet bulldog with blows from her clenched fist. *Wuthering Heights* is a story of fiendish cruelty and maniacal love passion. Its preternatural power is the singular result of three factors in rarest combination—rare genius[4], rare moorland surroundings, and rare character. One might almost write her down as Mrs. Nietzsche[5]—her religious beliefs being a comparatively minor divergence. However that may

---

1 拜伦在他的长诗里也说过：
"And if I laugh at any mortal thing,
"Tis that I may not weep"
法国剧曲家 Beaumarchais 也说过：
"Je me presse de rire de tout, de peur
d'être obligé d'en pleurer" 都是同样的心境。这种情调恐怕有心人都难免有些。

2 Charlotte Brontë（1816—1855）：Emily Brontë 的长姊，也是英国女小说家，著有 *Jane Eyre*, *Shirley*, *Villette* 等书，都是玮丽真挚的作品。她小

但是你的凶手？我怎么能够爱他呢？'"

我不得不停住，大笑一场，否则我会痛哭一场。伊走过来，我们一起把这一章剩下的部分读完。

我很能了解夏罗得的话，她有些惊骇，想向人们乞情——她说，写出了这本书，厄密力自己不懂她干的是什么。她是个最不能了解她自己的创作的人。

厄密力迷醉于男人凶猛的残酷，觉得另有一种妩媚，她自己有一次在盛怒之下握紧拳头把她心爱的猛狗打瞎。《狂风冈》是一篇叙述魔鬼般的残酷和疯人般的爱情的故事。它那异常的魄力是三个最难得的成分结合的奇妙结果——难得的天才，难得的沼地环境，同难得的人物。我们几乎可以认她为尼采夫人——她的宗教信仰是比较不重要的不同。无论如何，这位年青

说里的女主角总是具有奇特性格，相貌平常的女子，后来许多人模仿她，于是不美的佳人却风行于当时小说界了。她在 *Shirley* 里说："Look life in its iron face；stare reality out of its brassy countenance" 这句话很可以代表她那大无畏的精神。她又是英国第一个描写女子性的冲动的女作家，她说过"conventionality is not morality"。

3 beaux yeux：beautiful eyes 美目。

4 rare genius 指 Emily Brontë；rare character Heathcliff。

5 尼采，德哲学家，主张超人哲学，意志力极强，行文如半空雷雨，Emily Brontë 真堪做他的配偶，百年偕雄。

be, the young woman who wrote in the poem "*A Prisoner*"[1] that she didn't care whether she went to Heaven or Hell so long as she was dead, is no fit companion for the young ladies of a seminary. "No coward soul is mine,"[2] she tells us in another poem, with her fist held to our wincing nose. I, for one, believe her. It would be idle to pretend to love Emily Brontë, but I venerate her most deeply. Even at this distance, I feel an immediate awe of her person. For her, nothing held any menace. She was adamant over her ailing flesh, defiant of death and the lightnings of her mortal anguish—and her name was Thunder[3]!

Raskolnikoff and Sonia

October 4th, 1918. —This evening, E. being away in Wales for a few days, sat with Nurse, who with dramatic emphasis and real understanding read to me in the firelight St. Matthew's account of the trial of Jesus.[4] It reminded me, of course, of Raskolnikoff and

---

1 *A Prisoner*: Emily Brontë 认为世界是个牢狱，从"死"我们可以得大解脱，她夜夜就梦着这个涅槃，这是这首诗的意思。

2 Emily Brontë 最后一首诗开头四句是：

"No coward soul is mine

No trembler in the world's storm-troubled sphere:

I see Heaven's glories shine,

And faith shines equal, arming me from fear."

3 Thunder: 参看179页注5。

女子在,《一个囚犯》的诗里说,只要她是死了,那么上天堂和下地狱她都是不在乎的,这样一个人不是学校年青姑娘们的适当伴侣。"我的灵魂不是个怯者的灵魂,"她在另一首诗里对我们这样说,她的拳头顶住我们退缩着的鼻子。我总可能算是她的一个信仰者,假装爱上了厄密力·布纶忒,是很无聊的,但是我非常尊敬她。甚至于隔了这么久,我对于她这个人还感到凛然的畏惧。对于她,没有一件东西具有威吓的能力。她对于她那病着的身体毫无所动,有如金刚,她向死神同她那致命的悲哀的闪电挑侮——她的名字可说是雷电!

剌斯可令科夫同孙尼亚

一九一八年,十月,四日——伊到威尔斯去住几天,今天晚上看护妇陪我坐,她声音轻重得同情绪相合,而且具有真正的了解能力,在炉火光旁向我读圣马太关于耶稣受裁判的记载。

---

4 这段在《圣经新约·马太福音》里。

Sonia, in *Crime and Punishment*[1], reading the Bible together, though my incident was in a minor key[2]. Nurse told me of the wrangle between Mr. P. and Miss B. over teaching the Sunday School children all about hell.

October 5th, 1918.—Some London neurologist has injected a serum into a woman's spine with beneficial results, and as her disease is the same as mine, they wish me to try it too. I may be able to walk again, to write, etc. , my life prolonged!

They little know what they ask of me. Whatever the widow may have expressed, I doubt not Jesus received scant gratitude from the widow's son at Nain[3] for his resurrection—and I have been dead these eighteen months. Death is sweet. All my past life is ashes, and the prospect of beginning anew leaves me stone cold. They can never understand—I mean my relatives—what a typhoon I have come through, and just as I am crippling into port I have no mind to put to sea again![4] I am too tired now to shoulder the burden of Hope again. This chance, had it been earlier, had been welcome, but in this

---

1 *Crime and punishment*：俄国大小说家 Fyodor Dostoyevsky 的杰作。里面说一个青年 Raskolnikoff 杀死一个老媪，心中极感不安，遇到一个娼妓 Sonia 劝他自首，跟他跪在床前读《圣经》。

2 in a minor key：in a low key 低调。

3 见《圣经新约》四福音中。

4 这里把"死"当做避风的海港，作者觉得他将从人海的波涛躲到那儿去。

这自然使我记起《罪与罚》里所说的剌斯可令科夫和孙尼亚同念《圣经》，虽然我的情形是小规模些。看护妇对我说起裴先生同俾女士为着教主日学小孩以地狱之说的问题的吵架。

一九一八年，十月，五日——伦敦有一位神经学者将血清射到一个女人的脊骨里，生出良好的结果，因为她的病是同我的一样，他们希望我也试一下。我也许又可以走动，写东西……我的生命可以延长！

他们不大知道他们向我要求的是什么。不管那个孀妇会说什么感激的话，我相信耶稣使拿因地方孀妇的儿子复生，从这个再生的人他却得不到多少感谢——我在最近这十八月里可说是个已死的人了。死是甜蜜的。我过去的一切生命是一堆死灰，想到重新再来一下使我害怕得冷到跟石头一样。他们——我是指我的亲戚——绝不能了解我经过一段多么大的风波，当我刚要跛着脚去进港口时候，我真不想再扬帆度海上的生涯！我现在太疲倦了，不能背起"希望"这个重担。这个机会，若

present mood Life seems more of a menace than Death ever did. At the best it would be whinings and pinings and terrible regrets. And how could I endure to be watching her struggles, and, if further misfortune came, how could I meet her eyes?

In short[1], you see, I funk it, yet I am sure the best thing for her would be to wipe out this past, forget it and start fresh. Memory even of these sad years would lose its outline in course of time. My pity merely enervates; and sympathy takes on an almost cynical appearance where help is needed.

November 2nd, 1918. ——The war news is fine! For weeks past I have gained full possession of my soul and lived in dignity and serenity of spirit as never before. It has been a gradual process, but I am changed, a better man, calm, peaceful, and, by Jove[2]!Top dog[3]. May God forgive me all my follies. My darling E., I know, is secretly travelling along the same mournful road as I have travelled these many years, and am now arrived at the end of, and I must lend her all the strength I can[4]. But it is hard to try to undo

---

    1 in short: in few words 简言之。
    2 by Jove: 据说生下命里带木星（Jove or Jupiter）的人们禀性欣欢，所以当我们心里高兴时发誓，我们就说 by Jove。
    3 top dog: victorious party 得到胜利的那一党。
    4 作者经过人生里的千灾百难，才煅炼成此刻恬然的心境，他的妻子现在正受苦着，还没有走到这个洒脱地步，所以他说得尽力慰藉她。

使早些来，是会受欢迎的，但是在现在这种心境之下，"活"是比"死"更可怕的，我从前无论如何怕"死"，总不像我此刻这样怕"活"。活下去，顶好也不过是呻吟，焦灼同可怕的追悔。我怎么能够忍看她的奋斗，若使再碰到什么不幸，我有何颜见她？

总之，你们看，我畏缩不前，不肯受医治，我却相信在她那方面最好是把过去的事情一笔抹杀，完全忘却，重新开始一个新生活。甚至于关于这几个悲哀年头的记忆时过境迁也会变模糊了。我的怜悯只是使她失掉力气；当她需要帮助时候，空空的同情几乎含有嘲笑的神情。

一九一八年，十一月，二日——大战的消息很好！最近这几个星期，我能够完全管理我自己的灵魂，过精神上尊严恬静的生活，那是我从来没有做到的。这是经过了一段渐渐的演进才成功的，但是我全变了，变成为一个更好的人，恬静，安详，真是一个优胜者！愿上帝赦宥我一切的愚蠢。我的亲爱人儿伊，我知道，正在秘密地走那条悲哀的道路，那条路我已经走这许多年了，现在我可以说已经走到尽头了，我得借她以

what I have done to her. Time is our ally, but it moves so slowly.

November 3rd to November 26th, 1918. —Posterity will know more about these times than we do. Men are now too preoccupied to digest the volume of history in each day's newspaper.

On the 11th my newspaper never came at all[1], and I endured purgatory[2]. Heard the guns and bells and felt rather weepy. In the afternoon Nurse wheeled me as far as the French Horn, where I borrowed a paper and sat out in the rain reading it.

Some speculators have talked wildly about the prospect of modern civilization, in default of a League of Nations, becoming extinct. Modern civilization can never be extinguished by anything less than a secular cataclysm or a new Ice Age. You cannot analogise the Minoan civilization[3] which has clean vanished. The world now is bigger than Crete, and its history henceforward will be a continuous development without any such lacuna[4] as that between Ancient

---

1 at all: in any way 绝（不）；毫（无）。

2 purgatory: place of spiritual purging or expiation 涤罪所，在里面得受种种苦痛，然后可以把罪洗去。

3 Minoan civilization: the recently discovered prehistoric civilization (3000—1400 B.C.) of Crete 克里特岛的文化，盛于纪元前三千年至纪元前一千四百年，是属于史前史的时期。我们一向不知道有这么古的一种文化，因为它几乎是消灭湮没得无影无踪了，最近考古学的发见证明出有这么一回事。

我所有的全部力量。但是我从前使她受苦,现在要设法补救,真是不容易的事。时光可以助我们忘却旧伤痕,但是却过得这么慢。

一九一八年,十一月三日至二十六日——后代人们对于这个时候会比我们知道得更清楚。人们现在太注意了,反不能够用批评的眼光从每日报纸里看出信史。

十一日那天我的报纸压根儿就没有来,我如在涤罪所里面,听到炮声和钟声,凄然欲泣。下午看护妇把我用椅子推到法国合恩,在那里我向人家借一张报纸,坐在雨中读。

有些理论家大放厥辞,以为若使国际联盟失败了,近代文化有毁灭的危险。其实近代文化绝不至于消灭,除非又来一次大洪水或者冰河时代。你们不能以消失得干干净净的克里特文化来相比。现在的世界是比克里特大得多了,它的历史此后将

---

4 lacuna:vacant interval,interstice 间断;裂缝。

Greece and our Elizabethans. Civilization in its present form is ours to hold and to keep in perpetuity, for better, for worse¹. There can be no monstrous deflection in its evolution at this late period any more than we can hope to cultivate the pineal eye on top of our heads—useful as it would be in these days of aeroplanes. But the chance is gone—evolution has swept past. Perhaps on some other planet mortality may have had more luck. There are, peradventure, happy creatures somewhere in this great universe who generate their own light like glow-worms, or can see in the dark like owls, or who have wings like birds. Or there may be no mortality, only immortality, no stomachs, no 'flu², no pills—and no kisses, which would be a pity! But it's no good we earth-dwellers repining now. It is too late. Such things can never be—not in our time, anyhow! So far as I personally am concerned, I am just now very glad man is only bipedal. To be a centipede and have to lie in bed would be more than even I could bear.

If the civilizations of Ancient Greece or Ancient Rome had permeated the whole world they would never have become extinct.

We are now entered on the kingless republican era. The

---

1 for better, for worse: on terms of accepting all results 以接受一切好歹结果为条件。

2 'flu: influenza 流行感冒，欧战后有个期间这种病在洋鬼子里很时髦，现在他们还是谈虎色变。

是一个连续的发展，没有像古希腊同我们伊里沙伯时代中间那么一个空隙。现在这种文化总会永久保存着，总是属于我们的，无论将来是好是坏。当现在这么晚的时候，在它的演进上不会有什么奇怪的转歪了，正好像我们不能希望在头上养育出一个松子形的眼睛——虽然在现在飞机下炸弹时候这是很有用的。但是这个机会已消失了——演进已经扫过去了。也许在别个星球上，人们运气会更好些。在这个伟大的宇宙里或者有些地方快乐的人们自己身体上能生光同流萤一样，或者在黑暗里能瞧见东西同猫头鹰一样，或者有翅膀同鸟一样。也许那里人们全是不死的，都是长生的，没有胃，没有流行感冒，也用不着药丸——也没有接吻，那真是值得惋惜！但是我们住在地球上的人们现在怨艾也没有用了。已经是太迟了。这类事情绝不能实现了——无论如何，不会在我们这个时候！至于我个人关于这个问题，我现在很高兴，人只是两脚动物。当个百足动物，还得躺在床上，那是连我都不能忍受了。

若使古希腊同古罗马的文化侵透了全世界，它们也绝不至于毁灭了。

我们现在走进没有皇帝的民主时代了。下一次的斗

next struggle, in some ways more bitter and more protracted than this, will be between capital and labour. After that, the millennium of Mr. Wells and the Spiritistic age. After the aeroplane, the soul. Few yet realise what a transformation awaits the patient investigations of the psychical researchers. We know next to nothing[1] about the mind force and spirit workings of man. But there will be a tussle with hoary old materialists like Edward Clodd.

The Old Lady Shows Her Coins

November 26th, 1918. —My old nurse lapses into bizarre malapropisms[2]. She is afraid the Society for the Propagation[3] of Cruelty to animals will find fault with the way we house our hens; for boiling potatoes she prefers to use the camisole (casserole)![4] She says Mr. Bolflour[5], armistance[6], von Tripazz[7], and so on. Yesterday, in the long serenity of a dark winter's night with a view to arouse my inter-

---

1 next to nothing：almost nothing 几乎一点也……。

2 malapropisms：英剧家 Sheridan 所编的 Rival 一剧里有一个脚色 Mrs. Malaprop，她说话时总是用错字，后来这个名字就代表"说错字的毛病"。

3 Propagation：应当说 prohibition（禁止），中文应当是"禁止虐待禽兽会"。

4 这两个字音相似，可是在中文找不到这么凑巧的一对字，只好把字义译出。

5 Mr. Bolflour：应当说 Mr. Balfour，欧战时英国首相。

争,比这回大概是更剧烈,时间更长久的,是劳资的斗争了。此后威尔士的理想时代和唯心时代就涌出来了。发明了飞机,人们然后去发现灵魂。此刻只有很少数人看出心灵学研究者的探索会给世界以一个多么大的变动。我们几乎完全不懂心力同人们精神的活动情形。但是我们先得同像爱德华·克罗得那样须发斑白的老唯物主义者猛战一场。

老太太拿出她的古币给人看

一九一八年,十一月,二十六日——我的老看护妇患了奇异的说错字毛病。她怕禁止"善"待禽兽会将来反对我们笼鸡的法子;煮蕃薯时,她说要用女子短衣(其实她是指小瓷锅)!她说"婆儿福禄尔先生","听战","特麟怕死先生"等等。昨天在漆黑冬夜的悠长寂静里,她为着要引起

---

6 armistance:应当说 armistice 休战。
7 von Tripazz:大概是欧战时一个大人物,他的名字当然不是这样子。

est in life, she went and brought some heirloom treasures from the bottom of her massive trunk—some coins of George I. "Of course, they're all obsolute[1] now, " she said. "What! absolutely obsolute?" I enquired in surprise. The answer was in the informative[2].

In spite of physical difficulties surrounding me in a mesh-work, I have now unaided corrected my proofs in joyful triumph—an ecstatic conqueror up to the very end. I take my life in homeopathic[3] doses now. I am tethered by but a single slender thread—curiosity to know what Mr. Wells says in the Preface—a little piece of vanity that deserves to be flouted.

November 29th, 1918. —O all ye people! The crowning irony of my life—where is the sacred oil[4]?—Is my now cast-iron religious convictions shortly summarised as *Love and Unselfishness*. These, my moral code, have captured the approval not only of my ethical but my intellectual side as well. Undoubtedly, and dogmatically if you like, a man should be unselfish for the good of the soul and also to the credit[5] of his intellect. To be selfish is to imprison in a tiny

---

  1 obsolute：应当说obsolete已废的，不复用的。
  2 informative：affirmative肯定的。
  3 homeopathy：treatment of disease by drugs（use in minute doses）that in healthy persons would produce its symptoms轻剂医法。
  4 sacred oil：作者觉得他现在立下信条了，值得用圣油摩顶，以示隆重之意。

我对于人生的趣味去从她那大箱子的底层拿出几件传家宝——英王乔治第一时代的钱币。"现在当然没有人'死'用这种钱,"她说。"怎么!绝对没有人死用吗?"我惊奇地问道。她的答话是肯定的。

虽然身体上的困难像密网一样把我围住,我现在却没有人帮助独自在高兴的胜利里校对我的稿子——可算是个一直到底的狂欢的优胜者。此刻我一滴滴地尝我的生命。我同生命现在只有一条细线的关连了——那是一种好奇心,想知道威尔士先生在序言里会说什么话——这是该受嘲弄的一点虚荣心。

一九一八年,十一月,二十九日——啊,你们大家看罢!我生活最大的讥讽——那里找得到神圣的香油?——是我现在坚固的宗教信仰,简单地包括在《爱与不自私》这篇文章里。我这些道德信条不单抓到我自己伦理方面,而且抓到我自己理智方面的赞许。无疑地,也可以说绝对地,一个人应当不自私,为着使自己灵魂干净,也可以使自己的理智不至于丢脸。自私是将可以穿到宇宙尽头的光荣的"我"囚在一

---

5 credit:good reputation 命名。

cage the glorious ego capable of penetrating to the farthest confines of the universe. As for love, it is an instinct and the earnest, like all beauty, physical as well as moral, of our future union into One. "One-loving heart sets another on fire." —St. Augustine[1] (*Confessions*).

December 1st, 1918. —What I have always feared is coming to pass—love for my little daughter. Only another communication string with life to be cut. I want to hear "the tune of little feet along the floor." I am filled with intolerable sadness at the thought of her. Oh! forgive me, forgive me!

The "Puggilist"[2]

December 3rd, 1918. —"My word! you do look a figure!" The old nurse exclaimed to me to-day in the course of one of the periodical tetanuses[3] of all my muscles, when the whole body is contorted into a rigid tangle. "I shall never make a puggilist" (the word is her own), I said.

I was rather impressed, though, for she is one of those who, like Mr. Saddletree[4], I believe, in *The Heart of Midlothian*,[5] never

---

1 St. Augustine（354—430）：他少年时放荡，后来甚虔敬，著有《忏悔录》。

2 puggilist：应当说 pugilist 拳法家。

3 tetanuse：disease with continuous painful contraction of some or all of the voluntary muscles 身体里筋肉继续着的苦痛的痉挛。

个小笼子里。至于爱,那是一种本能,像一切肉体美同灵魂美,是我们将来归并为"一"的预约。"一个爱着的心使别个心的火也燃烧起来了。"——圣·奥古斯丁说(《忏悔录》)。

一九一八年,十二月,一日——我一向所恐惧的现在到了——爱我的小女孩。这当然也不过是待剪的另一根与生命相通的线。我喜欢听"小脚践踏地板的音调。"想起她,我是一肚子难奈的悲哀。啊!上帝赦宥我罢,赦宥我罢!

"裙法家"

一九一八年,十二月,三日——"啊唷!看起来你真像个好汉!"老看护妇今天向我说,当我的一切筋肉在定期的强直性痉挛之下,那时我整个身体扭成坚硬的一团。"我绝不会成为一个裙法家,"(这个字是她发明的)我说。

然而,我有些感动,因为她是那么一种人,像萨德鲁特勒先生——我相信他是《弥得孙里安之心》书里的人物——对于

---

4 Saddletree,Bartoline:*The Heart of Midlothian* 小说里的人物,他喜欢用法律名词,可是总是误解了,拼错了,用得也不适当。
5 英小说家 Walter Scott(1771—1832)著的一种小说。

notice anything. She would not notice if she came into my room, and I was standing on my head as stiff as a ferule. "You may observe, " I should say, "I am standing upside down—would you turn me round? " "With pleasure, " is her invariable reply to every request I proffer.

Victory at Christmas

December 23rd, 1918. —It is strange to hear all this thunderous tread of victory, peace, and Christmas, rejoicings above ground, all muffled by the earth; yet quite audible. They have not buried me deep enough. Here in this vault all is unchanged. It is bad for me, for, as to-day, a faint tremor passes along my palsied limbs—a tremor of lust—lust of life, a desire to be up and mingling in the crowd, to be soaked up by it, to feel a sense of all mankind flooding the heart, and strong masculine youth pulsing at the wrists. I can think of nothing more ennobling than the sense of power, unity, and manhood that comes to one in a sea of humanity, all animated by the same motive—to be sweeping folk off their feet and to be swept off oneself; that is to be man, not merely Mr. Brown[1].

Death

Christmas Day, 1918. —Surely, I muse, a man cannot be

---

1 Mr. Brown：因为Brown是个很普通的姓，所以Brown先生就是"张三李四"的意思。

奇怪的事情绝不惊奇。若使她走进房里时，我倒栽站着直像一条戒尺，她也不会纳罕。"你看，"比如我说，"我是倒栽站着——你肯把我翻过来吗？""很愿意，"我向她的一切请求她总是用这句话答应。

圣诞日的凯旋

一九一八年，十二月，二十三日——听到地上凯旋，和平同圣诞的欢乐，雷一般响的脚步声音，我自己是全被土掩塞住了；可是还能听到声音，这真是奇怪得很。他们没有把我葬得够深。在这个坟墓里一切还是不变。这些声音于我是不利的，因为，今天就是如此，一个微弱的颤动经过我这瘫痪的肢体——欲的颤动——生活欲，一种希望，想起来同群众混在一块儿，让他们把我同化，觉到全人类都奔驰到我心里，强壮有力的青春在我腕里跳动。我所能想到的最足激发人们高尚的思想的东西是权力，一致同勇气的感觉，那是当我们在被同一动机所鼓舞的人海里的时候——我们当时把人们冲倒，我们自己也被人们冲倒；这才算做一条好汉，不单是个张三李四。

死

一九一八年，圣诞日——我默想着，那个人总不能算做失

accounted a failure who succeeds at last in calling in all his idle desires and wandering motives, and with utter restfulness concentrating his life on the benison of Death. I am happy to think that, like a pilot hard aport, Death is ready at a signal to conduct me over this moaning bar to still deep waters.[1] After four years of war, life has grown cheap and ugly, and Death—how desirable and sweet! Youth now is in love with Death, and many are heavy-hearted because Death flouts their affection—the maimed, halt, and blind. How terrible if Life had no end!

With how splendid a zest the young men flung themselves on Death — like passionate lovers! A magnificent slaughter — for indifference to Life is the noblest form of unselfishness, and unselfishness is the highest virtue.

Victurosque Dei celant ut vivere durent, Felix esse mori.[2] Lucan,[3] with Sir Thomas Browne's[4] rendering:

---

1 英诗人Tennyson有一首诗叫做《渡过沙洲》(*Crossing the Bar*)，说出他对于死所持的态度，第一节是

Sunset and evening star,

And one clear call for me!

And may there be no moaning of the bar,

When I put out to sea.

（上面是落照同太白星，海外来个唤我的清澈呼声！愿沙洲不发出哀吟，当我驶出去海外。）

2 该句作者漏译。——编者注

败的人，他最后居然能召回一切无聊的欲望和游离的动机，极端安详地把全生命注重于死的幸福。我觉得快乐，想起死神像靠近港口的引港，只要我给他一个信号，就可以渡我从这呻吟着的沙洲到静寂的深渊。经过了四年大战，生命变为不值钱的，丑恶的，死——是多么可喜，多么甜蜜呀！年青的人们现在爱上了死神，有许多青年心里感到悲伤，因为死神藐视他们的热情——那班残废的，跛足的，瞎眼的人们。多么可怕呀，若使生命没有个结局！

年青的人们具有个多么伟丽的热心自投于死神座下——像热狂的爱人！一个庄严的屠杀——因为对于生命漠不关心是最高贵式的不自私，不自私是最上等的道德。

琉细安说（底下是托马司·布牢温爵士的译文）：

---

3 Lucan（120？—200？）：希腊讽刺作家。
4 Sir Thomas Browne（1605—1682）：英国散文家，文字华丽，思想很古怪。

> We's all deluded, vainly searching ways
>
> To make us happy by the length of days;
>
> For cunningly, to make's protract this breath,
>
> The gods conceal the happiness of death.

  This mood, not permanent, but recurring constantly, equals the happiness and comfort of the drowning man when he sinks for the third time[1]. A profound compassion for my dear ones and friends, and all humanity—left on the shore of this world struggling, fills my heart. I want to say genially and persuasively to them as my last testament: Why not die? What loneliness under the stars! It is only bland, unreflecting eupepsia[2] that leads poets to dithyrambs about the heavenly bodies, and to call them all by beautiful names. Diana! Yet the moon is a menace and a terrible object-lesson. Despite Blanco White[3], it were well if the night had never revealed the stars to us. Suppose a man with the swiftness of light touring through the darkness and cold of this great universe. He would pass through innumerable solar systems and discover plenty of pellets (like this earth, each surging with waves of struggling life, like worms in carrion). And he would tour onwards like this for ever and ever. There would be no end to it, and always he would be discovering more hot

---

  1 据说落水的人会浮上三次，第三次沉下时就沟死了。
  2 eupepsia: good digestion.
  3 Blanco White: 译者不知道这两个字的意义，译文是猜的。

我们都被骗了,空自想法子

用长命来使自己快乐;

因为狡猾地,为着要我们留这一口气,

上帝们把死的幸福悄悄地隐藏起来了。

  这种心境,不是永久的,但是很常涌现出来,不下于将溺死了的人的快乐安逸,当他第三次沉下去时候。我的心充满了浓厚的同情,对于留在地球岸上挣扎着的亲爱人儿,朋友和一切人类。我想温和地,谆谆地向他们说,算做我的遗言:为什么不死呢?在星群之下是多么寂寞呀!那只是胡涂的,绝不加思索的消化太良的毛病,使诗人们去赞颂天上星辰,用许多好听的名字叫他们。岱雅哪!然而,月亮是个恫吓,一个可怕的实物课程。虽然一片白光是值得赞美的,那也是很好的,若使夜绝没有露出星儿给我们看。假使有一个人,他能飞跑得像光那么快,在这个大宇宙的漆黑同严冷中旅行。他会走过无数的太阳系,看见许多小星球(同这个地球一样,个个上面有竞争着的生活波涛浪涌,好似死尸上面的蠕虫。)他会像这样子一直往前旅行下去。他不会走到一个终点,他总是发现其它灼热的日球,其它冰冷同凋零的月球,其它小

suns, more cold and blasted moons, and more pellets, and each pellet would be in an internal fatuous dance of revolutions, the life on it blind and ignorant of all other life outside its own atmosphere.

But out of this cul-de-sac[1] there is one glorious escape—Death, a way out of time and space. As long as we go on living, we are as stupid and as caged as these dancing rats with diseased semicircular canals that incessantly run round and round in circles. But if we be induced to remain in this cul-de-sac, there is always an alleviative in communication and communion with our fellows.[2] Men need each other badly in this world. The stars are crushing, but mankind in the mass is even above the stars—how far above, Death may show, perhaps to our surprise.

But if I go on[3], I shall come round to the conviction that life is beer and skittles[4]. Cheerio!...This is not written in despair—"despair is a weakening of faith, hope in God." But I am tired and in need of relief. Death tantalises my curiosity, and sometimes I feel I could kill myself just to satisfy it. But I agree that Death, save as the only solution, is merely a funk-hole.

---

  1 cul-de-sac: blind alley 死胡同;只有一个出路的巷。
  2 叔本华(Schopenhaur)的哲学就是如此。世界到处都是悲剧,但是人类同情可以拭干我们的眼泪。
  3 to go on: to continue 继续说下去。
  4 beer and skittles: absolutely pleasant 绝对可乐的。

星球，个个小星球上面也都是一场闹烘烘〔哄哄〕的庸味舞蹈，里面的生命绝不知在它空气以外的其它生命。

但是有一条光明的路可以逃出这个陷阱——那是死，他带我离开时空了。当我们活着时候，我们总是愚蠢的，被囚的，正如这些身里具个有毛病的半圆形管道的跳动耗子不断地兜着圈子跑。但是若使我们被劝诱滞在这个陷阱里，那么也有一个慰藉，那是跟我们同类的来往和了解。在这样的世界里，人们非常需要彼此的同情合作。星群是压到我们身上，但是联合起来的人类是甚至于在星群之上——到底高得多少，死就可以指出给我们看，也许会叫我们惊奇。

但是若使我再写下去，我会弄得相信生活是很有趣的了。多么可乐呀！……这些话不像失望时所写的——"失望是信仰的变弱，对于上帝没有存个希望。"但是我是疲倦了，需要休息。死引惹起我的好奇心，有时我觉得我会自杀，单为着去满足这好奇心。然而，我也承认，死除开是解决人生的惟一办法后，不过是一个臭洞而已。

Boxing Day, 1918. —James Joyce[1] is my man (in the *Portrait of the Artist as a Young Man*). Here is a writer who tells the truth about himself. It is almost impossible to tell the truth. In this journal I have tried, but I have not succeeded. I have set down a good deal, but I cannot tell it. Truth of self has to be left by the psychology-miner at the bottom of his boring. Perhaps fifty or a hundred years hence Posterity may be told, but Contemporary will never know. See how soldiers deliberately, from a mistaken sense of charity or decency, conceal the horrors of this war. Publishers and Government aid and abet them. Yet a good cinema film of all the worst and most filthy and disgusting side of the war—everyone squeamish and dainty-minded to attend under State compulsion to have their necks scroffed[2], their sensitive nose-tips pitched into it, and their rest on lawny couches disturbed for a month after—would do as much to prevent future wars as any League of Nations.

It is easy to reconcile oneself to man's sorrows by shutting the eyes to them. But there is no satisfaction in so easy a victory. How

---

1 James Joyce英国当代小说家,他写小说的法子是把一个人每刹那里的思潮起落都忠实地记下,看起来好像杂乱极了,其实是最高明的写实手段。当代女小说家Virginia Woolf也是属于这一派的。Joyce最奇怪的书是 *Ulysses*, Virginia Woolf最奇怪的书是 *Orlando*。

2 to scrof: to scruff; hang绞。

一九一八年，斗拳日——詹姆士·朱尔斯是我理想中的作家（在他那本《一个青年艺术家的画像》）。他是一个说出自己真相的作家。说出真相几乎是不可能的事情。在这部日记里，我想说出真相，但是我几乎没有成功。我"写"下不少，但是我没有"讲出真话"。心理学家无论怎样钻到我们心里去研究，这是无法明了我们的真相。也许过了五十年或一百年，后代的人们可以听到我们的真相，当代的人们是绝不会知道的。你们看，兵士们因为误解了慈悲同规矩的意义，多么小心地把这次战争的恐怖遮掩起来。出版者同政府又来帮助他们，怂恿他们。然而一片好电影，把大战最坏，最丑恶的方面都表现出来——一切怀有厌恶之心，顾惜自己神经的人们，都由国家强迫去瞧，否则把他们的颈项绞断，将他们锐敏的鼻子碰到上面，使他们一个月不能在草地一样软的床铺上安眠——这在阻止将来战争这一方面不下于任何国际联盟。

那是容易做得到的，以闭目不视来使自己忘却人类的悲哀。但是这么容易的一个胜利没有多大好处。多少人一生里都用这

many people have been jerry-building[1] their faith and creed all their lives by this method! One breath of truth and honest self-dealing would blow the structure down like a house of cards. The optimist and believer must bear in mind such things as the C. C. S. described by M. Duhamel[2], or this from M. Latzko's[3] : *Men in Battle.*

"The captain raised himself a little, and saw the ground and a broad dark shadow that Weixler cast. Blood? He was bleeding? Or what? Surely that was blood. It couldn't be anything but blood. And yet it stretched out so peculiarly, and drew itself up like a thin thread to Weixler, up to where his hand pressed his body as though he wanted to pull up the roots that bound him to the earth.

"The captain had to see. He pulled his head farther out from under the mound——and uttered a hoarse cry; a cry of infinite horror. The wretched man was dragging his entrails behind him."

The reviewer suggests that the book should be read by schoolchildren in every school in the world! I should like to take it (and I hope it is large and heavy) and bring it down on the heads of the heartless, unimaginative mob, who would then have to look at it, if

---

1 jerry-building: building house with the worst materials possible and in the cheapest way 用极劣的材料，以最廉的办法来盖屋子。

2 M. Duhamel: 法国当代非战的小说家。

3 M. Latzko: 匈牙利军官，欧战中受重伤。退伍后将叫做战场惨事记下 *Men in Battle*。

个粗劣的工程来建筑起他们的信仰同信条！可是一丝真理和对自己诚实的气息就会把这个建筑像纸片做的屋子一样吹倒。乐观主义者和信心坚固的人们心里应当记住像度阿麦尔先生所描写的丝·丝·斯，或者像拉之柯先生的《战场上的人们》里底下这一段那类的事情：

"上尉稍微抬起身来。看见地面，同威芝勒的一大片黑影子。是血吗？他流血吗？怎么？这的确是血。这绝不能是别种东西。然而是这么古怪地伸长着，像一条细线引到威芝勒身旁，一直到他手按自己身上的地方，仿佛他要把他身体长在地上的根拔起来。

"上尉不得不去看一下。他从泥堆之下把他的头再望外伸去——发出一个粗糙的喊声，含有无限恐怖的喊声。那个可怜的人曳着他的肠肚呀。"

这本书的批评者提议全世界里个个学堂的"学童都该念这本书"！我却很想拿它（我希望它是一大本厚重的书），掷到无心肝的，没有想像能力的群众头上，那时他们总得看一看，最

only to see what it was that cracked down on their skulls so heavily.

Certainly Joyce has chosen the easier method of transferring his truth of self to a fictional character, thus avoiding recognition. I have failed in the method urged by Tolstoi in the diary of his youth: "Would it not be better to say" (he asks), " 'This is the kind of man I am; if you do not like me, I am sorry, but God made me so?' ... Let every man show just what he is, and then what has been weak and laughable in him will become so no longer." Tolstoi himself did not live up to[1] this. He confessed to his diary. but he kept his diary to himself. Some of my weaknesses I publish, and no doubt you say at once "self-advertisement." I agree more or less, but believe egotism is a diagnosis nearer the mark. I do not aspire to Tolstoi's ethical motives. Mine are intellectual. I am the scientific investigator of myself, and if the published researches bring me into notice, I am not averse from it, though interest in my work comes first.

Did not Sir Thomas Browne say ever so long ago: "We carry within us the wonders we seek without us; there is all Africa and her prodigies in us..."

---

1 to live up to: to behave worthily of 做到某种地步；配那样说。

少也去考察一下什么东西这么沉重地打到他们的天灵盖上。

朱尔斯的确是拣那比较容易的办法,用一个虚构的人来说出他自己的真相,这样子可以避免人家看破。我用托尔斯泰在他年青时所写的日记里面说的办法,可是我失败了。他说:"这岂不是更好吗,说出'我是这样一个人;若使你不喜欢我,我觉得抱歉,但是上帝已把我做成这样子了?'……让个个表现出他的真相,那么他人格上的弱点同可笑的地方都变为不是弱点同没有什么可笑了。"托尔斯泰自己也没有做到这个地步。他向他的日记自剖,但是他不把他的日记给人们看。我印行出我的一些弱点,你们一定立刻会说这是"自己贴告白"。我也都还赞成这个批评,但是相信"看重自己"是个更精确些的诊断。我并没有像托尔斯泰的"伦理的"动机那么一个奢望。我的动机是"理智的"。我是研究"我自己"的一个科学家,若使我研究的报告出版后引起人家的注重,我也不反对,虽然我最看重的是我自己对于这种工作的趣味。

托马司·布牢温爵士不是早就说过吗:"我们跑到外面去找的奇异,我们身里其实都具有;整个非洲和它的怪物都可以从我们身里找出……"

近代论坛

G. L. Dickinson 著
梁遇春 译

"现代读者丛书"之一,上海春潮书局,1929年4月付排,1929年4月初版

发 言 者

坎替鲁布勋爵 Lord Cantilupe
　　旧保守党 A Tory
亚勒弗烈·林门汉姆 Alfred Remenham
　　自由党 A Liberal
鲁本·门多萨 Reuben Mendoza
　　保守党 A Conservative
乔治·亚力逊 George Allison
　　社会主义者 A Socialist
盎格斯·马卡替 Angus Mac-Carthy
　　无政府主义者 An Anarchist
亨利·马丁 Henry Martin
　　大学教授 A Professor

查理士·威尔逊 Charles Wilson

　　科学家 A Men of Science

亚塔尔·霭力斯 Arthur Ellis

　　新闻记者 A Journalist

腓力·奥杜逢 Philip Andubon

　　商人 A Man of Business

奥德立·科雅特 Audrey Coryat

　　诗人 A Poet

约翰·哈灵吞爵士 Sir John Harington

　　有闲暇的绅士 A Gentleman of Leisure

威廉·武德门 William Woodman

　　"教友派"[1] 的信徒 A Member of the Society of Friends

赭弗立·维维安 Geoffry Vivian

　　文人 A Men of Letters

1　教友派：Society of Friends 就是 Quaker，一千五百年左右 George Fox 所创立的教派。主张无抵抗主义，注重诚恳的忏悔同沉默。他们聚会时不是自己觉得当时有灵感的人不能说话。

有些读者也许听见人们说到一个名字叫做（探寻者）的俱乐部。这俱乐部现在是消灭了；可是当时却很享盛名，里面有许多政界和别界中的名人。我们照例隔了二个星期开一次会，时间是星期六晚上，冬天在伦敦开会，夏天就聚集在会员的别墅里，大家顺便在那里一块儿过星期日。轮到那个会员的别墅做临时会所，他就当那晚上的主席；他的责任是当论文宣读之后，他照他自己以为最好的次序，提名叫会员们一个一个起来发表意见。我下面所记的那次谈论是在诺司当斯（North Downs）我的家里（我现在写这文章的地方）开会。那回到会的是很有趣的一群人。当时的内阁总理林门汉姆（Remenham）和他的大政敌门多萨（Mendoza）都是我们的会员。我们的目的是把派别极不同的人们聚在一堂；靠着我们这俱乐部的创立人传下的好习惯，我们常常能够使这些主张相反的人们暂时保持个和谐的态度。我们还有坎替鲁布（Cantilupe），他那时候刚辞去公职，下野退隐，他的名字已渐渐从人们的记忆上消去了。年纪青些的，我们有亚力逊（Allison），他虽然还做生意，已经是从事于社会主义的宣传工作。此外有盎格斯・马卡替（Angus Mac-Carthy），他在圣彼得堡悲惨的结局，我们还是明明白白地记着。到会的还有声望差些的人们：生物学家威尔逊（Wilson），马丁教授（Martin），诗人科雅特（Coryat），和一二个我们在后面说到时会提起的人们。

那是在六月时候，天气很暖，餐后，我们到草地去休息，慢慢喝咖啡，抽雪茄。草地的空气是那么新鲜，四围的风景又那么美丽，暮色苍茫里的整个莎塞克司（Sussex）旷野开展在我们面前，所以有些人提议，我们不应该闭起门来，应当就在这里开会。大家都赞成这个办法。可是我们忽然间却发现这次该念论文的坎替鲁布忘记了或者是太忙了，没有带什么稿子来宣读。会员们同声地责问。坎替鲁布主张我们这次可以暂停讨论；大家听着，更是愤激地怒骂，坚持要他将本来想写的那类材料临时编好读出来。这件事他连试一下都不肯；所以当时的情势好像就会这么一直争论下去，什么结果也得不到。后来我想起我可以用主席的资格去调解一下。

我说，"坎替鲁布自然总该受些责罚。他既然不愿意临时宣读一篇文稿，我提议他可以做一个临时演说。这事他干得很惯；他现在既然脱离了政治生活，这次或者是他最后的临时演说的机会了。让他用这最后的机会来赎这回的罪过罢。我定下赎罪的法子是他要老老实实地自叙他的生平给我们听。他要告诉我们：为什么他当个政治家，为什么他始终是个保守党，在这年富力强时候，他为什么忽然退隐。总之，我提议他要说出他的见解。他这么一说，一定会激起林门汉姆来。我就要指定林门汉姆来接着他发言。林门汉姆又能够引起别人说话。这样子我们大家都会说出各人的见解。我们一定可以过个十分有趣味的晚上。"我这提议虽然没有博得热烈的喝彩，最少也得到大家的默认。坎替鲁布起先还是顽梗地不答应，但是一再劝迫之后，也只好服从了；当我正式叫他的名字时，他万分不愿意地站起来。他静默了一两分钟，肩膀耸着，嘴上的笑容从密密的胡子里透露出来。过一会儿，用他那迟缓的和思维再三的态度开口说：

"为什么我从前跑到政治里去呢？为什么我到政治里去呢？我敢说我自己也不明白。我本来就不想干政治，只想当乡绅；我希望我以后仍然能够过乡绅的生活；若使我说得坦白些，我可以说想做这乡绅的念头或者是我退隐的唯一原因。但是当我年轻时，因为要尽我对于家庭的义务，迫得我一定要入政治界。一进了门，再想脱身出来。真是千难万难的事。我现在退出政治，除了别种原因以外，是因为政治舞台上已经没有我的地位了。保守党已经灭亡了。我，真像你们所说的，却是个保守党。你们想知道我为什么做个保守党？唔，我不相信我能够说得清楚。或者我应当能够说得出来。我知道林门汉姆会尽他的力量非常明白地说给你们听他为什么是个自由党，等会他就要说了。但是林门汉姆是有他的主义的，我却只有偏见。我是个保守党，因为我生下地来就是个保守党，好像别人是个急进派，因为他生下地来就是个急进派。可是我相信林门汉姆是由于自己相信他应该做自由党员，所以才当个自由党员。这一点我很赞美，然而我实在不能了解他。若使我想替自己辩护或者说明自己，我只好拿我的偏见来解释一番。若使偶然能够老实地讲出自己的思想也是件快乐的事，我就很高兴有机会来这样地自剖。这件事在现今的政治生活里已经是办不到了。

"我的第一个偏见是我相信人们是不平等的。我恐怕这不单单是我个人的偏见——许多人做事时候仿佛都是根据这个原则，就是在美国也是这样。不过我在承认了不平等这事实之外，还赞美不平等这个理想。我自己不想跟达尔文（Darwin）或者德皇平等；我想不出什么道理为什么有人会想和我平等。我爱阶级分得很整齐的社会。我高兴我的屠户或者园丁向我脱帽，我自己也愿意光着头不戴帽子站在皇后面前。我不知道我实在比得上或者比不上村里的木匠，但是我和他总是不同，我乐意自己认清这不同，也希望他能认清这不同。我听人说，在美国每人在他一切举动言语里，直接地或者间接地，老使你知道他是和你平等的。这并不是实在的情形，就说大家生来真是平等的，老是这么提起也算做失礼。我心爱的社会是人人都有他的地位，并且又能够明白他所居的是什么地位的社会。既然成为了一个社会，里面的人们总是各有各的地位；只有在平民主义的社会里，他们才不承认这事实，所以他们社会里人们的互相关系比起英国或者从前的英国要来得更粗鲁，更使人厌恶和更不合于人道。这是我的第一个偏见；因此我自然痛恨一切平民主义的运动。本来那方面也不平等的人民，偏要把他们弄到得着政治地位的平等，我真看不出有什么意义。不管你怎样子办去，真真抓到权力，管理国家的人们总是几个少数人。扩张选举权的唯一实在结果是将政权由地主移到商人阶级同后台拉线人的手里。唔，我并不以这更动有什么好处。现在要谈到我的第二个偏见了，那是反对商业的偏见。我当然不是说我们可以不要商业。一个国家必定有财富才行，虽然我以为英国从前穷些的时候，人民到〔倒〕安乐得多。我也不否认世上有许多善良正直，又很能干的商人。可是我相信谋利会使人不宜于担任国家公职。我对于古代那种极端的意见很有同情，以为做生意的人应当全不准加入政治活动。我相信绅士管理的政治；绅士，我用古时候英国对于这字适当的解释，那是指那班享有恒产，从小孩时期起就在一个人民应当替国家效劳的空气里养大的，将来打算献身于海陆军，教会或者议院的人们。罗马的伟大是这种人造成的，过去英国的伟大也是这种人的力量；我不相信商人鞋匠工匠治理的国家能够有什么伟大。并不是因为他们不是，或者不能做个可敬的人民，而是因为他们的职业和生活方式使他们不合宜于任国家公职。

"这种情调——我不把它叫做主义——决定我的一切政治行为。你们一定会记得，当我才入政界时候，比起现在，这种情调更容易发挥。就是第一次改革案（The First Reform Act）[1]通过以后——据我看来，那改革案是错误的思想所产生的——管理英国的人还是那拥有土地的乡绅；若使我能够顺着我自己的意思做去，他们现在还是当权。我们所急需的并不是什么议院改革，是更良善，更聪明的政府。这样子的政府，当时治人阶级是能够做到的；一八三十年至一八四十年中间议院所通过的许多议案：新穷民律（The New Poor Law）[2]，公共卫生案（The Public Health Acts）同其它等等很可以拿来做证明。谷律（The Corn Laws）[3] 的取销〔消〕最少也可以表现出这班治人阶级是多么能够为国家而牺牲自己的利益，虽然由旁的方面来说，我以为这些议案是他们最大的错处。我并没有自夸是个经济家，专家们说的话，我愿意接收，我相信采用自由贸易的政策后，英国增加了不少的财富。可是没有一个人说得使我相信，虽然许多人试说过，财富的增加是一国政策的惟一的目标。但是自由贸易却使我们社会的整个组织动摇，这是再明白不过的事实。自由贸易把耕地的健康农民变为城市里可怜劳动阶级；将大部分的财富由乡绅转到商人手里；这么一来，渐渐地把政权由那

---

1 第一次改革案：一八三二年通过的。内容系改革从前腐败的选举法，降低选举者的资格，使一般人民也能有投票权。
2 新穷民律：一八三四年所通过救济贫民的法律。
3 谷律：禁止谷类进口出口的法律。

世传用惯的人们，移到那只知道积贮钱财，毫无传统的人们手里。我以为政治家最重要的职务是在于规定各阶级的适当关系，我们却把这件事双手捧给大家互相竞争时的运气去管。我们失望地丢开这个问题，不想法子去解决它，弄得我们人民——由我看起来是这样——在体质，道德，趣味和一切重要的方面都退化了。我以为自由贸易是国人和政府的第一大失策，第二个失策就是选举权的扩张。我并不是说不愿变动传下的议院制度。但是我绝不承认（也不肯默认）每人都有选举权，更不承认大家有同样的权利。因为无论我们怎么样子说，社会是由阶级，而不由个人，组织成的，所以我们应当用阶级代议制。我赞成农工商阶级都有选举权，不以他们个人，却以他们的利益为单位，各阶级在议院中占有相当力量，使他们对全体也能够有些影响，可是大部分的权力还是保留在那有田产的乡绅手里。这确是不容易干的事，可是却值得一干，至于仅仅增加选举人数，一直到全国人民都有选举权，而不先去思索一下我们有没有这种需要——还是非常容易的事，却也是愚蠢万分的政策。

"可是做过了的事情，已成定局，无可补救了。从今以后，人们只要数目多，或者可以说只要能够播弄多数人，就可以管理英国。英国一向所以能够这么伟大并不靠着这种人。像我这样的人政治上已经没有我的份了。单就我个人来说，真的，我听到消息还觉得很高兴。那种人既然把我们弄得乱七八糟，自然该将我们弄好才是，或者他们自有妙法；但是他们所创造的将来英国一定和我所知道的，能够了解的同深深地爱的英国大不相同。我们的百姓全要变成城里的住民，食住方面都要比现在来得舒服些（我是这样子希望的），人们也来得聪明乖巧，敏捷伶俐，整天整夜脑里打算盘，知道多少立刻可以应用，可是只晓得一点儿事情，而且懂得不透彻。我所喜欢的那类人是一天一天地减少了。他们是英国特有的，那种人在乡下像菜蔬般渐渐地长大，莫明其妙地积蓄了许多健康的意见，好似他们吃了东西消化后不知不觉地长了许多肌肉。他们会整个钟头，痴痴地，止水般丝毫不动地，直着眼睛看一匹马或者一口猪；城里来的客人把他们当做傻子，因为他们答一句话要花五分钟，有时还用另一句问话来做答话；但是他们积蓄下的经验的范围太宽广了，内容太复杂了，他们自己都弄不清了。他们不靠着头脑，是依本能来生活的；可是他们的本能是许多年跟自然直接接触慢慢贮蓄来的。这种人是我所喜欢的。我爱在他们里面过活，一面仍然保持传统留下来的阶级关系，这个传统关系他们既没有什么不满意，我也不会滥用特权。那种关系不是你们做得出来的，是自然而然生成的，由父亲交到儿子手里。新买到田地的人想不出法子能够做成这种关系。他们带着城里人的孤独性来到乡下，在给工钱外想不出跟人们有什么别的关系；他们简直不懂什么是和睦的邻谊。我现在记起一件奇怪的事情来了。人们到城市去讲社交；可是我觉得只有在乡下，才有社交之可言。住在乡里，或者我们会愚蠢些，可是我们却属于一个包含了许多年代智慧的组织。我们不在客厅聚会，是在猎场上，区村法庭，佃户宴席，或者农民会里见面。我们的私事和公事混在一起。我们干的事情并不带有竞争性质；每天各人干各人的事，我们却觉得同时就是替国家干事。这种组织，我跟我的父亲一样，能够了解，而且赞美。这是我所以当保守党的理由；并不是因为我有什么意见，只是因为我的性格如是。当保守党这字在政治上还有意义时候，我拥护它；现在虽然已经失丢了意义，我虽然不能够再努力地去拥护它，我却仍然是保守党。现在的英国到我死时还不会有什么大变更；将来的英国和我是不相干的；所以我不去干涉它倒也是个好办法。

"我不知道，对于你们的要求这算不算个圆满的答复，可是我已经尽我的力量了，我想这许多话应该是很够了。我常常想，若使上帝要我自叙一番，我就要对他说：'我就是这么样子，这是你从前自己所造的。你可以叫我死，或者让我活下去。倘然我再活一生，我还想过这样生活。若使你要我换个样子，那么你要将我重新制造才成。'我拥护一个失了势力的主义，对于这个主义的失势，我很有些怅然。可是我也不会非常痛心。我的余生还可以过个我所尊重的，很惬意的生活。我愿意让林门汉姆去治理国务，我看他现在焦急得很，满想起立驳倒我这邪说。"

林门汉姆的确是坐在椅里局促不安,有些按捺不下的样子。就是我早先没有下了决心,打算叫他接着坎替鲁布说话,看到他那可怜样子,也不得不找他发言。他欣然地站起来,谁也会感到他同坎替鲁布的态度是截然不同。那种揉捷壁直的身材,意志坚决的腮部,生机活泼的态度同明了洪亮的声音很能表现出他那过人的精明和毅力。开头有些迟疑神气,后来用他那拿手的纯练清醒的辞令演说下去。"我敢说,人们会相信我,"他说,"当我郑重地声明,我最痛心的事情是——我只好承认——自由党政策的施行（据我的意思,这政策是英国的富强和人民的真正幸福的关键）,会使刚稳坐下去这位朋友那一流人物退出公职。我们正需要全国人智识道德的能力,而我们的老乡绅们我以为也是个可宝贵的有用分子。从公私两方面来着想,我都觉得坎替鲁布勋爵的退隐是件遗憾,当我看到他多么得法地,多么光荣地,多么快乐地享乐他应当有的闲暇生活,我的抱憾虽然可以减少些,却不能全部消除。可是我觉得很高兴,当我知道我们还有（我相信我们将来仍然能够有）像他这样子具有特别派头和特别传统的人们在国会里面,互相牵制着保持这庞大复杂的国家内中的平衡。

"但是当他坚持——或者我应该说当他希望——他那个特别

阶级中的人们在国家里应当永久占有真真重要的位置,我自认在这点上不得不同他分道扬镳。不,我也不能赞成他所说的那种固定不变,以利益为本位的代表制度。不错,上帝是那么很神秘地预先安排好,每个社会总是古怪地包含了各种不同的分子和阶级,各有各的特别需要。我敬爱的大师,诗哲柏拉图和政治经济家的创始人亚里士多德这二个大名撑住了一个古代的学说:以为政治家的问题是怎地调剂这本来互相冲突的分子,使能够实现出一个完美无疵,一成不变的和谐政体。据这个观点来说,社会好比是大风琴,可是只能弹出一种简单的谐音。立法者的职务就是调整那风琴,使它能够正确地弹出那个谐音。所以如果柏拉图能够随着他的主意做去,他那个大规模的普遍谐音〔生产者,兵士同哲学家的大谐和[1]〕会在人们一切聚居的地方,单调地死板板地一直弹到现在。柏拉图所想的谐音自然是很美妙的。但是他所想镇压下去的那些不协调声音却一天一天地音浪增高,从他在世时到现在,不断地在时间的回音穹窿里嘈杂地响着,我常常以为这些不协调声音里包含有比他所能想像到的任一谐音都要来得更尊严的一个大和谐,而且那一阵阵的杂音巧妙地织成一曲宇宙大合奏乐,太玄妙了,我们仅仅

---

1 柏拉图在他的《理想国》里主张理想的国是哲学家治理,兵士司守卫之责,还是最下等的人们专做生产的工作。

能够了解一小小部分，只有天神们织尘不沾的智慧才能够欣赏。一切理想的政体的根本毛病在于无论那政体是多么完善，也不过只能适用于当时那一种的情形；因此若使那政体能够继续存在，当时那一种的情形也跟着继续存在，可是当时那一种情形应当仅仅是人类历史里面暂时短促的过程，不该这么不变地继续存在——至于只把目前的政体僵化起来，奉为至宝，丝毫没有加理想的分子进去，那流弊的地方是更用不着说了。倘然柏拉图能够在大地上到处建起他的哲学城，金链似地围着地球，他一定要使世界上永久有奴隶同贵族两个制度，要涸竭科学同发明的源泉，使具有理国大才的人感到英雄无用武之地；但是只有这些具有理国大才的人物才能够指导这天天进步的'人'里面顽梗捣乱的分子，叫他们协力合作，去实现一个共同有利的目的。像柏拉图那么一个大思想家，他的理想若使实现，还会这样地灭绝进步种子的生机，那么我们这类凡人拿我们不完全计划的法则同限制来束缚住包罗万有的自然，我们又要怎么说呢？我们应当谦虚地让'自然'来指导我们，我们应当把我们的制度组织得，给伏在内中的力气有活动的机会，只受些极微的障碍。我们知道，全靠着冲突，优秀的才由恶劣里分出，'自然'仿佛并没有来管，只是袖手旁观，看她的世界由混沌里挣扎出来。我们并没有瞧见她满怀热诚地来阻止创造中的世界的演化；她并没有看见到翠鸟或者玫瑰的艳丽，就伸出手来截住生物的进化，因为心中怕这么演进下去，会将它们毁减了，所以为着这些完美的下等动物，宁可牺牲了那不完善的高尚动物：人类同将来的超人。'自然'总是望着最后的鹄的；我们在政治上也该同样地用我们的制度努力去表现（不是去限制）自然的力量。我们的政体应当像皮肤一样贴贴地长敷在社会这个活肌肉上面。我们到底是什么东西，配向这个人那个人说，你去耕田，你去开铺子，你去管理国家？配向商人说，'你只许有这么多权力'，向农人说，'你只许有这么多权力？'不，还是让我们对大家说，'你能够占有什么地位，那地位就属于你了，凡是你获得了什么权力，那权力就该归你享用！'让我们的宪法表现出我们社会里各派势力的平衡；当这平衡里各派的势力更动时候，就让政权的分配跟着变动罢！这是自由主义的信条，也是'自然'所赞助的办法，而且我要虔诚地说，由上帝安排他的伟大创造品的法子上去考究，我们可以说这也是上帝所称善的法子。

"这个信条并不想把什么东西都弄得一字平，也没有打算去毁灭社会里各种的特性。对于我们的源流远古的皇帝同世代相传的贵族，没有人能够比我更尊敬——就是坎替鲁布自己也不能超过我。当他们值得我们尊敬时候——希望他们能够永远地值得我们尊敬——他们在人民心中仍然占有荣耀的地位。不过我在他们旁边要腾出地方来，使在社会力发展的自然道路上新生的分子和事业,也能够在人民心里占相当的地位。可是这些新生的分子和事业有那么多,纷纭错杂得那么利害,里面此轻彼重的互相关系又是更动得那么快,人们的智力绝对想不出什么技巧的系统来调剂这彼此不相容的势力,使他们保持一种平衡。在相当范围之内,给大家都有得到政权的机会,让他们尽力量任意利用这样客气地给与他们的机会,单独行动也好,同人合作也好。这个政策,我初进政界时就采用,现在打算一直施行到底,虽然那结果是刚才这位先生所最怕的普通选举权的实现。他告诉我这是种不顾一切利害的放任政策。但是我们放任的是谁呢?我们放任的是人民!所以问题是,我们信得过人民吗?我相信人民;他不相信!我敢说,这是我们真是不同的地方。

"是的,我丝毫也不惭愧地说,我相信人民!若使我信不过他们,叫我去相信什么呢?若使国家不是里面的人民的才能道德的总汇,那国家又是什么东西呢?利用那才干,鼓起那能力,使民族的优美有发达的可能和良好的机会——这应当是每个兼容并包的伟大政策的鹄的;向着这目的,我要尽力地干去,我希望我并不是瞎闹,也不是毫无耐性的急功,只是用种清醒自信的信仰精神做法。

"这是我的自由主义的概念。但是若使自由主义在国内有它的使命,在国际关系的境地里,它也占重要的位置。我现在不去谈那波涛汹涌闹不清的外交政策。可是有一点我想说到，因为前一位演说的人曾经提过，那就是我们的国外贸易问题。我敢说在人类一切的活动里，最显明出于上帝的意思的是这出产品的互换。在大地里，上帝每处分派有特别的产物，供人们使用或者赏玩；每国有它特别的技能，它的相当的机会。上帝造世界是造出给人们在里面工作用的，所以互换出产品也是上帝的意思。人们百折不屈地研究学术最终能够接连起重洋远隔的国家，于是新世界丰饶不竭的谷类飘洋过海卖给旧世界，去换来农具和机器。奥大利亚（Australia）一望无边的平原的牧王，印度的农夫和新近解放的佐治亚（Georgia）同卡罗来纳（Carolina）的黑奴供给曼彻斯特（Manchester）同布剌德佛德（Bradford）工厂里面工人的粮食，同时他们的衣服日用品也靠这班工人供给。法国西班牙葡萄园的产物能够给普鲁门鲁（Pall-Mall）以愉快，意大利的农夫整天穿着勒塞司特（Leicester）工人织成的布。黄金的锁索绕着井轴转，白银的水桶上下起落；自然的富饶倾倒出来源源不绝，每个人都去取，盛满了桶，溢出来的留着给别人，大家轮流着享受！这是那鉴临全宇宙的命运之主宰定下的法则；不管人们如何干涉他这仁慈的目的，总不能够全部地阻止他这目的的进行。但是盲目的贪婪同爱国者的杞忧会在可能范围之内，将这大机器的齿轮弄得脱节，障碍它的工作，限制它的用处。若使我们这个大国有什么可以自夸的地方，那是我们是第一个国家,肯除去矫揉做作的提防堵垒,让商业这澄清丰饶的大河,毫无限制地畅流到英国的绿茵的草场里的小河道去。

"英国的确得到她的酬报!找遍历史的记录,你找不出个富盛时期,像美国最近半世纪这么博大,这么持久,这么日日有进步。这财富的增多,就是前一位演说的先生也是承认的。不过他非难我们没有算一算这新系统对于人民的性格和事业的影响。他的话是对的,可是一个人居然敢预料这么一个政策在远远的将来会有什么结果,或者因为他不能预先看清,就退缩着不敢尝试,他真是个鲁莽汉。我们那个敢,就说他有那么大的权力,擅自替国家永久地定下经济生活的方式,人民性格的标准和一切建设的趋向。蕴存在'自然'胎里的许多可能的事情不是我们所测量得到的;我们只能够使'自然'容易些产生新事情,我们不可先行指定要怎么样子的事情的产生。将来有什么毛病发生的时候,自然有补救的法子;可是谁也没有什么特别本领预断将来的需要。至于现在,我们有什么值得担心的地方呢?我自认我看不出。我要说自由政策实行后所产生的现在情形可以证明自由政策的好处。我是很有把握的,我相信不久别的国家也会觉醒起来,看清自己的利益,定下关于经济的新法律,来和我们竞争,结果是大家都得到好处。我看地球上各国快放下政治上的仇恨,结合起来,只做商业上的和平竞争;

人类稚年期时所有的国界之分会在科学同艺术的光明里溶化消减；大炮的隆隆停住了，只听到纺机低柔轧轧的声音，工人胸前的围布同农夫的罩衫会比兵士的红带更使人尊敬；当全世界的商业军代替了那杀人为事的常备军，那些上帝本来联在一起的不会再因人们的愚蠢同罪恶而分散，一个人的工作同发明变成大家公有的时候，人类就不会再在战场上会晤，却是靠着他们选定的代表，像我们最伟大的诗人所说的，在'人类的议院，世界的大同盟里相见'。"

说了这个结论，林门汉姆就坐下去了。他说话的态度仿佛是对一个大会演说，不像和几个朋友谈天，这是他的习惯。但是，无论如何他是把这辩论的局面做成了。我知道在座一定有许多人不满意他的态度；自然最不高兴的是门多萨（Mendoza），所以我毫无疑虑地请这位保守党首领说出他那正相反的见解。他沉思地站起，从他胸前抬起他那愁暗的犹太人脸孔，慢慢伸直他那长长的躯体，嘴上却露出了冷笑。

他说："一个没有直接听到上帝的训话的特权的人免不了觉得他是站在不利的地位，当他接着像我们这位具有这特权的高明朋友来说话。但是我在议院里奋斗了这么多年头，这样的不利地位不得不弄很惯了。当他说得天花乱坠的时候，我的思想甘愿只在地上爬着；当他满口预言的时候，我却只敢用我的猜想。但是什么东西都有它的好处，可以偿补那害处。或者伟大人物看不到的地方，有时小孩子反会瞧见。飞鹰高高地远瞻四方，可是一小块地的高低粗滑只有蠕虫才能够知道；无论如何，由蠕虫看来，这小块地比大山脉海洋都要紧，那是他们绝对不能走到的地方。我是从同样的卑下的观点来看，要说几句话来补充，或者甚至于批评，我们刚才荣幸万分能够亲聆的谠论。

"我们这位朋友演说的要点是自由。没有英国人听到这个字，心不会特别跳得利害些。可是当我听到他那热烈的主张，我免不了暗自纳罕为什么他不更大量些更随便些将至高可贵的实物——自由——分给我们呢？他的确做了不少去掉国与国，人与人的隔划的工作。但是还有多少事情要办好后，我们才配说人真真已与'自然'合一了。举个例罢，想一想警察这个制度。我的朋友想到没有，这位尊敬的人物含有多少的意义；想到没有他是人们对于仁爱的'造物主'的目的的干涉的象征？警察是种对于'自然'永久的公开反抗。靠着警察，弱的可以管理强的，少数可以管理多数，聪明的可以管理愚蠢的。靠着他，许多在生存竞争里应当要消灭的人们居然活着。他将不适于生存者拿来代那适于生存者。他扰乱了全宇宙的计划。一切怪东西和寄生物都在他保护之下生根长大起来。婚姻制度紧紧地牵着他的衣边，私产制度跑到他怀中安安静静地伏着。当这些东西到处活动时候，那里有自由的地位呢？我们都知道自然律是：

　　'那好好的老规矩，古代传下的办法

　　是谁有权利谁拿去，

　　谁能够保守得住，谁就有了那东西！'

"可是我们用了私产制度这个魔术把这老规矩扔在一边不管了。看不见的护兵守着我们那砖石筑成的墙。凶恶的脸孔和利害的武装挤在我们花园的围墙上。我们窗户的玻璃，我们使它变得比金刚钻还要坚固。我们给我们的小孩以巨人的力量。一边小孩子天天都吃得过量，一边强壮人却在那里挨饿；母亲胎里的小孩会伸出那还没有成形的手来去拿土地。这算做自由吗？还是'自然'的意思吗？不，这是麦林（Merlin）的牢狱[1]！可是，说也奇怪，这牢狱居然存在于人间！那么，我们这位朋友是没有能力去伏这魔力呢？还是他没有这样的决心呢？

"而且当我们忍受婚姻制度的束缚时候，我们能够说是自由吗，能够说是同自然和谐吗？当我们桎梏那顺着本能的快乐的杂交，将我们这飘游不定的嗜好拘束在一个永不改换的妻子范围以内，我们能够说是自由吗？我坦白地说，在这点'自然'有它报仇的法子：在我们法律的禁令之下，多妻制却实实在在

---

1 麦林的牢狱：麦林是中世纪传奇里一个魔术家预言家，后来他被人关在一个空气的牢狱里，谁也看不见他，他却可以看见人们。

地到处风行。那一夫一妻的法律还是存在,做个经线,跟私有财产这纬线,构成件尼撒斯(Nessus)的衬衣[1]——就是家庭制度,我们用这衬衣来缚住人类巨大的精力。当这衬衣还是紧紧地胶着我们四肢时候,抬出自由这个名义,东扯下一个扣子,西撕断一根纽带,这有什么用呢?若使我们这位大领袖真真打算跟着他的爱人(指'自然')跑到底,他应当做出更勇敢的工作来。他听着摇头。怎么!那么他的工作不过是冷冷淡淡一心半意的吗?或者是不是在那女神(指'自然')的面具后面,他渐渐看出那禽兽的爪牙吗?若使'自然'不是位慈惠的女神,我们怎好把她认做自由的保证人呢?若使自由并没有什么权威保证着,只就自由本身而论,那么自由和混乱又有什么分别呢?若使不是用相当的干涉成分之有无,来判别自由和混乱,我们又有什么旁的分别呢?倘然承认了这个干涉成分有无的分别,我们岂不是要从放口预言的山顶走下,走到政治妥协的枯瘠平原去吗?"

一直说到这里,门多萨总是保持那苦心做成的冷讽口吻,我们知道英国听众是很不高兴这种口吻,这也是门多萨所以不能够得多数者的同情的原因。可是他的态度忽然变了。比刚才

---

[1] 尼撒斯的衬衣:Nessus 给 Hercules 用毒箭射死,他的妻子将他的衬衣用他的血染过,拿给 Hercules 穿,Hercules 他穿着苦痛得难过,最后自杀了。

态度更严重些,(我恐怕要说)比从前我所听到的他一切的演说更要无味些,他将他那保守主义尽他所能做到的坦白告诉我们。

"这些问题,"他接着说,"要让我这位朋友自己去答复。他谈得太玄妙了,我简直没有法子去了解。我缺乏那副盖空中楼阁的本领。我不喜欢高谈主义。对于我这种眼光狭窄,老住在地上的人们,个体的事实总是没有系统地排在眼前,个个不同,我实在没有能力把它们概括起来。这或者是我所以进我现在所隶属的这个政党的理由。我以为我的党看清了事实的真相,当然也只是我们人的眼光里的事实。林门汉姆匆忙地把我们叫做反动派,我现在说我们是事实派。我们所注意的不是全人类,是英国人;不是理想的政体,是英国宪法;不是什么政治经济学,是我们商业的实际状况。在这事实的大森林里,布满了新旧的乱草,俗世的檞树,肥大的灌木和美丽的爬藤,我们总是顺着旧路,心中惴惴地一步步慢慢走,努力使那些旧路不致于闭塞,不大敢去开辟个新路径,非是真真明白了新路会带到的目的地,绝不肯把好好的树木砍下,去做一条新路。我们把根本的变动当作例外的,病态的。可是我们也没受什么理论的支配,所以当我们相信有根本变动的需要时候,我们大胆地着手办去,而且是办得很彻底。所以当我们决定将人民请到议院去商量国事的时期是成熟了,我们猝然勇敢地实行起来,定下个永久的议案。这议案我决不承认——在这点我和坎替鲁布的意见不同，这我很觉得怅然——跟保守党最好最健全的传统有什么冲突。

"但是这个办法是例外的，我们希望将来不会再发生这种事情。这类修补宪法的工作，我们并不怎么爱弄。由我们看来，政府机关不过是一套工具，利用这工具来管理人民，管得好不好就是政治家本领高下的表现。我们这样人没有运气得到自由的福音，又不像我们的反对党有他们特别的天启，我们却以为现在的英国有许多地方需要好好地管理一下。我们对于实业这个新力量的将来和效果，不像林门汉姆那样抱乐观态度。在纺锤机轴轧轧的声音之外，我们听到穷人的呼号。在那灿烂辉煌的工厂商店后面，我们看到工人的陋屋。我们注意到大路上有一阵阵的工人离弃他们的故乡，到城里去；我们看他们走向贫民窟同吮人血膏的雇主那里去；我们看他们流落在穷人院同监狱里；最后掉到黑暗的深阱里不见了，别人却挤在背后要占他的地位，将来自然也得到同样的命运。当满目都是这些情形时节，我以为我们不该袖手旁观，借口空谈自由主义。我们觉得应当替国家好好地保存人民本有的优点，那是国家富强的唯一源泉；我们打算用我们的力量，抱着这个宗旨，立下法律，就是别人会误会，以为我们是在提倡社会主义，我们也不怕的。

"当我们这样子讨论这三岛的事务时候，我们并没有忘却我们跟外面世界的关系。若使我们能够赞同林门汉姆侃侃而谈的那种见解，这些国外的关系并不见得是什么麻烦的事。他在幻想里看到一个由商业带来的大家互有好意的和平时期，他以为靠着上帝莫名其妙的手段，贪婪和竞争会帮助我们达到仁爱同和平的目的。但是在这点我又不能跟他去大胆地空想。我总是给我的观察限制住，免不了注意到在人类长久流血的历史里，商业竞争最常做战争的原因。我们英国的纪年史里处处都可证明这句话；我看不出近代世界有什么特别情形会使这个公例不能适用。他们说一切国家将来都要采用我们的经济政策。若使这政策对他们没有利益，他们为什么要采用呢？我们以为这制度对我们有利，所以采用；只要我们的意见一变更，我们就会舍弃这政策不用了。当我说'利益'这个字，我希望大家不要误会，把它当作狭义的经济利益。我想一个国家好似一个人，他的人格有维持的必要。一个国家的目的不是宁可牺牲一切，只一心一意地来积蓄财富，应当是维持同发展本有的能力，以谋精强有力和多方面的发展，最重要的是能够具一种独立不倚的精神。我们现在所采取的政策能够不能够继续保障我们达到这种结果，我不是预言家，不能先行断定。但是若使不能办到，我相信我们一定会将这政策修改。旁人跟着我们用这政策，若使觉得会因此危险到他们新兴的工业或者过度地缩小他们经济力活动的范围；我不信别的国家会拿我们的政策做模范，就是我们的属地也未必肯学步我们。我自认我不能够满怀高兴地，或者抱着希望地前瞻那水晶宫式的大幸福时代，虽然林门汉姆一想起这个时代，就会滔滔不绝地议论风生。我以为将来是包含了许多战争同战争的谣言。我们英国因为他的富强和空前的成功，特别会变做全欧人民妒忌怨恨的目标。他们向外面四望，想替那数目天天增大的人民找块移植的地方，只见得大地上到处都给英国人先占了，总是英国旗飘扬着。这是英国最大的危险，可是我由这点抓到我国将来唯一的希望。英国的疆土不仅仅是那三岛。她睡里长大了好些。他〔她〕向各大陆伸出她的庞大未成熟的四肢，只写她内心的跳动同她神经的系统和这四肢生出关系来，这些肢体就可以具个完全的形态，行使各种的机能，来组织成一个伟大的国家。我看现在神经已开始跳动，血液也快循环到了。我相信我们殖民地不会像熟的果子一样离开我们自己落去；我们的附属地不至于坠到别个主人手里。迟早英国总会觉醒起来，了解她那大帝国的使命。隔海万里的英国人会和我们同心一意。因此我所预料的大联盟不是人类的联盟，而是世界里英国人民的大联盟。"

他停着一会不说。在静默中，我们感觉到暮色是渐渐地深沉。晚上最早出现的星儿已出来了，新月低低地照在西方。我们听到阴影下流泉潺潺的声音，夜莺的低唤也发自林中。当时当地恬静的香气影响到门多萨的心境；因为当他继续说时，他的口气是和以前大不相同了。

"这就是我的幻想，若使我肯让我自己做梦去。但是谁敢保这不止是一个梦呢？今晚的空气特别使人忍不住要说出真话。若使我说出我心里实在的思想，我要说我们这般人仿佛在掌理国家大事，实在是和那班好像受到我们的管制人们一样，同在个莫名其妙的潮流中，天天随着波浪向前涌去。我们好似一群小孩子，得到许可将手放在缰上，但是实在赶马的是一个我们所不知道的黑心魔鬼。我们是他的底下人；我们的争论，卖的力气，所追求的各种理想，无非是被他利用去达他的目的，并不是实现我们自己的意趣。在党派的战场上，林门汉姆同我一定要各干各的，勇敢地争斗，当看众翻下大指头时候，预备个生命去牺牲。但是在这公余休暇时节，我总是免不了看出表面上我们虽然分派竞争，我们实在有个共同命运的连带关系。我们都是要变成过去的，新时代跟着我们来，那是一个对我的理想漠不关心，把我们的标语当作空话，不懂我们的辩论的时代。

"这些灵魂的跳跃同这些巨大的冲突全要停了，一掬的尘土抛在上面，盖住一切。

"我们的辩论给遗忘这层灰尘埋没着。我们自然也会弄出些结果来，然而不是我们所心期的结果。我的梦林门汉姆或者能够帮着使变成事实，林门汉姆的梦或者我会不自觉地助着实现，或者谁也没有帮谁。上帝的意思，他虽然懂得么明白，我却是一点也不晓得。或者正因为这个缘故，我对他比他对我的态度是能够更仁慈些，我心里是这么想。现在大战场暂时是香的，观战人坐的椅子也埋没在夜色里。无论如何，此刻总是暂时停战的时期。在月色朦胧底下，仿佛有鬼怪来临我们这朝起暮休的角斗之场。这些鬼怪就是那站在后面拉线的，当我们以为是自己打仗，实在是他们在那里捣乱。我们化成尘土了，他们又去找别的新战士；我们的名字被世人忘却了，他们正在那里用不久就烂的黄金将新战士装饰得光耀夺目。就是在这黄昏时节，我们也何必这样地吵闹争辩呢？四面围着我们的是同一的天幕，萤萤闪在我们上面的是同一的星群。我的意见，林门汉姆的意见，算得什么？不过是水面的浮沫！世上的潮流带我们同到那命定的终点。暂时让我们体验领略这静默无可抵抗的力的奔流，在这刻向着桌子的对方伸出和平的手来。"

说了这些话，他向林门汉姆伸出手来，真情哀挚，林门汉姆简直没有法子拒绝他，虽然他心里并不高兴。这件事很有些像做贼，不是英国人普通的态度，但是这事当时的印象是很好的。这段插进去的事情，那结尾的几句话，同那不能言喻的姿势使我感到好像有一个帘幕忽然盖住了我们历史的一面。门多萨不仅把自己，却是更把林门汉姆推出将来胜败的战场以外。我既然有了这种感觉，所以我所拣下的一位演说的人是在意见方面和林门汉姆最相反，在性情方面和门多萨最相反的人，虽然同我本来的计划有些冲突。我所拣的是亚力逊（Allison）。当时他还没有现在这么有名,但是已经被人们认做是对于这两政党的一个毫无容情的批评家,他立刻站起来,一开口就好像把这魔术般的空气点破。我们忘却了深夜和残更,又回到尘土蔽天的辩论场中了。

他说:"这事做得很感动人,但是门多萨握错了手。他同我是比同林门汉姆还要接近些。我以为他还是可以劝化得来的,因为他总算知道一个社会的性质是靠着私产制的法律而定的;他简直好像有些怀疑我们现有的法律不是所谓尽美尽善的。不错,他现在并没有想去改换那法律。但是这个念头将来会发生;我总希望在死以前可以看见一个保守党的社会主义党成立。林门汉姆的情形就不同了。我恐怕他是无可救药的。我相信他心里是私产制度和英国教会一样地看待,莫名其妙地以为都是上帝赐与人们的好物。若使他能够去掉一切别的拘束,而剩下了这个私产制度,他就已经得到了他所谓自然的社会。门多萨已经指出了'自然'是毫无规则的混乱状态。凡是文化都含有拘束这个意义,社会主义当然也是个拘束。社会主义并不是毫无规则的混乱状态,却是混乱的正相反。若使自由主义没有自相矛盾的地方,混乱状态该是自由主义的目标。所以想加入社会党的人用不着怕混乱状态这个纸老虎,因为社会主义者是反对混乱状态的。人们又说社会主义带有革命性,我承认这个纸老虎还有些活气。社会主义的确是革命的；但是若使自由主义不是句空话，自由主义也该是革命的。革命并没有包含强暴行为这个意思。而且强暴行为是革命的流产。举个例罢，你们看我像不像一个马烈特（Marat）或者一个丹顿（Danton）[1] 我老实地征求你们的意见。"

他绝对不像他们。而且他那短胖的躯体，尖直的胡子同他的眼镜使他看起来既像个中流社会的英国人，又带有德国的学者的态度。他发了这句问话，大家都嘻嘻哈哈笑起来，他自己也笑了。但是当他接着往下说时，他的音调比先前还要严重些，还带些讲演的态度。他那时候宣传社会主义的法子多半是公开讲演。

"不，"他说："社会主义虽然会狂吼，可是最少在英国他那咆吼是像乳鸽声音那么和平。我自认革命是我们的目的，但是我们用的手段是渐渐地将新的制度代替旧的。我们打算在几乎不知不觉之间将全体社会的组织变更；我们是由基本改造上来，并没有过量地扰动上层的组织。仅仅用重新划定租税律这个调剂法子，我们能够把社会里财产重新分配过；仅国家管理资本的必要；若使不是这样，他们或者会趋避采用这种政策。所以资本主义的社会正在那里筹备自己正寝善终；你们不应当把我

---

[1] 马烈特、丹顿都是法国大革命时的革命党。

们看做像屠害旧制度的杀手，应当看做是帮助难产的旧制度生下一个宁馨儿的收生婆。

"那宁馨儿不是自由的社会，到〔倒〕是个有规则的社会。在这点我不止和那架空玄想的自由主义意见不合，就是大部分只有所谓常识的英国人对于国家的干涉是有个模糊不清出乎本能的不信任。我要指出这不信任实在是患了'时代错误'的毛病。这不信任的起源是当国家既无能力又失民心的时候，那时专制政府公然显然地变做只为特殊阶级或者特殊人民谋利益的机关。可是平民主义的革命同分部政治的实行早把这个毛病扫去了；灵敏聪明的民意督理着一个全是专门人才的行政机关，这个理想是现在各个文明政府的趋向。真的，要达到那理想，还要费许多力气。在有些国家，特别是美国专门人才的需要还没有感觉到。在别的像德国这样的国家，民意的督理设备得很不周到。但是大体的趋向是很明显的；尤其在英国特别明白。最少在英国，我们可以希望官吏的智识同权力继续地扩大；同时靠着代议机关的合式发长，我们可以防止那不负责任的官僚政治。怎样地去调和行政官的效率同民意的督理，这的确是个难题；可是我相信这是能够解决的。这里或者不是我发挥我常常爱说的代议专家制的地方，但是大家或者肯让我顺便提一下。我所谓的代议专家是一个受了科学的同系的训练的人，知道怎地去抽出他所代表的人们的真正意见同把这意见化做个可以实行的议案。他要去研究他们真真所需要的是什么，不光是他们自己以为所需要的是什么，他又要自己相处好法子来去得到这所缺乏的东西。这种人不一定是由人民举出来；真的，我以为公众选举这个制度快消灭了。最最重要的是这班代议专家的选择，是经过了能率的考查（试验或者过去的成绩）；同他们应当常和他们所代表的人们接触。我现在不好说到细节上去。我最大的目的是指出当政府是在有专门学识的行政官手里，又有代议专家监察着的时候，我们对于无限地扩充国家的权力范围用不着有什么焦心。

"这权力的扩大自然多半是属于经济方面，因为现在大家都承认一个社会的性质全依着他的经济组设而转移。我们如果要彻底的革命，一定要先由工业组织上着手；但是革命的目的不只是改换工业组织。说社会主义是唯物的，对高尚的精神活动是漠不关心的或者取敌视的态度，这全是一种毁谤。科学的重要，谁也没有社会主义者了解得那么透彻。不止那做社会主义的基础的社会学是一门科学，而且社会主义的一个根本信条是人类的进步全靠着他征服'自然'的本领同科学是人们征服'自然'的唯一武器。又有人说我们对于伦理学太冷淡了这也是种误解。我们的伦理学标准或者和中流社会的伦理观念不同；倘然是一个样子的，那么我们的伦理思想是该骂的，因为我们就一定有了新伦理，才会去建设个新经济系统。每个新经济系统需要个合式的伦理标准，并且会产生个合式的伦理标准；社会主义的系统也不是例外，我们以为我们用不着去关心伦理问题，因为经济革命后，新伦理自然会随之而来。德国人讲过：'人的性质是靠他所吃的是什么东西而定。''道德，艺术，宗教和一切所谓精神的活动'同面包猪肉等根上是一类的东西，不过外形不同就是了。我们有那需要时候，这些东西自然会来；在社会主义的国家里，这些'精神的活动'的培养一定比现在这竞争制度下会更周到些。因为在这点我们又要应用专家主义了。若使政府决定了这类'精神活动'是应当鼓励的，那么政府的责任是计划一个机关，专司拣选同养成有才分的人之责，那种人的数目也是按社会的需要来决定，每人都派有他所合式做的工作，也有相当的工银。我想现在用于培养传教师的办法，可以同样地用于攻习各门艺术的人们。我也不主张社会主义的国家定下什么做国教，因为我们知道我们现在还不能够用科学方法去定那个宗教是对的或者天下有没有对的宗教。我对于一切宗教（自然也有〈相〉当的限制）都给予鼓励，希望经过了长久时期，自然淘汰之后，只有那最适宜于经济情形的宗教存在不灭。无论如何，这个新组织比旧组织高明的地方是很明显的。我们不会再听到天才在屋顶小楼里挨饿，宣传福音的牧师薪俸太薄或者太厚，以及有些阶级享到特权，有些又没有特权。一切都是有秩序的，按部就班，安安稳稳的，凡是有文化的国家都应当如此。在历史上，这是破题儿等一次社会能够在庞杂不同的人们组织里抽出最大限制的好处；那些组织一向是没有物质的保障，所产出东西的数量也是随意无定的。若使我可以用个大胆的比喻，我要说社会主义是把宗教，文学，艺术等等分起类来，好似写字楼上的分类书匣，清清楚楚地各有各的地方；若使这些精神活动是正当的同会有结果的机能，那么像旁的机能一样，会得到分类的好处。

"我已经说出社会主义的计划的特点了——是一种经济革命，那步骤是和平是渐渐的更换，产生出个完全的集产制度，包含一切真正有价值的人类活动。但是有些话除非是对那研究多年社会主义的学说的听众说，我实在觉得不好措辞。那是谈到我们的热狂，或者可以说是谈到我们所以热狂的理由。当一切别的政党都在暗中摸索，全靠些零零碎碎烂熟的公式，那些公式她们自己也已经有些不相信了，只有我们才是光天化日之下往前进，走一条我们知道来何处去何方的路，对这一个明白地瞧得见伏在水平线上的目标。历史和分析方法是我们的引导人。我们是第一个了解历史的意义和科学地用分析方法的人们。和过去一切的革命党不同，我们不向直觉或者理想处去求灵感，我们的热诚是从世界上已定的进化历程那里得来。我们可以说是和宇宙力合作；所以我们有大胆的自信同忍耐。因为事情的演变自然而然会走到我们所希望的那个地步，所以我们有心情忍耐地等着。就是我们停桨不泛，我们的船还是望〔往〕前进；倘然我们暂时被阻住了，那障碍我们的船的进行的潮流只属于一两个特别地方的，不是整个流水的趋向。在一切政治家里，只有我们有信仰，但是我们的信仰是安在科学上面，所以是个永久不会摇动的信仰。"

亚力逊就这么收尾了，他几乎还没有说完，马卡替也不等我的提名，自己跳起，立刻热烈地发挥他的言论。闪电般的眼睛和带着情感的姿势，他那爱尔兰土腔和前一位演说家的声音相反成趣。

他高声地说："若使社会主义是这样子一个东西，愿上帝赦宥我，因为我自己曾经说过是个社会主义者。但是社会主义实在并不是这么一回事，我要救一救这个名词，免得被人滥用！我要还它古时候那种高贵的意思——那时候，社会主义是全世界人们的梦，可说是沼泽里圣餐杯的光辉，是沙拉司的神秘城（The mystic city of Sarras），亚维伦的幽谷（The vale of Avalon）[1]！社会主义是自由的灵魂，是四海一家的结合，平等的保障！谁敢用渎圣的手来攫我们的亚力厄鲁（Ariel）[2]，把他关在不法的树

---

1 亚维伦的幽谷：在中古传奇里，亚维伦是一个海岛，在"地上乐园"的附近。
2 Ariel，莎翁剧曲里（*Tempest*）的一人物，他是个飘渺精灵的小地仙。

里,那树就是'国家'。日夜的差别,善恶的不同没有真正革命的社会主义和这里公事房式的社会主义差异得那么厉害,这种的社会主义是仇敌冒穿我们的军服,乱挂起我们的徽章。差不多有一世纪了,我们天天都在争自由,现在他们想叫我们做个监禁起自己的灵魂的狱吏。一七八九,一八三〇,一八四八[1]——这些日期,我们热血换来的,现在还牢牢地记在心头,只是为我们从此可以当官僚政治的羊栏里的顺羊吗?不,这些日期是我们精神的表现;那班被政府驱逐的流离四散的人们在这个世界虽然到处被人排斥,然而是将来天国的公民。无论他们流荡在那里,他们总是一团活火,烧尽一切制度和法律,又在人们心里点起怜悯,愤怒同博爱的火。我们将来的理想国不是用政府公报建设起来的,也不是用办公室的尘土黏住的;也不是缚公事用绳子将我们的理想国捆成整个,使它不至于分裂。不,我们的理想国的建设是由于那些得到了自由的精神的互相爱恋,丝毫没有受外力的压迫;我们的理想国是灵魂的永久快乐的表现!"

他停一下,恍惚敛一敛神;不一会声音比较温和些说:"社会主义就是无政府!我知道无政府这个字是很可怕的;但是因

---

[1] 一七八九年法兰西革命爆发,一八三〇年七月人民反对查理第十,群起革命,选举腓立代之。一八四八年二月巴黎暴民学生工人又起革命,逐腓立,举路易拿坡仑做大总统。

为人们自己有亏心事，所以才怕；因为只有那用霸道之下法律的人们才那么怕无法律的世界？你们这班怕无政府的人们为什么对于你们的财产和生命发生恐慌呢？那是因为你那财产是偷的，你的生命是乱用了，因为你用你们的法律制造出所谓'罪人'这个东西；因为你们做出饥饿，人们饥饿了，自然会愤怒。这些事情我并不归罪于你们，好似我不把这些罪名按在我自己身上一样。你们自己也是你们所拥护的那个系统的牺牲者，政府不止是我们的仇人，也是你们的仇人，不过你们自己不晓得就是了。因为政府就包含有强迫，排斥，等级分离等等意思；无政府就是自由，联合和博爱。自利同恐惧是政府的根基，无政府是建立在博爱的情感上面。因为我们自已分开做几国，所以我们才受战争的压迫，因为我们个人间也是各自孤立的，所以我们须要法律的保护。若使我不去抢夺同胞所必需的东西，我也不怕他会来拿我的必需品；倘然我对于他的缺乏真真有同情，那么我觉得他的需要同我的需要是同样急迫的，没有什么轻重之分。但是一切政府官吏都是把人民分开的。不论他们存心如何，他们逃不了会做个压迫者，最少也是个障碍物。他同民众的本能（那是生活的要素）隔得太远，他们的意识总是错的，所以他们的思想也是错的。无论如何，就说他们的心是最仁慈不过的，他们所管理的人民是那么复杂，他们绝对不能够了解人民真正利益之所在。一个人在他天天干的事情外，本来是什么也不懂的；在各门的工作里，只有做那门工作的人们共同管理才合式。政府不仅是在道德方面是永久破产的，在智识方面也是破产的；所谓代议制的政府并不比别的高明，因为行政官在同情和了解那二方面还是一样地跟被治者隔膜得很厉害。而且经验指示我们，而且经验指示我们没有一个制度下有像民治政府下的治者那么不胜信同腐败。'政客'这个字现在不是到处都当作骂人的话用吗？那里不把'官府'当做无用和迟缓吗？国会议员所处的地位是多么可怜，数不尽的问题要他投票解决，虽然连那问题的端倪他却弄不清。他的投票又是照着党魁的命令，而党魁自己又要受那盲目的毫无思想的党中预选会所支配。人民是他们代表的奴隶，代表是他们首领的奴隶，首领又是麻木不仁的政党机关的奴隶！这是对于'政府'这门科学的最后判断！呵，人们的神圣灵魂，你们用了什么铁链子来缚住自己，还把这铁链子叫做自由，鼓着掌兴高采烈。

"现在还有人跑来说，因为你们是自由的人们，用你们自己做了束缚更紧地捆你们自己罢！打那些结子的手，不是你们的吗？你们还要怕什么呢？这儿还有一个肢体是自由的，赶快去捆紧罢！你的头还能够转，来，用个罪名把它弄定，现在你是捆得紧紧的了！现在你是动弹不得了！好么妙吓！多么有规矩，多么安稳吓！喔！这，这就是社会主义！为的要做到这地步，法国放开水门，泛滥全世界都是血!？怎么，我们打开铁链，只为的是我们要将官府的公文线索来缚着自己吗！我们将王冠由拿坡仑头上取下，只为的是要盖在……要盖在……"

他对着亚力逊看一眼，忽然间自己制住自己。他以后用说明的口吻说，"要逃出这个难关，只有一条路，就是在一切的工作里，都采用自由的合作制度。你们一定会说这是办不到的；但是，为什么呢？在你们所关心的事情里，已经是用这么法子了。在我们的社会里，最自由的活动是艺术，科学同游戏的活动。可是这些活动都是借着我们自己组织的团体：俱乐部，学院，会社等表现出来（我并不说是受这些团体的支配）。皇家学会（The Royal Society）同大英协会（The British Association）可做正当的组织的模型；那种组织应当施行于全体社会，而且一定要这么办才行。每种商业，每种事物都该由种特别会社执行，那会社是由于一切自愿选择那职业的人们自由组织的，里面的办事人听他们自己选择同更换，自己定下一切的方针，自由地跟别的同样组织的团体合作。这类团体互相联络，到处都有秩序，可是毫无强迫的意味。这是我所企望的社会的形式，这种社会我看已经在旧组织的硬皮里渐渐成熟。规则当然是有的，却没有什么法律，而且那些规则，也是人们欢欢喜喜地服从的，因为那是自己一厢情愿选定加入的特别团体的规则，若使你不赞成那拥护这些规则的友谊团体，谁也不会勉强你，不给你走开。无政府并不是没有秩序，只是没有强迫的力量，无政府是人们的精神能够自由地在他所心爱的形式里工作,那些形式是天天发生变化,所以只有在这些的形式里人们的精种才能够得到个不是束缚的外表。你们要说这些意思都是空中楼阁。但是请看一看历史!想一想中古时代的大成功!那不是个像我所说的那种组织的成功吗?当时人们自愿地组织成个自治区,聚集起成个行业协会,这班人建筑了临云的高塔和伟大的教堂,而且将这些建筑用艺术的美妙能力妆饰得使我们现在的法兰西,意大利看起来还是堂皇典丽得很。国家这个制度和国家强迫的能力发展的历史也就是由佛罗兰斯(Florence)同陆能波(Nuremberg)退化到伦敦纽约的历史。国家的能力渐渐地涨大,个人精神的能力一天天地萎缩,设使亚力逊的理想果然实现了,设使国家的干涉能力散布到人生的各部分,那么缘此所得到的全社会的安乐是用我们的灵魂市来的。这个代价未免太贵了。那种国度里的居民在衣食住都是美满的,只是——这真是很大的缺陷——他们变成行尸走肉了。"

"啊!"他慨然地说,"我多么希望能够使你们看出你们现在所服从的规则全是不自然的,无需要的!可是我们特地自己造出许多系统来骗自己,被所谓社会科学迷住了。人们说历史是个因果相寻铁定了的过程,因此我们就以为这个过程一定是良好的,以为过去一切都该像我们那样子的过去才好,否则就不对。我们对于过去同现在一切情形全认做是良好的,应该的,不管是多么明白地和我们的直观冲突。这些想头实在不过是自己脑子里弄的玄虚。历史的大部分是个天大的错误和罪恶，请你相信我这句话。过去应当不是那样子才对，我们也不应当处在当今这种情形。世界并不会自然而然地向好处演进去；我们跟宇宙没有什么合作，除非是打算纵容罪恶。我们自己脑子凭空盖个楼阁，给我们的毛病躲避用，若使我们想看清真理，追求至善，我们应当推倒这些楼阁。楼阁坍了，我们才知道我们要爬山过岭才走到的希望的国度的路正埋在狂风暴雨里面。到处都是和我们为敌或者漠不关心的东西。要等到那时候，我们才懂得什么是革命精神。我们那时候才晓得天下有些东西是坏得非用火烧不可，有些巨大的障碍物只好用炸药去爆毁；破坏工作是创造工作的必要预备，因为我们所破坏的是囚锁人们精神的牢狱；而且在创造工作里，精神是唯一的主动者，不受外界的权力和自然力的帮助——这是我的信条——不，我不说信条，这是我们革命党所遵循的灼见和理想。我相信靠着这些灼见和理想我们可以得到胜利。可是不管我们到底胜利没有，我们这种生涯就可算做一种胜利，因为那是种灵的生活。打破了物质的羁绊，为的是我们灵魂的结合可以更亲热些，蜕脱了陈死的外壳为的是我们可以解放里面蕴存的生机，废除一切制度为的是我们才能够燃起真正的力量，脱下物质的躯体，穿上精神的躯体，这思想，只有这思想才是无政府的精义，这是我们无政府党的运动的主旨,无论我们是用舌战,是用刀战。

"人们常以无政府就是用暴力打倒旧社会;我也不说假话,卑鄙地去否认暴力是我们运动的一个手段。暴力是新社会产生时的收生婆,没有她,根本的改革是做不到的。从前用刀剑篡到的专利,一定要用刀剑去打倒才成;只有暴力才能够消灭暴力。不,我要进一步承认,因为若使世上有坦白说话的地方,那就是我们这里,我自己觉得我所该走的是用暴力这条路,我生来就是个活动的革命党,我也要因为是个活动的革命党而死去。但是并不因为武力是一个路子,一个必由的路子,而且是我的路子,我就以为除开武力外没有别的路子。假如希望不是件无聊的事,我真希望自己是位诗人或者圣者,能带着温和的精神这件武器去追随同一的神灵。有些无政府党从来不演说,不荷来福枪,我们还是认他们是我们的兄弟们,虽然他们并不认得我们。有二位不朽的人物,我要特地提出,雪莱(Shelley),他是位最有价值的诗人,设使我们没有一位比他更伟大的神秘的威廉·卜来克(William Blake)。人们以为我们是杀手。我们在地球没处安身。有那位这么窘逐我们的人肯相信我们里有些人(我可以说最少有一个)心中所牢忆不忘的诗歌是那最有灵感,极高尚的,对你们那迟钝浮夸同鼾睡里的英国的反抗声:

'拿来我的火热的黄金弓,

拿来我的希望的箭矢,
拿来我的长矛;呵,云儿展开罢!
拿来我的烈火的兵车!

我这精神的奋斗决不停止,
我的利剑也不白睡在我掌中,
一直等到我建立起耶路撒冷,
在英国这青翠可爱的土地上。'

"英国!不,不止英国,全欧,美国,全世界!那里有'人',那里有'新人',那就是我们的家乡。但是'新人'是埋没在旧人里,凡是'新人'在坟墓里挣扎,在里面打斗时候,我们总是到那里去救援他们。在清晨的静寂里,当看守人沉沉睡了,被十字架钉死的救世主从坟墓里飞升到天上。而坐在旁边的天使是位'无政府'的天使。"

他这个奇怪的结论就这么突然地收束。我恐怕这几句写出的话失丢了那结论当时所给人们的情绪。大家跟着静默了好久;在静寂里,我们听到下面泉水的淙淙同夜莺的哀唱。时间已经是深夜了;月亮挂在天空,满天密密地布着明星。内中有一粒行星火红地亮着,刚好对着我坐的地方;我看见坐在我隔壁的亨利·马丁的眼睛也盯着这个星儿。他正在出神,所以当我问他想不想起来说话时候,他简直没有听见。听到时,他很愿意地同意。他站起时,我心里免不了赞美他容貌的文雅。我以为念他著的书会误会他的性格;因为他的书态度冰冷,很带了学究气。他的性格却全不是这样子,谁的精神也没有他那么活泼;在他的体态举止,他的质直身材,他的闪亮眼睛同他那现在已经斑白的一拂波涛浪涌的胡子都可看出他的活泼精神。他站着不说话一会儿,他的眼还望着那红星,后来就开口说:

"有些神秘主义者主张世界是相反的精神互相为用的结果,两方精神各聚在天上正相对的地方,设使这话是真的,我想马卡替和我一定是这么一对刚相反的精神,而在经验的轨道上对称地行动。说不定我是他的预言家卜来克诗里的厄逊拉(Urthona);他是乌利仁(Wrizen),或者我是乌利仁,他是厄逊拉,也未可知,我实在不能说定。但是我们地位的正相反并没有什么仇意含在里面,最少我这方面是这样;我望着天上他所照耀的那一方,我很能够明白在那里发着光辉是多么可骄的命运。比较起来,我的光真是暗淡得很,仅仅一些青光,一些蓝光;可是我这光也是同样地重要;没有我这光,他那光或者有烧灭世界的危险。我故意用比喻来说,为的是想缓和这种由预言家到批评家的仓猝冷酷的转变。但是主席先生,你叫我起来发言时,你心里已经明白你是请亚夸利亚司(Acquarius)把一桶水对着马斯(Mars)倾倒。我相信马斯一定能够原谅我,若使我服从这命令。跟前面说话的几位先生全不相同，我的职业就是个怀疑主义者，我以为这是个很高尚的职业。有些人或者真真以为天下人全是认事业做人生的唯一目的。他们把批评当做病看，有些人会患这病，甚至于可以致命。他们又相信健康的是热狂人的状况；那班只有信仰从来不会有疑惑的人们。这班人的心境是快乐的，这我很愿意承认；可是我不能够说这是健康的状况。若使他们的意见不是设立在真确的理智的基础上面，这怎么配说是健康的状况呢？可是这个基础是从来没有，而且永远不会做到的，除非用批评的手段；一切批评都含有怀疑的成分，而且会产生疑问。一个没有批评方法的经验，不，我要说，没有常常使用批评方法的人是没有热狂的权利。那理由是他把他自己的心牺牲了，用感情染过，才换到这热狂来，我相信这是很坏很错的办法。我坚持这办法本身是坏的错的，并没有去计较到那所造出的结果；因为求真避假是我们的根本责任。就是照利害而论，普通的假设是以为热狂的效力，虽然不全是好的，大部分总是好的，我对这话却有重大的怀疑。比如我研究了宗教史！我找不出理由来证明宗教对于人类的益处比害处大。耶稣救世主——最伟大的而且（我想）是最清醒的热狂者——也会燃着审问异教徒的火同弄个教皇坐在罗马。谟哈默德用血泛滥全世界，把土耳其人放在布司佛拉斯（Bosphorus）。圣佛兰西斯（Saint Francis）做出一群顽梗的叫花子[1]。路德引起卅年战争。批评精神会阻止这班人的进行，但是世界会因此变坏了吗？我的确有些怀疑。当然世界上的热烈会减少些；可是世界上的光明也可以加多。我是个相信光明的人。仅有智识，缺乏热情，不会有什么结果，这话或者是真的；然而缺乏智识的热情是准会捣出大乱子来。这两种能力应当联合起来，可是事实上自古以来却总是分开互相冲突的，若使在两者之中我只能拣一个，我是站在理智这一边；我宁可没有什么结果，不愿捣乱。我本来的目的是产生许多好的结果，是用批评手段去产生许多好的结果。我恐怕这就够叫谁也不高兴我。我并不是存了什么坏心肠，偏要如此，实在因为责任所在，不得不如是。你们或者以为这样讲法只有把事情弄得更糟。那么就让她去罢，我也不再先行道歉，还是干脆干这讨人厌的工作去罢。

"我开头要说，当我听前一位演说时，我虽然赞美他们所架的理想国的巧妙同壮丽，我脱不了我的习惯，总是在那里考究底下的基础如何。我的结论是：一切政治信仰总跳不出两个极端的范围，虽也是个个不同，这两个极端我叫做集产主义（Collectivism）和无政府主义。这二个主义都是不惜牺牲一切，去达到一个目的——集产主义所企望的是秩序，无政府主义所

---

1 圣佛兰西斯是十三世纪的大宗教家。主张穷苦同模仿耶稣颠沛流离的生涯。

企望的是自由。秩序和自由都拿来当做信条，当宗教地来宣传。在这二者之间就有信和经验，思想和事实的各种程度不同的妥协，可以用自由主义，保守主义来代表。每个信仰所带的热狂程度常是跟信仰里不受经验的限制的成分有多少做正比例。简单同直截是一切热烈信仰的特征。但是像这样一个批评家不相信在政治上或者一切实际行为的境域里，这种简单直接的信仰会真真完全是对。就用我们刚才所说的这件事来说，我要指出自由同秩序本身都不是惟一目的，虽然都是目的的一部分。我们所希望的自由是好人民按着秩序去做好事的自由；我们所希望的秩序是好人民自由地做好事时的秩序。这种改正或者集产主义者同无政府主义者都要承认。他们要说他们所要的正是我们所谈的这种自由，这种秩序。但是当自由和秩序作这种解释时，那是互相包涵的，那么这两派的不同不在目的，而在手段上了。不过手段这个问题非常复杂，只好很虚心地一步一步地用观察同实验来解决。凡是由这种所产出的意见，不管怎地坚持，绝不能够用宗教的或者伦理的直观那种简单的态度同信仰来拥护。我们固然也可以经过这手续而采取集产主义或者无政府主义；但是我们不要像个热狂者，应当是个批评家，心里记着我们的意见不是根据什么绝对的原理，却是靠或然的计算而定的。

"所以我头一下就要声明，这全部问题应当用批评态度，不该用直观态度去解决。但是现在拿批评态度来一考察，这两个极端的学说都引起极大的困难和怀疑。尤其是无政府主义，那些难关就是顶粗心地想一下也可以看出。无政府主义的主张，你只需打倒政府，他那有秩序的自由之理想立刻可以实现。可是他不能够指出什么经验来证明这信仰。他的学说是根据于一种人性论，那学说却和我们所知道的一切事情相反。因为若使没有政府，人们已经可以过乐园的生活，那么他们怎么又故意跑出这乐园，去建设个政府呢？不，政府并不是我们的万恶之源，真真的毛病是在于'自然'的吝啬和我们的贪心。这两件事是有人已来就有的，无政府不能毁灭，倒会使这冲突变本加厉。我们敢信无政府的结果会使人满意吗？无政府者或者要答：无论怎样变化，比现状总会强得多。有慷慨为怀神经锐敏的人们同在不能容忍的压迫下的牺牲者弄得走投无路，所以会作此感想，这里面的苦衷我很能谅解。但是那不过是失望时的牢骚。或者我们真真能够跟着马卡替相信在革命大屠杀那天晚上，一切拥有私产的人们已经很快地剥夺了他们的所有时候，人性里友谊合作的本能会立刻活动起来，什么冲突也没有，生产分配等万分复杂的问题不要人去管它自己会解决下去，立刻每人都有个心爱的位置，干他们所欢喜的工作；每人都想做工，对于所给他的工钱都能满意；世上不至于再有缺乏的发生，需求同供给能够刚刚合式；而且不是靠什么新智识，新能力，仅仅把现有的分子重新布置一下就可以办到？有谁，就是马卡替自己平心静气时候，会相信这话呢？设使他真能相信，那么我这水瓶洒他也没用。让他死白色地不停地燃烧着罢，我要去看一看亚力逊的情形。

"亚力逊的火焰是比较温和些；我不想把他的火全行扑灭，就是我可以做到的话。然而我自认我急欲把那火调和一下；因为就颜色而论，他那火似乎有点鬼气森森，我恐怕当力量增加时，也会变太热了，确然我以为现在还没有这个危险。丢开比喻来说，我对集产主义并不像对无政府主义那样根本推翻，我的反对也不是起于不能鉴赏生活机会分配得更均匀些这个好处。这重新分配我以为是集产主义理想的根基。我并没有存有——凡是肯去思索的人们决不会有——那普通的偏见，以为现行的私产制度是基本的普通的无法取销的。我很知道私产制度是不公平的，用集产制度所提倡的系统来代替私产制度是个很大的进步，若使那系统能够成功地实行起来，而不至于妨害及别种的良好的事业，那些良好的事业或者是比机会均匀更来得重要。我也没有主张在个集产国家里，自利的动机有松缓的危险，这动机凡是懂得道理的人都承认在相当范围内是一切动作最有力的源泉。我想国家也可以照人们工作的成绩给他们工钱同私人公司一样，让好胜的满足靠着工作效率的大小。在这种纯粹经济范围以内，我看社会主义的计划没有什么荒谬同空虚的地方。

我所感到困难的是在别方面。我不懂得他们怎么能够用他们所想象的那种民主的机关，找出很能干又非常清廉的官吏，可以胜任社会主义所需要的那么重要同困难的职务。在平民主义的国家，政府几乎不能够越出——我想实际是有低过的倾向——普通的诚实同智力的水平线。譬如在美国，谁也晓得全部政府机关——尤其是那经济权力很大的地方政府——总是被社会里比较没良心只图谋利夺权的人们霸占着；当政府的权力变为很重要时候，这趋向也比例地很利害地剧增，任一社会的情形都是如此。我相信一个管理不好的社会主义国家将比我们现状更坏，那更坏的程度是等于管理好时所得更好的程度一样。我自认我不了然社会主义者能够有什么保障，敢说将来一定会管理得很完善。对于仅仅一个制度，我没有亚力逊那么大的信仰，我敢说当社会里大部分民众专想抢夺政权，图谋己利时候，无论什么制度都不能够产生好效果。我又相信就是现在社会的情形，我弄不清他们用什么神迹能够改变这状况。

"这是我关于集产主义的第一难关。虽然这不足阻止我去赞助——我实在是在那里赞助——小心的和尝试的实验，却截挠我像亚力逊那样带着春风的欣然相信的精神，去描绘集产主义的将来。我还要进一步，我要说凡是具有相当的智识，而不故意去塞减那智识的人们都不该有这种盲信。为辩论起见，姑且将这困难扔开不管，就算一个诚实有效力的集产主义国家是可能的，我还要有一个更重大的疑虑。因为当我想起在现在这制度底下，生活机会的分配虽然是极端地随便不均，可是我宁其有这不平均，不愿意有那最平均的分配，若使旧制度对于有些高尚事业的实现比新制度能够有较好的保障。我不知道，我也看不见谁能够知道，集产主义对于高尚的事情的实现会有像现在这么好的一个保障。说到这点，我又要谈到自由问题了。我晓得关于自由这个题目，世上已经有许多口头禅了，我不愿再加上几句门面话。我承认在我们现在这种安排底下，大部分人民实在没有得到什么配称做自由；他们的一生老是被最低度的物质需所束缚住。可是由这黑漆一团里却曾跳出许多艺术家，诗人，科学家，圣者，现在情形，还是如此。这些人的出现，我觉得是靠着社会里有一部分的人们能够拣选自己生活的方式（这取舍之权有时对于他们有益，有时有害），就是有天大的困难横在前面，也能顺自己的趣味做去，不管要忍受多大的磨难同挫折，最终实现出他的大作品，他的伟大生命，运气好些的，正因为其有许多困难，更显得他的成功的伟大。可是在亚力逊所计划的制度之下，我有很大的疑虑，有什么天才能够出现。每人的一生事业，国家代为定好，他的一切困难，国家也代为打倒，就是说人们所走的全是坦途大路。这件事，我恐怕，设使不毁灭，也会减少物质世界里同精神世界里的天生的进取冒险的精神。然而，我们所称做，我们所应当常称做，'进步'这东西却全靠着这个精神。真的,一个集产主义的国家也可以设立学院,给与基金,但是能够产生出一个莎士比亚或者米格兰基罗(Michelangelo)吧?集产国家可以养成正道的宗教,但是能够做个宗教改革者,或者圣者的出产地吗?我们是否应该为了大家都能得到安乐同智识的缘故,便不惜牺牲,压制世界上唯一本身是好的东西——天才的发现?我并不武断地说集产主义国家会这样子;我并且不武断地说若使集产主义国家会这样子,这件事就可以驳倒集产主义国家的一切理论。可是这种冲突是那么厉害,叫我不得不迟疑,我想凡是没有被什么先入的理想蒙蔽住的人们,都会踌躇考虑起来。

"我谈了这么多话,丝毫没有因为要介绍自己的什么意见。到〔倒〕是要把我开头所说的话,说得更透彻些更清楚些。我就是说:理智本来有它的地位,理智会冲进任一信条里,掘穿每个信条里没有道理或者悖理的信仰,这件事只有有心地或无心地先存个定见,不让理智来说话的人们才会故意麻糊地忽略过去,这先存个定见是很不轻的罪恶同错误。在我自己,我的理智一天一天地把我本能的信仰愈掘愈穿,我不只没有自惭心悔,而且满意自赞。有些人主张人们于理智和热情只能拣一个,若果如此,我是拣理智的。不过,我觉得并没有这种二者择一的必要;因为我对理智有热烈的情感。人们以为纯理智的生活是很冷酷的。他们简直不晓得那种感觉灵敏,而自身却像老指着北方的磁针一般的理性生活是具有最紧张同清醒的感觉的生活，因为它自己是不动的，所以更能够感觉到一切压力同吸力。生命的力量不是用摆动的大少来量的。最寂静不动的点却是最惊人的力量的相碰处。吸收无限的智识的理智就好似是这么的点。我觉得我是注定要走到这样寂静不动的境地，倘若这是我能够办到的。但是我猜像马卡替的人们是有另一种的命运。在灵魂的天国里，精神社会的政体里，不动的太阳固然是重要的，行星也是不可少的。太阳的位置和吸力决定那行星的轨道，所以那使它们分开的反对刚才将他们结合起来。马卡替随便一动，我就跟着有些振动；他却又绕着我这不动的位置旋转。可是我想我们两个都是包含在一个更大的系统里，一同望着一个更远的中心旋转。我们将来或者会看出那规定我们这样相争的法则是爱的法则，从我们的互相不调和到发现个大和谐出来。"

马丁说完后，我真不知道叫谁起来说好。谈政治谈得起劲的人们都说过话了。我恐怕我们对于这个问题的讨论，会忽然告终。东瞧西望了一会，我想只好请生物学家威尔逊起来说话。他虽然是位专门家，却把什么事情都当作他那门科学里的一个分支；我知道他愿意谈社会问题，和他愿意谈一切问题一样的。所以他虽然常带有盛气临〔凌〕人的态度，使我很不高兴，我觉得他既然是总得说话，还是现在叫他发言合式些。因此我请他发言；他那跟人吵架似的声音就不停地刺着我们的耳鼓。

"我真不明白，"他开始说，"为什么一个仅仅研究科学的人要被邀来在这些伟大题目的辩论上插嘴。我一向总以为政治是个神秘的东西，只有那得天独厚的人们才能够摸着头绪，而且他们不是用推想来了解，是用种直观来考察。可是近来有些不妙了。当各种直观学说不互相冲突时候或者最少当被一个直观学说迷住的人同那被另一个直观学说迷住的人永远没有讨论学术的接触机会时候，直观学说是毫无碍事的。可是今晚我们在这草地上聚会，看到最不相同的学说粗鲁地在论坛上互相排挤，由旁观人看去，简直是互相消灭。所以马丁才主张我们应当注意批评精神；对于这个主张我热诚地同情，可惜他没有指示出批评本身要站在什么基础上面。这或者也是我所以要说话，又正在这时候开口的原因。今晚我抱着好奇心在旁边看（我要承认我心中免不了有些觉得好笑）一个个演说者都各自煞费苦心，盖起空中楼阁；等到第二个上来轻轻一拨，高高的建筑就立刻很不名誉地倾颓。为什么会这样呢？还是脱不了那几千年传下的原因，这些建筑都是在沙上立基。好，我并没有建起什么配得谈谈的楼阁。但是我是那班致力于构造坚固基础的无名人物；换一句话说，我是个科学家。不错，仅仅是个生物学家，愿上帝阻止我，若使我会自命做个社会学者！可是生物学是一种训练，建设起新的宇宙观和世界观，来渐渐地改变我们的一切社会观念。我恐怕政治家还不大懂得这件事。所以——若使我可以说这句话，不至于得罪了谁——政治家的话一天一天地更近于漠不关心的信口胡谈了。真真鼓动世界的力已由他们的掌握中滑去了。只在那真真的力量所在的地方，才有有生气的意思活动着。政治家不懂科学；这真是奇事。可是我们一天一天更明白地晓得政治若使不是一门科学，那就是骗术。不幸得很，最要紧的东西刚刚是最后晓得的，在非干不可无法停着的事情上，我们的愚蠢却最完全，政治这门科学简直还没有人去研究。所以我们一迟疑起来去加点思考时候，我们总是失望地给疑惑麻木住；所以热心的人们迫得只好盲目地拼命干去。马卡替的地位是很容易了解的，虽然由我看来，他是——我要怎么说才好呢？——很可挽〔惋〕惜的。事实上今晚所提出的许多问题，几乎没有一个现在能够用科学去解决。或者说了这句话已经尽了我科学家的责任，应当坐下不说话了。

"我是要不往下说，若使不是因为还有些事，虽然得不到积极的结论，但是由长久的科学训练，总可以看出趋向来。我想凡是受过科学训练的人们跟别人不同，他们对人生有一种特别态度，知道什么是重要，什么是不重要，一种可以说对于生活常识已经明白的见解。我们虽然是专门家，可是我们也常想到

---

1 原底本该处页码顺连，但内容有缺漏。——编者注

政治问题，或者说社会问题还好些。我们渐渐做出一套最根本的原则，做将来社会学的基础。我所跃跃欲试想说的就是这些原则。加以今晚所说的许多话同这些原则是那么不相关连的，所以我更想说一下。讲句老实话，在这许多高谈阔论里我总觉得好像是在墓里，听已死的人们谈天。我觉得有替活人，替和很接近的新时代的人说些话的必要。我想说你们所提的问题由我们这班在物质科学枯燥的光线底下生活的人看起来是怎么样。

"我开头要说，由我们看来，十九世纪跟全部过去的世界有很大的裂痕。历史上没有过去的例可以相比。我们发展有完全新的势力；同时也有个完全新的人生观相配。我不打算来谈这新势力；汽机电气所做出的奇怪是那班半辨士小报上司空见惯的题目。但是那更重要的新人生观却未曾有具体地系统地述过。我要努力来试一试讲个大概。

"新人生观的第一成分是连续的观念。我们新时代人觉悟了，知道现在不过是个由过去到将来的过渡时期；没有事情，没有时间能够独立的；一切继续发生或者同时发生的东西都是包含在一个系统之内。这系统里的普通原则是因果律。但是在人类社会里，那特别要紧的因果现象是时代递续的链环。我们加了思索的人们不把人看做个体各自独立的，甚至也不把人看做同时代活在世上的人群一份子，我们只当他是和别人有父子的关系的人。换一句话说，我们所念念不忘的是种族这个观念，向来人们却总以个人或者公民做中心点。可是这种观察点的改变隐含有伦理学和政治学的革命。古人只把维持现在生活的人们视为重大事务,所以他们的公式是爱国主义。由马卡日[1]的堕心何以竟步步踏上官厅。去年在广州别离韶舫时斯奥理略(Marcus Aurelius),斯陶亚派(Stoics),同后来的基督教徒看来,一切道德责任的对象是个人灵魂,个人的得救算了好几世纪伦理学说的基石。在我们这新理想的光明照耀之下,一切空想,一切主义同一切根据这概念而来的文学都失丢了意义,变成毫无用处的东西了。我们一想起个人,就认他是生产的链中的一粒环儿。没有父亲,自然没有他;他若使没有儿子,他自己就等于流产了没有长大一样。没有他具有灵魂,那么他的灵魂和过去的根源同将来的传受是不能分开的。他的责任,他的快乐,他的价值全和他做人家的父亲这件事有关连,妇女方面,也是如此,自然跟男子稍有些不同。总而言之,新时代有个新的伦理法则!这法则是以进种族于尽美尽善之域为目的。所以新人生观的第二个成分是我们承认代代的递传就是进步的途径。这个概念使我们对人生的态度有那么兴高彩〔采〕烈的满腔热血。古人以为黄金时代是属于过去的,中世纪人把黄金时代移到理想的天国里;他们对于现今世界都是失望了,所以他们特别的哲学不是木桶的哲学[1]就是隐逸的哲学。青春的光荣一消失了,悲观主义愁雾般盖住希腊罗马的文化;基督教由这愁雾里逃出来,只好躲在幻想的死后幸福里,我们却是用科学这个工具建设个"进步"的意思。我们企望一个将来,一个靠得住会实现的将来,是这个世界里的一个将来。我们的眼睛是睐着将来的人们,我们的希望同责任都集在他们身上。供给他们的衣食,使他们能够胜于我们,凡是前代对我们所胡涂地忽略的地方,我们对于后代都要特别注意到,而且就在尽义务时找到我们的生命同我们自己的满意——这是我们的工作,也是我们的专利,我们这新时代的人们。

"现在谈到我们这新的生活计划的第三点了。我们相信进步,可是我们不信进步是天注定的。关于这点,我们的观察根本就和前人不同。一向是命运(Fati)和天助(Providence)这二个观察瓜分了思想界。我们新时代的人们对于二个都不信。我们既不信有个仁慈的上帝按〔安〕排好一切事情,也不信宇宙间有一个盲目的权威,不管人们的意志,横行无忌,管理天下一切事情。我们知道真真要紧的是我们做了什么事情,或者什么事还没有做。我们知道我们有意志,这意志又可以受理智的指挥,而理智所向的目标是人种的进步。这几点我们认为是

---

[1] 圣佛兰西斯是十三世纪的大宗教家。主张穷苦同模仿耶稣颠沛流离的生涯。

很稳固的原则；我们不需要什么别的原则。就因为我们接收这些原则，所以和旧时代绝缘，使旧时代的文学，伦理，政治跟我们生不出什么意义来，简直没有法子去懂，简单一句话，使我们变成现在这样子的人，新时代的先觉者。

"好，假定有这么一个观察点看去，让我们看一看今晚所论到的问题会有什么新的解决方法。这许多问题大半跟政府同私产制度有关。以前几位演说者的意思好像社会上一切利益全靠这两个分子为转移。但是由我们的观点看去，我们很明了地看到还有一个第三分子，做这二个分子的主脑——我所指的就是家庭。因为家庭是生产同教养小孩的最密接的主权机关；我们又知道小孩的栽培是社会的目的。所以社会改革应当先由家庭着手。我们可以定下个社会的同伦理的自明原理：每个人不是体格上所不许可的，都该结婚，最少要生了四个小孩。现在唯一的问题是国家应该不应该插进去努力去规定人民的婚姻，使那结合起来最有强壮聪明的子孙的人们结婚。我知道关于这点古人一知半解寻开心地曾说过许多话。可是奇怪得很，他们看不出根本困难的地方，那是要什么条件才能产生我们所希望的结果，人们简直一些也不懂得——就是现在还是毫无所知的，当时更不用说。倘然我们晓得那些条件——这个问题很明了地是个科学问题，倘然——这是件更难的问题——我们又能够清清楚楚很的确明了地懂得我们应该产生出那种人才好；那么，这是无可疑的,最好由国家来厘定全国人民的婚姻。现在我们只得自限于去做那更简单,更易做到的工作,当小孩生下后,保障他们有我们能力所能办到的最佳的物质环境,智识环境同道德环境。但是这些事,我们现在可以做到,而丝毫没有去根本地改革私产律,只要在我们已经开始走的路上,再进一步,坚持住屋卫生,食料等等有相当高的标准就行了。这样子我们可以担保每个小孩出世后,身体方面总能够有健全的发育,而且我们并没有损坏父母的责任心。其余国家能够做到的事情,都应该归教育去办;我敢大胆地说我们现在没有教育这件东西。我们有一种填塞智识同盲目训练的初级制度,由一班失丢了灵魂的自动机(也就是这种教育制造出来的)来管理;第二级教育制度包含有体育同死文字,由绅士式的各门专门家来指挥;还有个大学制度,那简直——喔,我也敢说了。我所要指出的是在新时代的眼光里,养同教是社会的二大柱石。一切别的问题(私产制度,政府组织等等)全是附属的问题:只有把它们当做附属问题看时,才有法子去解决。比如,说私产制度罢!关于这点,我们没有什么社会主义或者反社会主义的先见。据我们看来,财产不过是培养和教育人们的一种工具。至于是由个人去管理,国家去管理,或者个人国家各管一部分,才能最好达到我们的目的,我们以为还是个未决的问题,可以用实验方法去解决。我们看不出在那一方面有什么绝对不错的主义。

财产既不是个人或者团体的权利，也不是义务，也不是专利。像一切其它的东西，这不过是生产的连环里一个工具而已。无论谁占有财产，不管怎么用法，财产只有一个目标，就是给每个生下来的小孩，一个过得去的良好物质环境；财力雄厚些的，给他们子弟一个帮助他们将来尽职地履行社会上高级职务的必需训练。

"财产既然只是个手段，政府也不过如此。我们新时代的人们最纳罕最可厌的是政客们关于那堆早已失丢了本有的意义的公式，还是那么注重。民主政治呀！代议制呀！相信平民呀！等等，我们以为都是顶无聊的废话，就是专弄这套玄虚话的人们心中也是雪亮地晓得人民并没有实行自治，不能够自治，而且真真自治起来，会搞得一塌胡涂。实在是因为在政治方面，我们是靠一个传统，那个传统起于当政府是等于一个阶级的政府，总是当一个人或者几个人用了国家的名义侵占国内一切人民的利益时候，因此人们不得不利用群众的盲目兽性的能力，去干涉执政的人们，所以整个民主运动虽然带有积极的形式，却仅仅有消极的目的同范围，那目的是我们不肯受人利用，现在这目的而且也达到了。我们用不着再怕政府会实行专制。将来的问题是怎地使政府增加办事的能率。但是平民主义的政府机关绝对不能够有什么大能率。亚力逊主张得不错，我们一定要用谙练纯熟的老手。怎么能够找到这种人是一件支节的事情，虽然是个很要紧的支节，也是新时代所当解决的。无论如何，政府的管理是必需的。马卡替无政府的思想是——若使他肯原谅，是配不上他那聪明的脑筋。我们当然不能够光靠着'自然'同'一片好心'来管理社会，好似我们不能够着他们来纺纱一样。当马卡替把强迫当作政府的主要精神时候，他完全误会了政府的性质。政府的主要精神的指导；无论社会的组织怎样子，总是聪明人在上面指导，实在也应该这样子才对。我们的责任就在使这班聪明人得到这指导社会的权力。

"我这样子概括地说出将来的人们对于社会政治的问题所抱的态度。我所以坚信将来会这样，那是因为这个态度是根据科学而产生的。新时代和旧时代所以截然不同的地方也在此。一向世界上各种事情总是受热情，趣味，定见，宗教等等的支配，理智总是没有它的份。这些在过去历史中称霸的权威的末日快到了。固然旧势力还是存在，而且仿佛仍然很占优势。今晚的势力很可以证明表面上旧势力还是很猖狂。可是在它们这些老树底下，科学像一株坚固稳重的树已渐渐长大了。已经将它们的根破坏了；虽然它们似乎还开着花儿，可是那花已在我眼前凋谢了。不久，新的灿烂鲜花会代着它们照眼地开着，新花出现时，旧时代的演化就告一结束，新时代的演化开一纪元。这种将来的结局，谁也挡不住。我们用不着焦心和仓忙。我们只需静静地做基础的工作。真的，那美满的理想国好似用不着我们的努力，已在那里渐渐地呈现出来了。你看，那远处有矗立临云的华厦，那处有土木工人工程师喧哗的声音。可是，你看！那整个建筑颤动起来了，一面建筑，一面却摇动着显出将倾的形势。屋子盖好了，就立刻坍下来；基础往下陷落，高塔倾颓，大屋顶和尖阁崩溃了。全部历史就是建筑梦国的历史，这梦国像鸟巢那么惊奇瑰丽，可是也似夕阳西下时天边云彩那么易变。这个情形用不着什么稀奇，那些建筑本来是建在沙上面的。天下只有一种岩石基础，就是那用科学铺砌的。只需耐心地等着！迟早那理想的人们和建筑师会来临我们这里。他们所努力去实现而没有成功的大计划将放在我们面前，贡献给我们。我们可以来判一判这些计划的可能性，合宜性同美不美。该撒（Caesar）和拿坡仑要让位给孔德（Comte）同斯宾塞（Herbert Spencer）；奈端达尔文高高地坐着来审判柏拉图同亚肖那斯（Acquinas）。"

他就这么下个结论。他坐下时候，霭力斯给我一个字条，请我点他来接着说话。我很愿意地赞成，因为霭力斯虽然有人以为太爱开玩笑了，他却绝不会使人感到沉闷。他那太阳晒黑的面貌，松松地卷着的美丽头发同他蓝色眼睛里的光辉给人一种快感，当他站起，由他那六尺之躯的高处俯着看我们时候。

"这真是一个，"他说，"了不得的发现：父亲有儿子，儿子有父亲！人们会纳罕怎么世界过了好几千年到现在才懂得这个道理。说破了，这道理又是那么明显的。不过伟大的真理都是如此；一说出来，就好似我们早已熟识了。或者因为这个缘故，许多人会没有了解威尔逊的话是多么重要的，而忘记了天才所以别于旁人处就在他有特别本领能够将大家朦胧地心理觉到的用明白话第一次宣布出来。我们应当有感激的心才是；可是或者我们也应该小心些。因为伟大的意思自然引人去实行，正在这点，我感到困难。若使我没有理会错了，威尔逊的话的大意是我们应该大开生命之门，尽量地使那即门来的享受到舒服。我却以为我们应当万分小心。自然我们并不知道没有出世的人们的情形如何。我想或者像经济学者所说的劳工情形一样，他们在宇宙里结成一大活动团体，那个最易进去，进去的条件最优的地方，他们就有聚在那里的倾向。我真怕我们这样子故意地给他们一个比别地方所得的要好得多的待遇，或者会惹起过量的（我们可以叫做）宇宙里无工作的人们来到这星球上。你们也知道，如果如是，我们的目的又不能达到了。我们不过把宇宙里蛮荒僻野之处——火星，月球或其它地方——的住民移殖到地球来；那时地球上困难艰苦的情形会比以前任一时期都剧烈。不管怎么样，我坚持（我敢说威尔逊是赞成我的主张的）我们应当有相当的限制。我不主张到处贴广告，宣布我们所要做的事情。别的星球对于它们那里还没有出世的人们自然应当负责任；我们地球没有做宇宙的垃圾桶的必要，使那以为到地球会更舒服些的人们都可以随意进来。单单为这个原因，我就不愿意把那生产之门开得太大了。根据这个考虑，或者我们还可以让有些人不去结婚。无论如何，我想对于顽梗的单身汉，我只科罚款的罪，并不加什么强逼。我敢说威尔逊心里是预备对于罚了款还结婚的就要判以监禁，至于那班藐视法纪绝不从命的只好杀头。我自认关于这点我不是个公平的裁判，因为我自身就有挨那大罚的危险。然而像我以前所说的，为社会全体幸福起见和默察宇宙市场的状况，我总是劝大家小心些，三思而后行罢！这是我关于这个有趣题目现在所能说的全部的话。

"威尔逊演说里使我感到趣味的第二点的确没有像父亲有儿子这个发现那么新奇，却也还有它特别的重要处。我是指那用了许多证明来说的人种，像一向所猜想的，确是有进步。我想我们可以把这句话当做定案，否则威尔逊怎么会这样说呢。所以我们只好去大概定一定进步所包含的到底是什么。我相信我干这件工作甚至于比威尔逊更合式，因为我旅行的机会特别多，而且我利用这机会去洗涤心中的偏见。我自夸能够公平地研究各国的不同理想，特别是新世界（指美国）的理想，我以为那理想是要统治将来的。要想批评进化的意义，最好的法子是去叙述美国的文化。因为叙述美国文化就是叙述将来世界的文化，我们已经知道我们殖民地的情形是跟美国一样的，或者将来会变成那样子，若使我们肯做相当的牺牲，去保存帝国的统一精神，那么我们将来也可做到和殖民地的情形一样。让我们客观地看一下我们这日日进步的世界将来到底是怎么样子。

"在分析美国人民的精神和理想之前，或在我要说一说美国的一般情形。因为我们都知道环境于人们的性格是有算不出来的大影响。那么，看一看美利坚大陆！那是多么简单！多么宽阔！多么广大！那形势多么伟大！一条狭长的海岸，一派大山脉，一个大平原，再过去又是一派大山脉，又有一条狭长的海岸！就是这么样子。把欧洲地形的复杂，那对称的缺乏，那千变万化，那毫无规则，那没有秩序同那种古怪形象来和美国一比较！两大陆的地理已经隐示出文化的不同处。一方面是简单同广大；一方面是殊异同零碎；在那边是广大的河流，不尽的森林，无边的平原和几个概括的形式无限量地重复；在这边是叫人迷惑的变换，新奇怪异同给人惊愕的地方和许多差异得使人们以为有什么根本的区别的不同，所以单就地势而言，美国是'量'的地方，欧洲是'质'的地方。地形如是产物亦然。美国的果子多么肥！树林多么高！蚝蛎多么大！比较起来，欧洲的东西怎么样呢？只是香味好，形式好，精致娇美。美国可以说是大艺术家晚年最后的作品——地质学家告诉我们美洲大陆是年龄最幼的大陆——当他已经重复地干以前做过的事情，他的风格变成阔大，简括，印象的，在大空里壮胆地挥手；欧洲却好像可以代表他的拉斐勒以前时代的作风，所以里面细碎的地方很费苦工；衣服，建筑，风景，体态也是万千不同，有些地方很相反的颜色放在一起，有时人物的形式描摹入微。

"土地如是，文物亦然。欧洲是阶级主义的家乡，美国是平民主义的乐土。我所谓平民主义并非指政府组织——在这点自然美国赶不到英国那么平民主义化。我是指那种承认和产生'无区别'的心境。我说'无区别'，不说平等，因为平等这字会生误会，以为是含有社会地位同经济地位的均等的意思。这在美国和在欧洲一样地没有实现。政治上和社会上美国是富家政治；她的平民主义是属于精神方面同智识方面，这平民主义的精义是只认人类在财富上有多寡的不同，别的方面却没有什么高低的不同。这些高低的不同在大西洋彼岸几乎没有存在。那里人都很伶俐，会干事，肯努力；因为这些是他们唯一的美德，所以他们所赞美的也只是这些。在欧洲是多么不同呀，那各种程度的分别是多么数不清，而且容易混起来！方言的驳杂，我们欧洲人不能负完全责任，可是我们在这些不同上，又加上态度，感觉力，观察力，了解力，洞悉力的高低分别。这是西半球民族那副简单宽大的胸怀所不能懂的。总之，在那个显明的，同很自然的标准——财产的标准——以外，我们还发明许多看不见的人造的标准。虽然当种族进步，西半球文化开始消灭东半球文化时候，这些许多标准逃不了退出世界，可是现在它们还是存在,将我们这温柔软弱的文化染上贵族的色彩,阶级的色彩。像我所说的,这一切事情,我们看出都是环境的影响。旧世界的血统移殖过海,就模仿新家的气味,排〔摆〕脱去人们仔细分出的区别,这班移民表现出他们大胆的朴素,像平原那般广浩,长河那般骚动,大山那般不成形,又像他们新选定的国土的果子那般粗野。

"可是当这样地照着新世界的模样做成他们的性格,美国人对于过去的遗留,而于他们目前的工作有用的,并没有忽略了不去利用。他们抛弃了我们的理想和标准,可是他们借用我们的资本和发明。因此他们能够用已铸好的器械去和'自然'争斗——这是历史上没有见过的事情。至于他们缘此所得到物质上的成功,用不着我细说,我们已经知道得太清楚了。但是普通人总是没有去把他们缘此所得到的精神生活拿来考察一番,这考察是一件满有意思的事。靠着欧洲的帮忙,美国人与'自然'对抗时候,总是有很足的力量,所以美国人没有尝过恐惧,也就不知道什么是虔敬,也没有宗教的经验了。这样地来说那班清教徒的子孙,好似是说似是而非的话;我也没有忘却美国是各门教派的母家,由约瑟斯密士(Joseph Smith)的门徒到厄智夫人(Mrs. Eddy)的门徒。可是这些现象刚好证明我起先说的话。在欧洲人的意义上,一个真真懂得宗教的国家的根是栽在精神冲突的土壤上,一方面是魔鬼的引诱,一方面是在深林中或者尼罗河畔的沙漠里看到神圣的降临世间；一方面是中夜起坐，自鞭内体，大教堂里的挽歌，一方面是隐在彩色光辉里壮丽的圣饼的神迹。——这种的国家绝不会把什么'精神疗病法'当作宗教看。不，宗教在美国是无根的爬藤。从有史以来占据欧洲人心里的问题，为那问题全欧人民比夺天下争自由更拼命地打过仗，为那问题欧洲人在沙漠里绝食，在地窖中挨苦，在十字架上受罪，在火柴堆上被烧，为那问题他们牺牲了财富，健康，安乐，知识，生命那些关于宇宙的意义，灵魂的起源和归宿，死后的生活，上帝的存在和上帝与宇宙的关系等等问题，美国人简直不知道世界有这许多问题，他们之不能了解，没有法子知道这些问题好似'平面国'里居民不知道什么是球形一样[1]。这些问题的高深，他们全不懂得。他们强壮清醒的智慧只自限于俗世里的事情范围以内。若使他们有什么宗教，那就是他们所叫做'健全的心境'的宗教，我是这么相信的。那宗教的要旨是关于一切对人生的价值起了怀疑，因而阻碍到我们日常的活动的思想，全闭眼不观。他们满怀高兴抱着雄纠纠的信仰说：'让我们吃罢，喝罢！'，底下那半句'因为明天我们或者会死。'，他们不说了，以为是太近于病态了。真的，死和二十四层的高楼，顶快的火车，最热闹的城市，世上最快的人群，

---

1 《平面国》是十九世纪英国一个牧师 Edwin Abbott 所著的一篇讥讽作品，假说有一个国土，人民都是平面，没有体质的。

同其它世上最讲究，最进步的东西会有什么关系呢？在欧洲历史里宗教是一切行动的根基，美国蜕脱了宗教，所以跟着也蜕脱了欧洲整个的精神系统。过了大西洋，文学和艺术是没有存在的。我自然知道美国人也有做书的，也有画画的。可是他们的书不是文学，他们的画不是艺术，除非当那些画画代表欧洲传统的微弱影子时候。美国真正的精神不合于干这类工作。八万万的人口里当然有时也会产生一两个有艺术天才的人，但是立刻逃不了被人排斥，只好躲到欧洲去，在那里他得到训练和灵感，只有在欧洲他们才能够生活，观察和创造。当我们记起艺术的精神是无所为而为的冥想，而美国人的精神是财富的贪婪，我们立刻可以明白这是免不了的情形。我知道美国人相信只要他们将智识和资本用得得法，像产生煤铜一样，他们可以制出文学同艺术；他们是弄错了。那些使他们能够做世界的主人翁的良好习惯正会把他们变成不合于干这种细微有趣的工作。将来是属于他们的，他们是升降机，电话，汽车，飞机的国家。希望他们不要给自己奄奄一息的传统骗住，胡涂地对着老欧洲的天国的梦呐喊。他们还是讲，'文学艺术让欧洲人干去，我们美国人是用企业家联合社同脱辣斯制度来管理世界罢！'这才是美国真正的命运；至于美国自己也明白这个命运可以由她禁止一切和积财不相关的行动这点看出。一切无所为而为的求知举动，她总是严厉地摒弃。在欧洲我们对思想的活动本身感到趣味，我们让思想绕着一个题目游戏，仅是因为是个好玩的事；我们是为智识而赞美智识，我们能够鉴赏冷讽和热嘲。可是这许多东西美国全不能够了解。他们是世上顶聪明的人们，可是他们的智识是限于寻求手段，去达目的这个范围内。而且对于他们的目的，他们简直不费心去思索一下；因此虽然他们天天心里盘算，他们却没有用过思维，虽然他们发明许多东西，他们从来没有发现什么原理，虽然他们喋喋不休，他们却没有谈天；因为思想包含了幻想的成分，发现包含有深思的成分，谈天包含有闲暇的成分；这许多成分全带有无所为而为的精神，那在美国的系统里是没有位置的。同样地他们不会游戏，他们把游戏化为战争；而且是种凡可以用以制胜者就算做合法的武器的战争。美国的橄榄球很特别地表现出美国人的特性，干脆，精悍，科学的，猛烈，没有什么中途迟延，在进行的过程时没有什么趣味，没有让步，没有宽宏大量，拼命到底只求胜利，只要能够达到目的不拘什么手段都可以拿来用。

"这么专讲实际的一个国家对于欧洲人看做宝贝似地的情感自然不能重视。西半球并不把智识本身当做目的，他们对于情感的态度也是如此。说起来也是怪有趣的，美国是世界上唯一没有出一首值得赞扬的情诗的国家。体质方面同精神方面，他们都是冷酷的人民。他们的女人不管多么应该地受人们那种热烈的赞美，我也承认那赞美是没有错的，可是她们的硬心跟她们的娇艳是做正比例的；她们的照眼光辉可算是冰的光辉。他们既是天生得这么乖巧，美国人因此省了好些时间同精神，不像我们那样费了许多力气，去制造同维持那人与人微妙的关系。当然他们也是一样地结婚生小孩，传子孙；可是我敢说他们没有像我们欧洲人这样子恋爱过；他们不去探爱情的妙处，去分析同欢享爱情，他们不在态度姿势，短诗，长歌里表现出热烈的爱情。所以由受过完全的教育的欧洲人一看到美国小说里那种忸忸怩怩地谈爱情，免不了难受得全身打战。那作家要来说他们自己从来没有经验过的事情，将欧洲的传统硬安在一个缺乏培养和支持爱情的能力的文化上面。

"这样简短地分析了美国人对人生的态度后，我希望我开头所说的话现在可以大明白了，就是用我们测量欧洲文化的标准去谈美国文化是个很无聊的事，因为他们根本不要（不管是有意或者是出乎无心）我们这价值标准。那么他们的标准是怎么样子呢？我们所承认的目的又是什么呢？这是个有趣的问题，我所常常默思过的。我有时想他们的目的是财富，有时以为权力，有时以为是活动。但是我在美国看见一首诗（最少是个有韵的作品），却给我一个新意见。关系这个问题，我不大敢自信，可是我想我那位诗人的话是对的。他说美国人时时刻刻放在心中的真正目的是'速率的增加'。老是跑动着，而且越动越快，他们以为这就是无上至好的生活；他们同哲学和思索又是永不接触的,所以他们也不会生起疑来,去问,'跑到那儿去呢?'若使欧洲人问他们(这是常有的事情)为什么跑得这么快?他们唯一的感觉是无限的惊奇。他们要答道,为什么,你不是因此可以跑得很快吗?这就是目的了,还要什么别的可说呢?所以他们对于欧洲所看重的'闲暇'很鄙视。他们觉得闲暇是种站着不动,这已是不赦的大罪了。所以他们厌恶游戏,谈天,以及工作以外的一切事情。有一回一位美国人对我说了一大阵他那忙碌的生活每天是怎么过法,我问他那么什么时候是游戏的时间呢?他一些怅然的神色也没有,毫无疑虑地回答:他简直没有时候给游戏。游戏怎么该占一部分的时间呢?游戏只是一种障碍,对加速度的障碍是美国人的精神所不能忍的。

"我说,美国的精神;可是,无论如何,现在的美国就是将来的欧洲,这是我这篇演说的要点。我们这班坐在这里的人们是代表过去时代,不是将来时代,威尔逊自然是个例外。政治家,教授,律师,医生,不论我们的职业是什么,我们的判断是靠着旧的价值的标准来定的。智,美,情,这是我们所贵重的;财富同进步,我们是漠不关心的,除非是它们能够帮助智,美,情的发展。所以像前几位说话的先生,我们斗胆地来批评和怀疑那些近代欧美人所认为不成问题的原则。若使我们因此来埋怨自己,那是很无聊的,就是追悔也用不着;我们只好客观地干脆自认我们是退出场中的人们。我们所说的话或许是对的，可是跟大局满不相关。新时代的人们会说：'真的，我们没有宗教，文学同艺术；我们也不知道生从何来，死去何方；然而我们压根儿就不想知道这些。我们只晓得我们是比以前一切的人们都跑得快，同我们有跑得更快的可能。去问"跑到那儿去"，这我们认为是渎神的大罪。宇宙的原则是加速度，我们都是这个原则的赞助人；速度不能增加的终坠于灭亡的途上；若使我们不能答应那些穷究到底的问题，这并不是什么可惜的事，因为再过几百年，就没有人会来问这问题了。'

"我相信这是将来东西两半球的人们的态度。我不假装对这态度有什么同情，可是我看清了这内中情形，因此对于自己的地位觉得很有趣。我不胜欣欢我是生在一个时代收尾的时候；回头望去，一眼望尽过去的时代。我很高兴我的朋友是苏格拉底（Socrates）、柏拉图（Plato）、但丁（Dante）、米开兰基罗（Michelangelo）而不是卡内基先生（Mr. Carnegie）同皮耳逢特摩根先生（Mr. Pierpont Morgan）。我觉得快乐，我是属于奄奄一息的国家同我是和几千年文化结晶的教育，学问同理想的几乎最后的代表者同桌在谈着天。我爱过去传统，不爱将来；因为过去和将来是正相反的，所以我更加珍爱过去；我现在心里很安闲，我觉得对将来时代，我不能够负有什么责任，因为他们的理想标准全是我所不能了解的。

"这许多话自然无非指出我不是威尔逊很恰当地所称为新时

代的新人物。可是我自己觉得我的理智的认识力并没有给自己的情形所蒙蔽,我以为我是很客观地很清楚地告诉了你们'进步'到底是什么东西。心里带了这自满的意识,我要再坐下我的位子了。"

他一说完,大家有的嘻嘻哈哈大笑,有的点头赞成,还有几位在那里反对,许多嘈杂的声音混在一起;在这喧哗里,我忽然间想起我要拣奥杜逢做第二个说话的人。我的理由是霭力斯装做有一肚子牢骚样子,对于社会改革者的所谓进步主义下个很凶的攻击。他仿佛叫去第一个消极的呼声。我知道奥杜逢会和着他的调子,一直痛快地说到底;我想我们还是老早把这类消极的话听完好些,免得没有时间让别位会员来更正这个态度。奥杜逢是城里一个做生意人,他怎么会变做我们会里的会员,我实在不大晓得;因为他对一切空想有种绝不妥协的厌恶。然而他每次必到会,讲话也讲得很有道理,虽然他总是说天下没有什么值得一谈的东西。这次跟往常一样,他不愿起来说话,就是被我们的规则压服了,他一开口,还是那种反抗的口气,这的确很可以看出他的性格。

"我看不出什么道理为什么每个人都得说话。我相信我从前已经说过这个意思"——大家都喊着他关于这点,已经说得太多了,他还是用那反抗的腔调继续着讲。"你们不了解我所处的地多么困难，特别是在这样一个讨论会里。我的观察点和你们诸位都不同；我一开口免不了同大家冲突。你们都是在那里把生活当游戏看，而且愿意地玩下去。可是我是被逼住玩的，若使我们这样不论什么天气，每天都得出去在生活场中鬼混，没有一回能够自己作主的生涯也能说是种游戏的话。那游戏可以说是网球戏，我们却是做那班替人检〔捡〕球的小孩——我以为那是一个下贱不过的职业。你们是看透了这点，只是不肯承认就是了。谁也不愿意承认的。牧师的讲经坛上，报纸上，甚至于普通谈论时，大家都暗地下了决心不提这件事。只在那不常得到的时候，几个人聚在抽烟的小房子里，随便闲谈，那时真话才会露出来。可是真话说出了，谈来谈去最后总是大家叹一口气，说'为谁辛苦为谁劳'呢？我并不怎么自骄自傲，可是若使我有什么自己很赞美自己，那是我从来不让自己做什么迷梦。由我记忆所及的稚年起，我就明白这世界的本质到底是怎么样子。以后一切的经验总是证明最初的直觉的正确。我心里常常这么纳罕为什么别人好像老没有见到这一点呢。我相信那理由是：他们愿意受骗，我却不愿意受骗，这是实在的情形。我并不想夸奖我自己。他们不惜牺牲一切，只图能够快乐，或者有趣，或者达到别的目的，那目的只好让他们爱怎么叫，就怎么叫罢。我并不是说他们那班人不聪明，不过我自己生性和他们不同，我看出事情的真相；我却看出世上的情形是很坏的——这点我和'创物主'的意见不同。

"好，来谈今晚的题目和我对这题目的态度罢。你们总是假设天下事是值得我们注意的，你们自然应该如此，可是若使天下事根本是不值一顾的，那么你们一切的目的，一切的意见，一切的争辩会变成了什么东西呢？无论你们在枝节上怎地反对，你们大家意见的共同的基础是世界可以改造好，而且是值得我们改造一下的。可是若使有一个人对这两个问题都加以否决，那么那一大阵的楼阁会变成什么东西呢？我对于这两个问题是取否决的态度；不只如是，我简直想不出天下会有人来肯定这两个问题。不是一个人带了乐观主义的有色眼镜来考察这问题，他连做梦也不会想到世界与人生有密切关系的东西会有什么进步；难道我们这班人们还给那无聊的愚蠢的东西：电话，汽车等等迷住了吗？我想霭力斯已经说了许多可以破这种迷梦；这类赘言，我不愿意再来述了。若使我们要找所谓进步，我想我们应当在人类本身上去找。我却看不出人们比从前会什么进步；而且我想人们是很聪明地退步了。姑且认做我们有什么进步，在这样糟糕的世界里，这些须的进步有什么用处呢？这等于你费时间把那将沉下去的轮船的客厅装饰得很华丽。就说你能够改良财产的分配，提高健康，智识和其它一切的程度，就说你明天能够实现社会主义的国家或者你们的自由主义的国家或者你们的无政府主义的国家——这和你们切肤的痛痒会有什么补救呢？主要的制定一切的主动力还是那样子丝毫不变。人还是未会有谁向他寻求过同意，就被别人生产下来。仅仅这件事，我以为已经够将全部人生的价值否认了。这样随便地把人们生下来，是对人们的一个大侮辱，我奇怪为什么人们不对这件事大不满意。而这事又是无法补救的，因为这是人生的基本条件。

"若使不好的事情只此一件，已经是够坏了。然而这不过算个开头。我们如是很不名誉地被人丢进世界里去，而这个世界又是个神秘不可测，不合乎道理的世界。我当然晓得世上有所谓'自然律'。可是我——说句老实话——并不相信这么一回事。我不明白为什么我们可以先料准太阳明早会出来或者春夏秋冬四季会照旧地递变下去，或者其它我们最有把握的预料能够照过去那样子在将来实现。我们自己爱秩序，因此将这偏见放在宇宙上面，以为宇宙也是爱秩序，有秩序的。我也承认到此刻止宇宙是符合这个偏见。然而我不相信这符合能够永远继续存在。我们知道了宇宙里有许多出乎意料的，开玩笑似的反复无常事情。现在外面看去似乎很有秩序，或者又是一种开玩笑，甚至于是种种捣乱里的一个无上绝妙的计划呢？无论如何，跟我们有切肤之痛的关系的东西，像暴风雨，传染病，祸事，总之从出世这个灾难起到灭亡这个解脱止中间的许多重要事情，我们都没有法子去预知或者想法拦阻。可是，在这些事情的面前，虽然我们时时刻刻都感到这不可预测的情形，我们还是牢

固地抓着普遍自然律这个信仰,在混动的流水上写下我们的意见:'因为是不可能,所以才相信。'

"喔,这是我的一种邪说,我从来没有碰过同志。但是这并不碍事。而且我的主张坚固得很,我可以处处让步。就说宇宙是有秩序的,那又有什么好处呢?若使那秩序是一个产生坏结果的秩序,那么岂不是更糟了吗?那坏处有多大,用〈不〉着我来说话。因为今晚诸君所讨论的话里都已默认了这坏处的存在。设使是一个使人满意的宇宙,你们也不去想法去改造了。你们还可以说——人们总是这么说——'若使世界有坏处,也有它的好处。'呵,正是人们所称为好处比坏处更使我对于世界失望。一个有自尊心的人怎么会去千恩万谢地承受世上一切的东西,这对我真始终是个神秘。每礼拜会有那么多牺牲品成群地在教堂里唱出他们对于'上帝创造他们,养活他们,和给他们许多的恩赐'的谢忱,这真是创造宇宙的'权力'的最大胜利。许多的恩赐!什么?金钱?成功?名誉?我并不以为自己和世俗人有什么不同,可是世俗人对这些东西会那么贵重,我真是百思不得其故。'但是,'道德家说,'你们有可宝贵的义务同工作。'可是若使天下既然没有什么值得一为的东西,工作会有什么价值呢?'呀,'诗人说,'我们有可珍重的美和爱。'然而诗人所寻求的美和爱是他们永久找不到的东西。他所握在手里不是实物,而是个影子。就是那影子也不能长留,会跟着时间之流失踪了。

"这点也很可以证明天下事情是安排得故意和人类为难。'时间'这个东西也来反对我们了。苦痛的时间总是万分不容易推过,好似会永久延长下去,快乐的日子却飞也似地消灭了。最可宝贵的到〔倒〕是最容易失去。我们空向时间呐喊:'多待一会罢!你是多么美丽!'只有那难挨受的时间才是一步步地迟延。有翅膀的'莎奇'(Psyche)飞到人间时已开始感到毁灭的苦痛了。

"这些话绝对是事实,并非臆造的。那么,人们为什么这样退缩着,不肯去认识这些事实呢?偶尔看了一眼,为什么就赶紧掉过头来,心中故意臆造出一个别样的世界呢?这真是个古怪不过的事情,人们会自己无端地杜撰出许多系统来,而且全是乐观的系统。他们仿佛说:'世上的情形应当是好的才对。现状既然很显明地是坏的,那么世上真正的情形一定不是这么坏的。'因此而有那奇妙的可怜的,动人哀矜的,荒诞的学说,以为这坏世界的创造者是个永劫不改的仁慈上帝;在这只有'相对'的宇宙背后,居然有个'绝对'存在同宇宙有个实体存在,虽然有我们看来那所谓实体几乎是比现象还要靠不住。或者就是敢把现今世界上什么东西的价值都否认了,我们还将过去同现在所失丢的幸福全搁在将来身上。'真的,'我们说,'这是个很坏的世界!可是将来会发〈展〉得多么好呀!'心中怀了这个幻想，一代一代背起他们的重累往前进，总以为在这旷野以外，有个期望中的乐土，我们所不知道的人们将来总有一天进到了那乐土。他们好像将来的成功可以补偿过去的悲哀或者一个人的达到了完善境界可以赔偿从前别人的无可补救的失败。

"这些话只要把它说得明白，便可看出那里面荒诞不经的地方。然而人们还是相信。什么缘故呢？我不知道。我只晓得这些无聊的话没有骗过我，而且不能够骗过我。我好似从别世界来的一个生客，虽然到了你们里面，我的精神却没有同你们合一；你们的动机同目的我是没有法子知道的；你们不能够说得使我感到你们的话是有意义的；你们用你们的宗教，你们的哲学，你们的科学随随便便所解决了的问题，我却摸不着头绪；你们的希望，你们的志向，你们的主义都和我的不同；我是个破船的人，我四望也只看到破了船的水手们；然而他们抓着桅杆，却要说他们是在完好的船上，胆子很壮地说他们现在正是一帆风顺，同将要驶到什么港口，甚至于当他灭顶沉下去时节，还用尽那最后一口气喊：'看，我们到岸了，我们的朋友们都在码头等着欢迎！'在这种状况之下，到底谁是疯子呢？是我吧？还是你们吧？我只得随水飘去，候末日的来临。或者在这海面以外，确实有港口，有陆地。然而我们要朝那方驶去才是呢，因为我们既没有舵，也没有地图，也没有罗盘针。你们说你们都有。好罢，那么你们望〔往〕前进罢，可是千万不要叫我一同去。我不是沉下，也要独自游泳。我的希望只是快快湮没在遗忘的深渊里去。"

我一向虽然很常听到奥杜逢发这类牢骚，我却从来没有看他这么自由地热烈地表示他内心最深处的酸语。时辰同四围的空气也特别地唤起这种发挥个性的言谈。因为现在已是夜里最黑暗最寂静的时候了；我们坐在蒙昧的星光底下，几乎彼此不能看得清楚，所以人能够好像隔个面幕地说出平时会压下去的话。奥杜逢说完后，很久大家一声不做静悄悄地坐着。我敢说他的话刺进我们的心的程度，是我们多半所不肯承认的。我觉得很为难，要在那寥寥无几的未曾说话的人们里，拣出一个适当人来，而他所说的话不至于和我们当下的心境冲突得太利害。最后我选定诗人科雅特，知道他不会说什么不合时景的话，又希望他或者能够把我们从那刚才失足滑下去的深阱里拖出。他在黑暗里答应我，带着那和我所爱的迟疑不前吞吞吐吐的口气。

"我不知道，"他说，"自然——喔，这世界或者是很坏的——最少有些人是这么觉得。我却不大相信这是个坏世界。我还怀疑奥杜逢自己是不是真真——喔，我想我不该这么样说话。不过我知道许多人跟他的意见不一致。最少我自己觉得人生是非常好的，这是指现状而言，不光是说我个人的现状，谁的现状都算在内；喔，我想我该说奥杜逢是个例外。可是他肯这么用力去说人生是坏的，一定他心中觉得人生都还好，总值得一说。但是我并不想跟他辩论，我知道这是无用的。其余的人，我都要和他们口角——除开霭力斯，我相信他对于真正重要的事还有些不错的概念。可是我以为亚力逊，威尔逊同其他一大半口里说'进步'的人，有什么不错的概念。因为倘然你将一切的幸福都捆在将来，这就可以证明你对于现在到处可以得到的生活幸福不能鉴赏享受。我敢说这个把过去同现在只当做将来的工具的见解总有些错处。这好似一个人拿一瓶酒翻转过来，不知不觉间将酒倾尽，等会去盘算我们怎地能够最彻底地改良那瓶子的形状。我对于酒瓶的形式是很淡然的。我所注意的是瓶中的酒。而且——这是最重要的——我却知道里面老是有酒。从前里面有酒，现在有，将来还是有，是的，不管你们怎么说，里面总是有酒！"他说了这句话时候，用种反抗的态度，我们不禁大笑起来。他赶紧停住，好似他有说了什么错话，想了半天，想不出什么寻上接下话，他好像决定一脚跳过河样子，忽然地说："你看，威尔逊告诉我们说新时代用不着——我记不清他是不是这么说，不过他的意思却是这样——新时代用不着希腊，罗马，中世纪或者十八世纪，总之除开自己外，什么他们也用不着。喔，我不能说我可怜他们，只好说我很高兴我不是新时代的人物。怎么，你们试想一想这个意见是多么怪诞不经，或者可以说是多么盲目胡闹！因为你们和柏拉图，奥利喀（Marcus Aurelius），圣佛兰西斯的意见不同，你就以为他们的书该送到垃圾桶里去。你简直是等于说除开今天酿的酒，什么也不要喝；过去的文学同艺术绝不会失丢了意义，变成死东西。那是将生命的精灵紧紧地关起来的瓶子；你只需把瓶塞揭开，那生命就属于你的。那是多么光荣的生命，它和我们的生命不同正是它的好处。我不说那生命一定比我们的好，不过我们所缺乏的却保存在里面。我们和过去的人们一样，并没有把生命一切可能性尝遍。整个稀奇古怪的人生剧是在时间上渐渐地表现出，我们现代人不过是里面一幕而已，既不是最动情的一幕，也不是趣味集中的地方。因为我们是演员，自然我们只关心于我们这一幕，但是说来也奇怪得很，我们同时又是观众，最少若使我们爱做观众，我们是可以办到。由观众的眼光说去，过去许多的情节若使没有当下事情那么要紧，却比现在事情有趣味得多。我的意思是我以为这是很傻的举动——我想我不该这么说，因为你们并不傻——"我们听着又大笑了。他停住一下，"我的意见是把过去的哲学，宗教拿来放在试验室里，结果不合格时就扔开不要，这办法是误解了宗教，哲学的全部价值和意义。真正的问题是这些可宝贵的思想信仰是何种奇异可爱可泣可笑的生活做出来的？这些思想信仰新启示出多少世界中所蕴蓄的可能性？若使你对生活真会体会，这就是你们观察生活的方法。我感觉到处都含有生命的趣味。你一跟生活接触，就会生出爱恋来。你不会去问那到底是好是坏，而且你同生命是息息相通，不能离开的。试想一想一位先生能够走过英国伦敦博物院，看了彭石侬神像（Parthenon）的画壁，却说这与他没有什么用处！为什么呢？因为我们现在不那样子打扮，也不能不用鞍子骑在马的赤背上；这些退化的地方只好说是我们的不幸。可是在那里由那墙上向我们叫唤的——不，我应当说用天使的妙音对我们歌唱的——最可爱，最强壮，最神圣的生命灵魂的化身，口里说'爱我，了解我，学我罢！'新时代人们却歙着鼻子瞧不起地走过去，说，'不，你已是废物了，你不懂得科学。你也不会像我们所做的生下四个小孩。你们的教育只是教人说文酸的话，你们的哲学荒谬，你们的罪恶——呵，那是说不出口的！不，不，年青的人们！我们是不要这类的东西，谢谢好意！'你们看见没有他这么大模大样地走过去，穿着理智的衣服，怀着理智的思想，和他们麻木偏窄的心儿，而他们想象应占的地方却是个虚空。这真可怕，这真可怕！或者他们到亚西西（Assisi）去，圣佛兰西斯跑来跟他们谈天。他说。'看，只要你不老去管那许多的障碍，你看这是个多么美丽的世界呀！金钱，房屋，衣服，饮食，这全是许多的阻碍！来，看那真真存在的东西；来，过一种精神的生活罢，像火焰地燃烧，鲜花般吐华，泉水般奔流！'他们答，'我亲爱的先生呀！你身体不洁净，态度不文雅，智识太差了！而你们鼓舞人们去当叫花子同相信无谓的迷信。现在你不行了，谢谢你！'他们立刻走去开慈善机关董事会。这是——这是——"他又停住了，等会态度更安详些说："喔，一个人实在不应该生气，我敢说我有点冤枉你们。而且我并没有正确地说出我所想说的话。我想说——我想说什么呢？呵，不错，我要说这种态度和'进步'这一个概念是连在一起的。这态度是起于将过去同现在看做没有价值，把一切价值都搁在将来身上。而且你们并没有把价值放在将来身上。这是办不到的！当将价值这移动时候，人生价值已化成浮泛四散了。那么人生的价值是在那么里？我相信人生的价值总是存在生活里面，任一种的生活都有价值。无论什么时候，人生价值都是存在，甚至于你们所詈骂的东西也有它的价值。他们所说坏的东西当然是很坏；可是同时又是那么好。我的意思是——哦，有一次我读一篇那类可怕的文章——我想，那类文章总是有用的——关于佃民的生活状况。读了以后，我骑马到乡间走走，实在观察那全部情形，看了许多那文章上没有提到的东西，实在的境况并没有文章里说得那么坏。我并不说一切都是很好的，然而却也好得使人惊讶。带着蓬松距毛的大马是休息在绿田上，牛儿正涉渡那清浅的小河，杨柳缘着溪飘拂，鸟儿依着芦苇，还有天鹅，鹧鸪同画眉。园里开着鲜花，望去是一片白茫茫，太阳光洗着一个小花园，还有掠地而飞的云影子。那篇所关心到的佃工却在这良辰美景中工作。他并不像个苦痛的化身！他正在想他自己的马儿或者他的面包和干酪，或者那在路旁大声叫唤的他的孩子，或者他的猪鸡。我自然不以为他了解四围的景色是多么美丽；但是我敢说他有种安逸的情绪，觉得自己也是这景色的一部分，同万物都各得其所。他对于自己的情状，并不操心，不像你们替他那种耽心。我并不是说你们不该忧虑；不过你不该因为能够想个更好的情形，就以为他的现状是个可怕万分，受不起的苦况。我所见的自然只是一个例子，可是我相信什么地方的情形都是如此；就是那从外面看来更惹人嫌厌，使人害怕的大都市也不是什么例外。在人生所不可免的事体里都带种特质，会抓着我们，叫我们聚精会神地去吟味，就是不能给我们快感，也不碍事；谋生，婚嫁，生育，每天的开始同终结，人事的不定，害怕和希望，种种悲欢离合的情节都是如此。我并不说人们总是快乐，他们有时很高兴，有时很悲哀。但是无论如何他们对生活总是感到趣味。这趣味是恒久不朽的，无论那种时代，无论那个阶级全得到这个趣味。倘然你将这趣味丢开不算，你把那唯一重要的东西忘记了。这是理想所以那么空虚的原因，因为理想不是个实在的东西，所以不能给人以这种趣味。我老实地告诉你们——我现在要自剖了——当我由一个会场里走出或者念了谈社会改革那些可怕的文章之后，我常常觉得我仿佛对于一切东西一切人物都爱得想去拥抱他们，因为他们是那么好，肯在这光荣的世界里活着——一切汽车夫，马车夫，做买卖的人们，贫民窟的房东，贫民窟里的牺牲人们，娼妓，盗贼。无论如何他们各有光怪陆离的背境，在那川流不息永却常存的生命大河里浮泛，不管是流过什么国土，这条河本身就是好的，值得存在的。若使你不懂透这个道理——若使整个社会看不透这个道理——那么不管他能够把这个社会弄得多么快乐，平等以及享受各种其他幸福，你对这个社会实在没有多大贡献。他们最进步的时期或者比当初的时期还坏。那理由是他们失丢了对生活那种自然的本能的欣然领略，又没有学到怎地会领略那更高一层的生活。

"所以——现在我说到我真真注重的那点，也就是我所想说的话——所以对于现在和将来的世界，没有比诗更重要的事。比如亚力逊威尔逊肯念我的诗，他们一定会变做另外一种的人！我不敢断定——若使我可以这么说——林门汉姆会不会得到益处。"林门汉姆笑嘻嘻地表示他已经拜读过这位诗人的作品了。科雅特滑稽地说："呵，不错，或者我的诗不是很好的。但是我们有莎士比亚，密尔顿和——我不管是谁，只要他具有伟大诗的真精神，那精神会使你感到宇宙内万事万物的价值。所谓价值并不是说会给你们快乐，却是那个奇怪的价值，其中包含有善恶等等还没有解决的问题。我相信没有人看完了一本大悲戏——用那最可怕的'李尔王'做例罢——而不有种不可抵抗的对于生活价值的认识，就是现在这种生活，那最残忍的，包含了一切罪恶苦痛烦恼的生活的价值；而不觉得他宁可活着，挨这许多苦，不愿没有活在这世界上。但是悲剧是个极端的例子。在个个普通些，简单些的情形里，诗人对我们也有同样的用处。他指示给我们看生活经他一说就变成有价值的，有各种的价值，快乐，诙谐，耐心，苦心得来的智慧，忍苦，希望（我简直要说）失望同失败等等的价值。他并没有故意忽略了什么，不去观察。他睁开眼睛看一切东西，但是他能看出一切东西在人生中真真的位置；他看了一切罪恶，却跟着上帝说：'你看，那是多么好的。'你看，"他带着那可爱的笑容向奥杜逢说，"我和上帝是同意的，不是和你同意。或者当你念起诗来……但是你知道你不只须要读诗，而且还要亲切地感觉里面的深意。"

"呀，"奥杜逢说，"我恐怕这是很不容易的。"

"我想这大概不是容易的。喔——我想我没有什么话说了。"

他什么也不再说，就坐下去了。

坐在科雅特隔壁有一位先生，他好久没有到会了，他名字叫做哈灵吞。他是位富人，一个很旧世家的家长；曾经在政治上占过很重要的位置。可是最近他多半是在意大利住，献身于研究和搜集艺术品。我不知道他的意见是怎么样，因为我从来没有机会听他说话过或者和他谈天过。所以当我叫他起来说话时候，我简直摸不准他会说什么话；当他默默地站了一会，我是怀着好奇心等着。现在天已稍稍亮起来了,我能够看见他的脸孔,非常温文秀雅,可是又很特别。他真有些十七世纪贵族的神气,不是衣服穿得不同,他真像是由凡载克的画幕上走下的人物。不一会儿他用那软熟的声调说话,带个凛然的气概,和他的态度刚配得起来。

"让我用自剖来开头,或者我应当说些乞恕话。同诸位离别了这么多年头,又能再聚在一堂,这真是个特权;可是同时又使我感到困难我在外国住的年数太多了,现在回到你们这里,我好似是个异乡人。我听到很熟的声音,可是我已忘丢了那语言;我看见曾经知道得很清楚的人们,可是他们周围的空气对我是很生的。我刚从意大利回来,忽然地重见英国免不了很惊讶。就是对于英国的风景,我也有和以前全不同的印象。我觉得英国是很可爱的,那种英国特别有的,只有她才有的可爱。可是我在南欧已经很惯的许多东西,在英国却找不出来,这使我很记念到南方的明媚,秀雅,伟大,浩荡各种气象。这儿没有这许多景气,所有的只是灰色或者金黄色的暗昧,模糊的轮廓,优柔的天色同多汁繁茂的青绿植物。意大利似钢钟洪亮地响着;英国是用布包裹着发出闷闷声音的鼓儿。一个有'美'的热烈,一个有'奇'的可爱。我所以这么说一大阵,因为我好似看出——或者我太幻想了——在南方和北方人的心质里有相似的不同。希腊和意大利的理智是很严厉的,穷究到底的,像地中海的太阳那么雪白；英德的精神是慈爱和谨慎，很和蔼的，兼容并包，什么都混在一起。一个像在青铜色的天上赤裸裸地燃烧着；一个却给情感的雾遮得半露半现。我想特别是英国人不常鼓起劲来，去好好地看一看真理。他们的偏见同理想像他们的篱笆一样围住了他们；他们是一块块小小田地凑成的国家，他们的智识上的田地也是如此。我并不说这种情形不是安逸舒服得很，可是我觉得——我要说出来吗——是个不能忍受的狭隘拘束。我渴望能够有那探求真理的光线和广大的眼界，看出东西的真相。我和亚里士多德同马起亚非尼（Machiavelli）作伴太久了，使我对于产生英吉利国教同斯宾塞（Herbert Spencer）的国家觉得很不合式。"他停住了，好像迟疑一会，我们却不知道他会说到什么上去。一会儿他又接着说："这篇'帽子'或者是太长了，但是和本文是很有关系的，虽然当我用这帽子时候，也曾考虑一下。若使刚才这位演说先生肯让我用他的例子来做我的题目，我就要问他，他这样对于任一种生活都是一样地承认有价值，这未免是太胡涂得奇怪的办法罢？一个诗人当然——科雅特的诗（若使他许可我这么说）比他的学说高明得多——一个诗人当然是到处找精妙卓越希奇的材料，再用好诗表达出来。他所寻讨的不是人生，是美。他并没有说出'自然'的实况；他用自己的标准放在'自然'上面。那一门艺术都是如此，人生艺术也不例外。当我们把生活当艺术看时，人生既不是好，也不是坏。奥杜逢那样什么也不分别地毁骂同科雅特那样什么也不分别地赞美，都是用不着。由艺术家看来，人生不过是块好原料，不管这位艺术家是去制造他个人的将来或者是位政治家形成一国的命运。艺术家的目的是良好的生活，他作品的价值也全靠着他心目中所认为良好的生活是什么。

"我宁冒着强聒不厌索然无味的危险，向你们提起这个显明而易明的事实，因为就今晚所讨论的事情而说，我们应当是自居于政治家地位或者冒名的政治家。政治家的我和你们的意见全不相合（或者要除开坎替鲁布）。我去找那实在的理由，只好以为我对于我们应取的目的和用什么手段去达那目的这两点的意见和你们不同。我们坎替鲁布不算外，你们都假定良好的生活，不管是怎么样子，总是人人都可以达到的；一个社会应当组织得使人人都有这个可能。这实在是平民主义的前提，不仅是诸君承认，现在全世界一般人也都是深以为然。我却主张良好的生活只能够是少数人的专利，否则世上就找不出什么良好的生活。在我的眼光里，良好的生活是绅士的生活。我知道这个字的意义现在变坏了，这真是英国人的退化最可怕的表现。但是当我说绅士这个字，我是用那本来的高贵的意义。在我的意思绅士是个负责任的人；一个因为享用特权，所以看清义务，拥有土地；却同时是个战士同政治家，这也是因为他拥有土地的缘故；天生有治人的能才，又是世代相授有治人的传统；总之，治人的贵族阶级里的一分子。我并不是说良好的生活全在于治人这件事；但是只有治人阶级和他们旁边的人们能够实现良好的生活。高尚同慷慨是贵族特有的权利，高尚同慷慨却是良好的生命不可少的原素。是的，人们告诉我们，良好的生活要在道德，智识，艺术，爱情上去求。我并不反对这句话；可是我们一定要加一句话，只有高尚慷慨的人才能够有非常的道德，真正的智慧，同一个又聪明，又易感的心灵。卑鄙的道德，排架子用的学问，下流的艺术，全肉的爱情，并不是什么好东西。一个高尚慷慨的人的感情同言谈一定都很高尚。他的谈吐是文学，他的姿势是艺术，他的行动是微妙的戏剧，他的感情是音乐般地谐和。华贵的大厦，精雅的画图，影像同诗歌等等老是围绕着他的身旁，跟着他从摇篮到坟墓时止。他那优良的智慧和气味相投的人们切磋。他到处寻求天才，却远避那炫学的人们，因为在他们自己大学问就是生活的一部分。一切伟大的东西，他能够自然而然地了解，因为那是和他的癖性相近。一定要这样子合乎精神，才能够真真了解事体。因为每个人每个阶级只能够知道和实行那和所做的事情很适宜的道德。一位教授绝不能成为一个英雄，不管他念了多少古典书籍英雄传记。一个店铺的督察员绝不能成为诗人，不管他念了多少的诗歌。若使你想有那古代意义的道德（就是名誉心，勇敢，自主，天生下来的治人能力）那么你一定要有个'绅士'阶级才成。否则道德顶多不过是头里一个观念，脑里一个无稽之谈，而不是一个性格，一个力量。为什么你们现在不信任古典文学的诵读呢？并不是因为古典文学的价值有什么变更，只是因为现在没有人会懂得它的价值。治理你们的商人自然地觉得这和他们没有用，他们是对的。古典文学是在乎他们了解能力以上，以外。然而古典文学是绅士的滋养料。这个例可以证明那普通的原则，你不能改革了阶级和其中的关系，而不同时改革了文化。想把贵族传下的好处移到平民政治身上，这只是个无聊的打算罢。你们可以对那班平民拿书给他们看，拿图画给他们瞧和指出例来让他们模仿。这全是没有用的！那种子不能在土地里长大。民众绝不能受贵族所受的那种教育，这件事你们听着欣欢也好，痛惜也好，然而总要承认。我是很痛惜的，因为我想绅士的生活是唯一良好的生活。

"因此我政治的理想是贵族的。因为有了绅士阶级自然一定要有工人阶级去供养他们才成。就理想的社会而论，这班工人免不了只算做工具。我并没有说这件事是很公平，我也不说这是我们应当采取的办法。但是我相信这是我们所寄的世界的律例。在全世界里，每种生物的生存都只为维持另一种生物的生命用；无论在那里'好'总是做'坏'的寄生虫。在自然界如是，人类社会里也是这样。试用公平的态度去念历史，在雪白的理智之光底下你会看出从来没有什么伟大文化，而不是根基于不公平这个罪恶上。凡是精明的人们一向承认，将来聪明的人们也会承认欧洲最伟大的文化是希腊文化。你丢了希腊，你就丢了伯里克鲁斯（Pericles），菲狄亚撕（Phidias）；索福克俪（Sophocles），柏拉图。若使你把希腊搁在一边不管，那自然是可以的。然而你要向那里去找最高的文化呢？到中世纪去？你只碰到封建制度和奴隶制度。向近代的世界去？你却遇到工银劳工制度。呀，但是你们说我们的希望是在于将来。好似我们废除蓄奴一样，我们要废除工银制度。我们要设立一个平等的社会，个个人都要从事于生产的工作，没有人要别人供养他。我不知道你们能够不能够做到，可是我先请你算一算那损失。开头让我先请你们注意到在过去这一世纪中你们实在所做的是什么。你们取消了你们的贵族，代替那不为公家谋利益，只顾自己生计的人们；商人，银行家，铁路管理人，酿酒商，公司赞助者。到底你得到更好更公平的待遇没有，我不想在此考察。看起来你们是很满意的。可是我这样隔了好久才回英国一趟的人，却看出你们所不容易自觉的事情，就是你们把你们一向所定立的标准破坏殆尽。尊严，礼仪，高贵，甚至于通常的诚实都很快地在你们里消灭了。每次我回来，我是看见你们更龌龊，更是向小处计较，更偏狭，更丑和感觉更迟钝些。因为那高尚良好的性质从前是你们里面的绅士阶级维持着，当那些绅士们是名称其实的时候。可是当你们将他们的权利剥夺了，你们同时剥夺了他的责任心,那是权利所产生的;现在绅士阶级就在你们眼前一天天腐化凋零下去,变为庸俗的人们了。到底你们普通的文化程度有否增高,我不去论。我而且以为这是无关紧要的问题;因为就是有增加,那一定是看不出来的。而峰顶的失丢却是个显明的事实;不,我们快没有在高处望星空的人们了。你们的中等阶级自然有许多美德;我臆断他们是懂事,能干,勤苦,可敬。但是他们不知道什么叫做伟大,不,他们对伟大有种天然的厌恶。不管他们在别方面干了什么功绩,他们把高尚这性质毁坏了。艺术,文学,戏剧,建筑宫庭,别墅,无论什么,她们想要来破坏。这是将权力托在那班要谋生的人们手里,而不让世代相传,有治理天下和实现良好生活的特权的人们来当权的结果。但是你还可以坚持说这不过是暂时的办法。因为我们还有个寄生的阶级——资产阶级。只要等到当我们排脱了这负担,真正的平等才能够开始实现,同时一切别的好处都能达到。喔,我想你们可以办到比以前世界所谓平等更公平得多的平等(自然还不是绝对的平等),你们可以做强迫每人都干些生产的工作,来做社会保障你过一个安适生活的报酬。但是我们不能够预测出你们这样子干去,就能够产生高尚的性格,我认为那是天下中真真本身是可贵的东西。因为历史和经验显明地指示给我们看这种高尚是特殊阶级的自觉性的产物。个自的能力,独主不传的精神,远离物质计较的心境,因为有世袭物权因此而来的世袭义务观念,与众不同,另有高尚目的的自觉,自己可以做主,又是别人主人的自觉——这许多成分和许多其它成分凑成建设一个绅士;而在一个社会主义的国家里这些全是不可能的。在这个铁面无情的世界里的永久不变的系统里早已定下了规则,伟大只能够从不义这个土地里长出。公平仅仅能产生凡庸,此外什么也不能产生。民众愿意拣取公平,宁可拿伟大来牺牲,这件事很容易明白,也是平民主义的精义。但是绅士们应当有眼光看出这代价未免太大了,并且绅士们应当敢明白地说出。他们既没有看出,胆子又小;那责罚是他们这班人现在消灭了。他们牺牲了自己,去试一试设立平等的社会。但是对这个试验,我感觉不到什么兴趣。我所信仰的社会是个贵族的社会。我跟柏拉图,亚理士多德一样地主张,以为民众应当只算做工具来看待,在政治制度所许可的范围之内,很仁爱,很公平地看待,但总以为是去达一个更高的目标的工具。你们走的路却和我们不同。你们决定废去阶级,弄得一字平,那么人们都可以一样地高尚了;你们毁灭了高低的分别,以为就可以提高普通的程度。我不是说你们不会成功。可是倘然你们成功了,你们是为要实现快乐的生活,牺牲了伟大,你们的社会不是人们的而是蜂蚁的社会了。

"因为平民主义——你们请注意——破坏了各种的伟大,智识,感官,性格各方面的伟大。对于艺术是破坏得特别厉害,然而艺术人生的镜子，没有它，我们简直可以说是没有活着。艺术家却是最不容易找到的人。他的五官，他的感觉，他的智能都要生来就是很灵敏的很精细的。他是属于一个人数很少，限制很严的阶级。还要有另外一个特别阶级去鉴赏他去扶助他。没有一个平民主义的国家产生有或者能够了解艺术。用雅典来做证明是错了，因为当建设彭施鲁神庙时候，雅典是在一位贵族的势力之下的贵族政治。无论什么时候，艺术总是一班有钱的赞助人，不是平民，养育大的。平民什〔怎〕么能够养育艺术呢？他们的厌恶艺术是出乎天性的，好似他们厌恶一切卓越的东西。雇用米特郎支罗（Michelangelo）的主顾，不是佛罗兰城（Florence）人民，而是微密的石（Medici）同教皇；看重尼恩那都（Leonards）是摩耳人拉多维（Ludovic the Moore）而不是美兰城（Milan）的人民。大画家棱诺尔咨（Reynolds）同根丝巴洛（Gainsborough）受了英国贵族的恩泽；我们英国中等社会所宠爱的画家却是黑考默（Herkomer）同哥利儿（Collier）。是的，世上也有出自民间的诗人，我也不看轻这类诗人。但是他们的作品不是伟大的。伟大的是索福克俪（Sophocles）同味吉鲁（Virgil），那都是在丰饶的性质上再结合以优美的教育。这种结合不是出自田间或者市场的人们所能办到。平民主义所爱的文学是像平民主义自己；不能算做文学，只是粗鄙，狂吠，乱叫，下流的新闻笔墨。他们的剧曲如此，建筑如此，一切艺术都如此。把群众请来替那班贵族式赞助人，你们将高尚的趣味取消了。艺术家灭亡了，走江湖的却存在而且得势。只在科学里，你们还保存有贵族气，因为群众看到科学是有利于他们的，所以让它自由发展。因为科学可以应用，所以让一部分的科学家无所为而为地在那里研究学理。平民主义对这件事一向虽然很不耐烦，却还让科学的理想的目的存在，为的是他们心中希望将来可以将旁人研究的结果，卑鄙地拿来实用。

"这是我对于平民主义社会的意见，我自然去找那会阻止，不是帮助，平民主义发展的分子。我到处寻求新贵族的种子。这是很不容易找到的，或者我的希望骗过我的判断。我想受平民主义这病的流毒的国家会是第一个发现出救药来。霭力斯对于美国文化的见解我完全赞同，但是我痴痴地希望那反动已经开始了。我在意大利碰到有些美国青年具有种对于美，差别，形式的灵感敏觉，都是在普通英国人里所找不到的，在意大利人里更找不到了。当使希腊伟大的理想种子丢到这新鲜的，没有什么垃圾的土地里时候，谁能够预言有什么美的形式，美的思想不能竞妍斗艳地发长出来吗？西半球的富豪政治还可以变做贵族政治；欧洲却要向美洲去重新发现自己过去的伟大。最少，我以为这是最好的希望。我愿意全世界受过良好教育的人们尽力合作来实现这个希望。因为地上的国，像天国一样，是用暴力才能够夺到的。若使我们想实现什么伟大东西，我们，我们不当顺着时势，应当逆着时势干去；若使将来还会有个光明灿烂的文化，那时配得治理天下的人们应当有握夺权力的勇气。所以我这个最浅的贵族隔着大西洋望着美洲想看第一个新贵族的出现。在什么社会主义，什么无政府主义之外，我隔海睁着眼睛看'权力'的巍巍的，珠一样的灰白色的新堡在朝暾面前发亮。因为'权力'是一切有益的制度的中心；有了'权力'你们就有道德，艺术，宗教；失丢了'权力'，你们除开食欲同热情外什么也没有了。所以'权力'是生命的必不可少的一个条件，甚至于群众倘然要有个值得活的生活，也非有这条件不可。所以为着要维持，'平民主义'的缘故，每个好的'平民主义者'应当天天祈祷'贵族政治'的降临。"

我们一群人里面除开了两位，别的都说话过了。一位是著作家维维安，我早已决定让他最后说话。还有一位是威廉武德门，"教友派"里一位信徒，人们都把他看做怪人。因为他在乡下一个农场里居住，亲手做工，不肯纳税，他的理由是这些税是拿去用做养活海陆军用的。若使哈灵吞可说是清秀，武德门真配说是美丽，他的美丽是在举止，态度上，不是相貌长得怎么特别好。我一向以为他是那很少有的人们，真挚的基督教徒的好榜样。刚才哈灵吞正将他那异教徒特性表现出来，我很高兴利用这个机会使这二位接着说话。我怕的是武德门不肯说话。

因为我从前看他拒绝不说过,他是我们中唯一的人能够既不使人不痛快,也不屈服地抵抗着。今晚你〔他〕听到我的叫名,就站起说:

"整个晚上我心里总是想什么时候会轮到我来说话,当轮到时候,我是不是可以'自由'(我们教友都是这么说)来回答。现在轮到我了,我想我现在是自由的;但是请你们原谅,我不能够有什么长篇大论。我所要说的,我要尽我的力量很简单很概括地叙述;我知道你们会照常容忍地听着,或者我和你们意见的相左比你们中任何的不同还要利害得多。因为你们都是照俗世的眼光来观察世界,你所提出改良社会的办法。但是你们多半是靠外界的手段来实现这改革。你们谈到扩大或者限制政府的权限,社会主义,无政府主义,教育方针,优生养育法。可是你们没有说到,精神的生活。就是提到,也不是用我所指的那种意思。是的,我记得马卡替用过'精神生活'这四个字。但是我不大晓得他的意思是怎么样,除开了要用来实现这一点;而我所寻求,所宝贵的东西却不能够用这个方法达到。科雅特同哈灵吞也说到良好的生活。但是科雅特恍惚是以为什么生活,一切生活全是好的;我却在到处都看出界线来,划分上帝的儿女和世俗的儿女的界线,他简直没有瞧到。我不能够附和他说生活本身就是好的,我只能够说一个妥当的职务可以给人们以良好的生活,若使那些人们本来是好人。我们所需要的不是财富,不是才力,不是智识。这些东西上帝有给我们,有不给。但是那真真要紧的东西是上帝的精神,贫穷也好,愚蠢也好,只要你去找,就可以得到。我既然是这么相信,我不得不和哈灵吞的意见不同。因为他所说的生活是俗世的生活。他赞美能力,智慧,美,身心的健全。他说良好的生活就存在这些东西里面;因为这些东西很稀有,不容易得到,而且想培养这些东西,一定先有天生的敏慧,闲暇,财富,高位,所以他的结论是只有小部分人我们能够达到这良好的生活,多数人却要来伺候这少数人。若使他所谓的良好的生活真是这样,那么他是对的;因为在世上一个人拿了什么,别人就要放弃了什么。有了治者,就该有被治者;有了富人,就该有穷民;若使世上要有闲着不做事的人,那么世上该有作苦工的人们。然而真正的'好',并没有这么窄的范围。那是谁也可以达到的,一个人自己有的越多,他给别人的也越多,那'好'是对于上帝的爱同由爱上帝而来的对于人类的爱。这都是老话,可是里面的意思并没有陈旧;却老是新的,因为那意见是千古不磨的。现在还是和从前一样,在许多科学,商业,发明,以及世上其它的混乱喧哗,匆忙等等里面,我们可以直接看见同认识上帝。认识上帝就是爱上帝,爱上帝就是爱他所创造的生物,特别是我们的同类,对于他们我们是最接近的,最有关系的,我们一定要靠着他们而生。若使这种博爱能够散布在我们里面,今晚所讨论的许多问题用不着我们去解决，会自然而然地解决了。因为那时节有了一个人共同遵守的生活规则，从前引起许多问题的条件会跑得无影无踪了。对于这么一个规则，大家模糊地同偶然地也晓得过，这规则警告他们奴隶制度是不对的。倘然人们把这规则看得更清楚些，更忠实些照这规则行事，他们也不会打起仗去取消那些他们根本就不想拥护的制度。这个法则现正在那里警告我们战争，堆起金山银山，旁人工作我们坐享其成，都是不对的。只要我们一注意到这警告，我们就会停止不再干这事了。若使只变更了制度不去革心，那是没有用的。因为那不过是把被治的变成治者，将富的变做穷的，从前做苦工的现在游手好闲了。结果是食饱不做事的人更无聊起来，富人更加其苛刻，治者更不合格。武力同强逼，明的也好，暗的也好，总不能使天国实现于人间。只有懂得那规则的人们好好地干去，自己的生活顺着那路走，以身作则，不光是口说莲花，天国才能来临。

"若使我们万事都要靠着一己，这些确不是容易办到的。但是我们有上帝可以依靠，他不计较我们的能力怎么样，一样地帮助我们。一个人不能够单单用思想把他的体格增高了一时的高度；他不能自己扩大自己的心或者感官的范围，他不能立志成个哲学家或者领袖，就可以如愿。但是不管个人的能力如何，若使他总是用他的力量如上帝为人类服务，他总可以从那对于最穷的人们也不拒绝的源泉里抽出灵感来，做成一个好人；若使人人借着上帝的力量全能够这么干，别的好事跟着也会发生了。真的若使你找到了天福，别的幸福会来锦上添花。这是真话，这是万古不磨的真理，既不随着教会的信条而变，也不是依赖着那些信条。我要说这也是依赖着基督教，因为就是没有耶稣说，这些话还是真的。我们的直觉会证明这些话是真的。我们看到这真理，好似我们看到太阳一样。这些真理本身就有种叫人相信的性质；上帝的存在也靠它证明。这是一切宗教的真髓。我这么说，因为我知道很清楚。我觉得你们都是在那里猜哑谜。这个真理并不是和你们的谈论毫无相干，你们最初的印象或许是这样。实在这个真理指示我们一切变更都该从内至外。我们从来没有过，现在还没有一个公平的政体，因为我们从来没有个立基于爱上帝爱人类的政体。你们所诅骂的——贫穷和大富，闲暇和过劳，污秽，疾病，没有结果的结婚，争斗——总是继续存在着，不管你们怎样地改换形式，除非是做到人们心中真不想要这些东西。非等到他们知道爱上帝爱人类，你们绝对不会作这么想。革心这事没有没到以前，革命是没有用的，进化是没有用的，翻来覆去的变更是没有用的。时期成熟时，革心这件事一定可以办到。在各种不同的方法，各种不同的意见后面，我到处看到革心这样事正在暗暗地进行着。我在亚力逊威尔逊的希望，马卡替的反抗，马丁的怀疑，特别是在奥杜逢的失望里看出灵的觉醒。奥杜逢对于他所知道唯一的生活的失望是很对的,因为那俗世生活的结果是一握灰尘。他黑夜里在大海中漂荡,没有星儿照着,失望,悲哀,疾病同不可挽救的损失,这些狂风打着。呀,但是在他这个失望上面(可惜他自己不知道)有一个朝阳黎明的天鹅,正像我们现在耳目所闻见的,飞上水晶也似的天空里去。鹧鸪和画眉歌唱起来了,你们听见到一阵阵的泉水在地上起伏,这些泉水不能上天;要等火把它变成了汽才成。同样地全世界希望能够跳出这失望的昏夜,到那黎明的清冷空气里,再飞到照在中天的太阳里去。让我们耐心等罢,各自努力,等上帝一天高兴起来宣布出那神秘的话。追随上帝的路不是难走的,那是快乐和说不出的和平。那班怀着信仰等候他的来临的人们会有认识上帝的福气。"

他说完时,天已亮了。虽然太阳还没有出来,啼晓的鸟儿已在树上叫着,泉水发着光辉,潺潺地作声,平原躺在我们面前,好似个新娘等候新郎的来临。在这种有魔的空气之下,我们静默着;我自己也不知道过了多久时间,我才鼓起气来,叫维维安起来结束这讨论。

我听过人们把维维安叫做一个哲学家,这是错了。凡是知道他的著作的人们——可惜太少了——知道他是直接或者间接地讨论哲学问题。可是他从来不谈哲学;他用的方法不是逻辑方法；他对于科学和艺术很有同情，若使他是生在希腊的初期时代，他可以做一个恩派都克鲁（Empedocles）或者黑勿勒力图斯（Heraclitus）；他绝不会成一个斯宾罗莎（Spinoza）或者康德。我想他想解释人生的意义，但是不单用理智做工具。他要先去观察同体验，然后再去思索。他的口气由爱诗歌的人们看去太枯燥了，由爱哲学人看去又太华丽了。所以他的听众虽然是很诚心地，数目却很少。但是我们会里的人听他说话时总觉得很有趣味，他那叫人迷惑的言论更使他的话有味。我不能说出他的说话态度，他自己对这态度是自觉的，有种艺术家的快乐。我更不能够说去他那清瘦秀美的面容，和他整个人格的特点。他巍巍地壁直站着，后面是那渐渐发白的天空。

"人还是在创造中；所以他要努力于创造自己。由原始土居穴处时代，'自然'把他带到这个地位。'自然'给他四肢，给他脑筋，还给他灵魂的粗形。这个伟丽的石像会雕成功呢，还是半途而废呢，这全看他自己努力与否。他不要再向'自然'求帮助了；因为她的意思本来是创造出一个有自己创造自己能力的人。若使他失败了，那么她也失败了；这堆铜铁就再归还锅里去，'自然'要重新动手做那大试验了。若使人能够成功，他是谁也不依靠地成功的。他的命运就在他自己手里。

"他应当知道他的头脑是命运的主人，他可以盖座宫殿给灵魂住。可是摔交摔了几千年，理智还只是习惯和权威的私党。

权威做出东西来，习惯把它延长下去；理智造个奉承贵人的奴才，只是在旁啧啧称善。人总是这么往下，不往上，飘荡，'自然'看着伤心，自己制止自己不去干涉，除非是去把全体毁灭。若使人真想驰骋自如顺着正道走，那么理智应当抓着缰，理智运用这缰的艺术就是政治艺术。目的是在尽美尽善，方法是选择。科学是他（指政治艺术）的大臣，伦理是他的主人。这政治艺术既不容什么偏见存在，也不尊崇习惯，敬仰传统。他燃起火来，将历来的制度拿来当刈料烧。他毫无追悔地将现在同过去送到将来的口里。他是位天使挥着如火的剑，刹那间杀害了那在西寺（Westminster）中坐在她的钱袋上的老太婆（此乃指英国历来的传统）。

"或者我要说这政治家像黑克力斯（Hercules），要去洁净个大马厩，每个城都可说是这厩舍的一栏，满了一百年的马粪；要去杀海都那（Hydra）这怪物，她有一百个凶蛇盘绕扭曲着的头发，那凶蛇就是旧真理腐化了所变成的假信仰，产生出许多的信条，利益同制度。里面最凶狠不讲道理的是私产制度。它食我们，我们还不知道；他假装是个'安全'同'和平'，杀了许多人的肉体同一半人们的灵魂，老是由根里新长出来，花样翻新，除非是用精神的剑连根割断才能够灭祸。那剑你们叫做什么名字，社会主义呀，无政府主义呀，同其它你们爱用的字眼，都无关大局，只有用剑的手是强有力的，脑筋是清楚的，灵魂是光明的，热烈的同深奥的。但是那里去找个配用这武器的英雄。

"我们不能找出这英雄，我们要制造出这英雄。'人'是要'人'来下种的。当人还躺在'自然'怀里时候，他可以依靠'自然'。但是现在是已经断乳了。她现在已经不负责任了的鼓唆，他不可再盲目地相信。那从前所以肯去割乱草，因为那些草是她栽的；现在她再也不去割草了。刈割去呢，还是让那草生长下去，他自己要来决定了。若使他不愿意他的花园变成旷野，他自己要下个决心去栽花。就是现在很宝贵的树木已在他面前枯死去了，野花蔓延地丛生，他却袖手旁观，心中充了无用的敬畏，喋喋地说他自己的无能。他把马缰放'欲望'手里，'欲望'带他们到深渊去。他应当将"欲望"缚在车前，用理智来做围人，那么她（欲望）反会生起翅膀来送他（理智）到目的地去。他现在所叫做'爱情'，实在不过是泥泞中的野龙。让他将这龙埋去'利己'这个墓里，真正的爱就会上升，张开翅膀来，所荫庇的不止一家。将来的人要现在的人去叫唤才会出来。请他现在平心静气地叫唤，不要只凭着肉欲的烟火。因为他怎么样叫，那答应是相称的。

"但是他要叫唤的是什么呢？请异教徒来吗？请基督教徒来吗？不是单请，两下都请。异教徒所代表的是人们中的个人，基督教所代表的是个人中的人们。亚当夏娃在天国所吃的果子，栽在人类的灵魂里,在希腊得到最初的同美丽的收成。'理想'这个三位一体的太阳高高地照着希腊的思想界。阿富罗底(Aphrodite,爱神)由海里白沫中生出,在青翠的海上飘游,后面跟有海里的神仙,初晓的红光高临在上。阿坡罗(Apollo,美神)在灰白的朝雾里发亮,从东边波浪处涌出,火焰似地照遍全天,等会用充满水汽的西方来冰凉他那咝咝声的车轮。雅典(Athene,慧神)从上帝的脑袋里跳出,肩着真理的矛,运用他〔她〕那灰白色的眼睛看世界,细察人们的思想。爱,美,慧,请看,这是异教徒的三位一体!靠着这些好处,人才能够成一个个各有个性的人们,而可以变成人性完全发展的人。所以异教徒的神们是永生不灭的。上帝们不死,只有那以为他们死了的我们会死。没有一个不认得这三个神或者认识了而不去敬爱这三位神的人们能够变成人性完全发展的人。所以望过去看一下,到〔倒〕是进一步的办法,希腊始终是我们进到新人生的门槛。忘记了希腊,你退化到虫蚁的地位,若使还没有变成禽兽。想一想虫蚁,留心些罢!虫蚁在那里可做我们的警告。虫蚁是只有共同性质,没有个性。我们要努力避这失丢个性的危险罢!

"但是异教徒的神是没有慈悲的;他们欺凌弱者。他们的智慧是根基于愚蠢,他们的美是根基于污秽,他们的爱是根基于压迫。这样子养出来,他们的花所以凋零了。从他们这腐烂的土壤里，开出了新奇的花儿，我们把这新花叫做'信仰''希望'同'仁爱'。因为'愚蠢'喊着'我不懂得什么，但是我信仰'；'污秽'喊着'我现在是很坏的，但是我希望'；那被压迫的喊着'我虽然受人看轻，但是我爱人类'。这是基督教三体一位，人们失意的呼声，好像起先那三个是人们成功的呼声。但是这两个都是我们所必需的。因为他是有进步发展的，所以他老觉到缺点。他的孱弱受山顶上光耀的天神的嘲笑。可是'信仰''希望''仁爱'陪着他在泥泞里走，用光照他，安慰他，帮助他。因此而有公道的产生以及为多数人而牺牲少数人，为国家而牺牲阶级，为世界而牺牲国家，为将来而牺牲现在。在基督教教义里各有个性的人们变成了人性完全发展的人们。但是不要让人们的个性消灭！没有最后的目的，公平有什么用处？没有最后的目的，'信仰'同'希望'有什么用处？没有最后的目的，'仁慈'有什么用处？蚁蜂珊瑚虫的爱是很无聊的。因为爱情的价值是依被爱者的价值而定。只有在'异教主义'的土壤上，'基督教主义'才能达成熟时期。'信仰''希望''仁爱'不过是个种子，要等到丢进'慧''美''爱'的胎里面后才能开花。乐国就在我国前面，在雪盖的山顶上面。让我们望〔往〕上攀援而登罢，大家一起去，不是谁踏着谁的尸首上去；但是总要望上走，不是老在平等这丰饶的平原上，像脓疮样子拥挤地聚着。我们不是到山谷去，不是到森林去，不是到牧场去。

若使我们是兄弟们，我们也是共同找个东西的兄弟们，需要人们领导着。阿富罗底阿坡罗雅典这三位神是在我们的前面，不是埋没在过去里。光耀的三天神，他们在山上雪里放光。我们各自努力，望〔往〕前走罢！

"但是成功的是一个个人呢？还是全人类呢？或者还是上帝呢？我们不知道。我们只知道呼唤同冲动。雪光，上山的路，心中的焦急，这些我们很明白的，其余就是个怀疑了。但是怀疑是水平线，上面浮着希望的星。我们生着全靠这希望的星；阻着我们不去到这星儿的银色光线的言论是残害我们的。我们望〔往〕前走的，我们的眼一定要睁开，看山上有什么消息。我们的灵魂既有个"不死的希冀"，我们或者可以相信这希冀就是将来成功的预言。因为灵魂的要求是同人们的要求是一样的严重，也有他的证人。那证人就是梦；可是这类的梦是会实现的。这类梦是生命的源泉，宇宙是围着这类而结晶的。意志比智识厉害，因为意志创造了许多东西给智识去记载。科学是挂在愚蠢的虚空里，像在黑暗的行星。但是'信仰'建起一条路，穿过这虚空，直达永生的神们所住的乐园。"

他说完时候，太阳出来了，晨曦变成了大天亮。鸟儿大声地叫唤，泉水的泡沫飞射，树枝在清晨的微风里轻轻地沙沙响着。我们这个讨论会静悄悄地散了。有些人去睡觉；有些人到花园里散步；奥杜逢应他的订约去同我侄儿一块洗澡，那快乐的神气谁也比不上。我独自在草场上散步，看早上的光线渐渐强起来，默想到人们各种的命运。园门旁边一个小礼拜堂的早钟响着，大路有摩托车汽笛的声音。我想到坎替鲁布哈灵吞亚力逊威尔逊，还想到将来的黎明时期，以及灵魂的结晶武德门同精神的结晶维维安的希望。我临走时停了一会，看下面长路旁光明的石像。我想这许多石像一个个站着一直排到乐园的山下，心中毫无兴奋同自得，可是怀个自信前途光明的安定心境，我预备开始来过今天这个新日子。

A Free Man's Worship
一个自由人的信仰

（英汉对照）

B. Russell 著

梁遇春 译注

"英文小丛书"之一，上海北新书局，1930年12月付排，1931年1月初版

CONTENTS
目　　次

A Free Man's Worship
一个自由人的信仰 ································· 328
Machines and the Emotions
机器与情感 ······································· 362
罗素的自叙 ······································· 388

A Free Man's Worship

To Dr. Faustus[1] in his study Mephistopheles[2] told the history of the Creation, saying:

"The endless praises of the choirs of angels had begun to grow wearisome; for, after all, did he not deserve their praise? Had he not given them endless joy? Would it not be more amusing to obtain undeserved praise, to be worshiped by beings whom he tortured? He smiled inwardly, and resolved that the great drama should be performed.

---

1 Dr. Faustus：据欧州中世纪的传说，他是一个学者，精通魔术，跟魔鬼订下一个合同，他把灵魂送给魔鬼，魔鬼给他一切神秘的智识。伊利沙伯时代有一位文学家 Christopher Marlowe 用这题材写一本戏剧 *Dr. Faustus*；后来歌德花了几十年工夫创造出世界几部大杰作之一：*Faust*，就借这个老古董来说出他的人生观。

一个自由人的信仰

麦菲斯托斐利对于在书房里面的浮士德博士说出"天地开辟"的历史,说道:

"天使唱歌队不断的赞美开始使上帝感到厌烦了;实在说起来,他不是应得他们的赞美吗?他不是给他们以不断的欣欢吗?那不是个更有趣味的事情吗,去得不应受的赞美,被他所磨折的人们崇拜者?他肚子里微笑一下,决定这出伟大的戏要演出来了。

---

2 Mephistopheles:这就是浮士德传说里的魔鬼的名字。他是无所不知,无所不能的,只是法宝斗不过上帝。他这名字是从希伯来文的 mephiz(destroyer破坏者)和 tophel(liar扯谎者)这两个字来的。罗素这里假托他的话来说出近代科学家的宇宙论。

"For countless ages the hot nebula[1] whirled aimlessly through space. At length it began to take shape[2], the central mass threw off[3] planets, the planets cooled, boiling seas and burning mountains heaved and tossed, from black masses of cloud hot sheets of rain deluged the barely solid crust. And now the first germ of life grew in the depths of the ocean, and developed rapidly in the fructifying warmth into vast forest trees, huge ferns springing from the damp mold, sea monsters breeding, fighting, devouring, and passing away[4]. And from the monsters, as the play unfolded itself, Man was born, with the power of thought, the knowledge of good and evil, and the cruel thirst for worship. And Man saw that all is passing in this mad, monstrous world, that all is struggling to snatch, at any cost[5], a few brief moments of life before Death's inexorable decree. And Man said: 'There is a hidden purpose, could we but[6] fathom it, and the purpose is good; for we must reverence something, and in the visible world there is nothing worthy of reverence.' And Man

---

1 nebula: a faint, cloudlike, selfluminous mass of gaseous matter situated at the distance of the stars 星云；星雾。
2 to take shape: to become definite 变成有一定的形式。
3 to throw off: to cast away 抛出。
4 to pass away: to perish 消灭了；死了。
5 at any cost: whatever may be requisite to secure the object 无论要出什么代价才能达到目的。
6 but: only 只。

"在数不尽的许多年代里，灼热的星云老是无目的地穿着空中旋转。最后，它开始具个一定的形式，居于中心的那一大块扔出许多行星，行星渐渐凝冷了，上面沸腾着的海同燃烧着的山起落动摇，滚热的汪洋大雨从黑的云团落下，泛滥那还未十分结实的地壳。现在，生命的第一个种子在大海的深处生长起来了，在那含有滋养力的暖气里，很快就发育成广阔的森林，巨大的羊齿从潮湿的软土生出来，海里的怪物繁殖着，争斗着，吞灭着，最后绝迹了。从这些怪物里，当这出剧自己演下去了，'人'就生出来，具有思想的能力，善恶的分别力，同一个可怕的热望，那是想找个东西来崇拜。'人'看到一切生物在这个疯狂的，怪诞的世界里都是望〔往〕毁灭之途走去；一切生物都是奋斗去抓到，不管出多大的代价，几刹那短促的生活，在'死'的冷酷命令下来之前。'人'于是说道：'若使我们能够寻根到底，这里面一定有个奥妙的目的，这个目的一定是好的；因为我们不得不崇拜一些东西，而在眼前的世界里却没有一个值得崇拜的东西。'

stood aside from the struggle, resolving that God intended harmony to come out of¹ chaos by human efforts. And when he followed the instincts which God had transmitted to him from his ancestry of beasts of prey, he called it Sin, and asked God to forgive him. But he doubted whether he could be justly forgiven, until he invented a divine plan² by which God's wrath was to have been appeased. And seeing the present was bad, he made it yet worse, that thereby the future might be better. And he gave God thanks for the strength that enabled him to forgo even the joys that were possible. And God smiled; and when he saw that Man had become perfect in renunciation and worship, he sent another sun through the sky, which crashed into Man's sun; and all returned again to nebula.

" 'Yes,' he murmured, 'it was a good play; I will have it performed again.' "

Such, in outline, but even more purposeless, more void of meaning, is the world which Science presents for our belief. Amid such a world, if anywhere, our ideals henceforth must find a home. That Man is the product of causes which had no prevision of the end they were achieving; that his origin, his growth, his hopes and fears, his loves and his beliefs, are but the outcome of accidental

---

1 to come out of: to emerge from 出自。
2 a divine plan: 指宗教里赎罪，忏悔，虔信，礼拜等玩意儿。

'人'于是从这纷乱里走出来了，站在一旁，心里以为'上帝'打算好靠着人类的努力可以有一个和谐从这纷乱里生出。当他顺着'上帝'从他的猛兽祖宗传下给他的那些本能做事时候，他把这种事叫做'罪恶'，请'上帝'饶恕他。但是他还怀疑他能否合理地得到赦宥，等到他发明一个'虔诚的方法'，想借此使'上帝'的怒气可以息下去。看到现在的情形是坏的，他却把它弄得更坏，为的是那么将来的情形必定可以好些。他谢谢'上帝'，因为'上帝'给他以一种力量，那帮助他甚至于舍弃目前可能的快乐。'上帝'微笑了；当他看见'人'在弃绝同崇拜这两方面都已完全了，他派另一个太阳到天上，这个太阳砰的一声打到'人'的太阳里去；一切又回到星云的状态了。

"'不错'，'上帝'喃喃地说道，'这是一出好玩的戏；我要它再演一道。'"

大概如此，不过甚至于更无目的些，更缺乏意义些，是"科学"说出叫我们去相信的世界。我们的理想，若使不是完全落空，此后就该在这么一个世界里去找到一个归宿。"人"不过是盲目的原因的产品，这些原因不能预知它们后来所弄出的结

collocations of atoms; that no fire, no heroism, no intensity of thought and feeling, can preserve an individual life beyond the grave; that all the labors of the ages, all the devotion, all the inspiration, all the noonday brightness of human genius, are destined to extinction in the vast death of the solar system, and that the whole temple of Man's achievement must inevitably be buried beneath the debris of a universe in ruins—all these things, if not quite beyond dispute, are yet so nearly certain, that no philosophy which rejects them can hope to stand. Only within the scaffolding of these truths, only on the firm foundation of unyielding despair, can the soul's habitation henceforth be safely built.

How, in such an alien and inhuman world, can so powerless a creature as Man preserve his aspirations untarnished? A strange mystery it is that Nature, omnipotent but blind, in the revolutions of her secular hurryings through the abysses of space, has brought forth[1] at last a child, subject still to her power, but gifted with sight, with knowledge of good and evil, with the capacity of judging all the works of his unthinking Mother. In spite of Death, the mark and seal of the parental control, Man is yet free, during his brief years, to examine, to criticize, to know, and in imagination to create. To him alone, in the world with which he is acquainted, this freedom

---

1 to bring forth: to give birth to 产出。

果；"人"的原始，生长，希望同恐惧，爱情同信仰，也都只是原子偶然集在一块儿的结果；没有热情，没有英雄情调，没有思想情感的强烈，能够使一个已死的人还保存着他的生命；历代一切的工作，人类天才的一切虔信，一切灵感，一切中午般的光辉，都早注定了将随着太阳系的伟大的死而俱亡；"人"的功绩的整个庙宇必定免不了埋在一个毁坏了的宇宙的残灰底下——这许多事情，若使不是十分无疑的事实，也是这么近于确然，凡是否认这几件事实的哲学绝不能够希望站得住脚。我们灵魂的居宅此后只能盖在这几条真理所做的搭棚之内，只能建于这个不妥协的绝望的坚固基础之上。

在这么一个异乡般的，残酷的世界里，像"人"这么无能力的一个动物怎能保他的志气，使它不受沾污呢？那真是个奇怪的神秘，万能而盲目的"自然"穿着虚空的深渊作她尘世中奔波的旋转时候，最后会产生出一个婴孩，还是受她权力的支配，但是具有眼光，善恶的分别力，同一种批评他那不用思索的"母亲"的一切作品的能力。虽然有"死"这一件事，那是母亲权威的标记同保证，"人"在他那短促的生命里却有自由去探究，去批评，去了解，在想像方面去创造。在他所知道的世

belongs; and in this lies his superiority to the resistless forces that control his outward life.

The savage, like ourselves, feels the oppression of his impotence before the powers of Nature; but having in himself nothing that he respects more than Power, he is willing to prostrate himself before his gods, without inquiring whether they are worthy of his worship. Pathetic and very terrible is the long history of cruelty and torture, of degradation and human sacrifice, endured in the hope of placating the jealous gods; surely, the trembling believer thinks, when what is most precious has been freely given, their lust for blood must be appeased, and more will not be required. The religion of Moloch[1] — as such creeds may be generically called — is in essence the cringing submission of the slave, who dare not, even in his heart, allow the thought that his master deserves no adulation. Since the independence of ideals is not yet acknowledged, power may be freely worshiped, and receive an unlimited respect, despite its wanton infliction of pain.

But gradually, as morality grows bolder, the claim of the ideal world begins to be felt; and worship, if it is not to cease, must be given to gods of another kind than those created by the savage.

---

1 Moloch: 有时写作Molech，是犹太人所崇拜的神，他们常把自己的儿女杀死，然后烧着供神，以冀得神的欢心。《圣经》里所说的"便将那应当接续作王的长子，在城上献为燔祭"，就是指祭这个"可憎的神摩洛"。

界里，只有他有这种自由；在这点上，他高过那管束他外生活的无可抵抗的大力。

野蛮人，和我们一样，在"自然"力之前，感到他无能的苦痛；但是他不能从他自己身里找到一个他觉得比"力"更值得尊敬的东西，他愿意自己拜倒在他的神们之前，没有去考究他们配不配受他的崇拜。可悲的同很可怕的是那段述到残忍和酷刑，耻辱和人体祭品的悠长历史，人们肯忍受这许多苦痛都因为希望如此可以使嫉妒成性的神们息怒：那个战栗着的信徒一定以为，当他所最宝贵的是自愿地给与神们了，他们流血杀人的欲望必定可以平静下去，不会再要求什么了。用小孩做祭品的摩洛神教——这类信仰都可以概括在这个宗教的底下——实质上是奴才的畏缩地谄媚着的屈服，他不敢，甚至于在他自己心里，让自己想到他的主子是不值得受恭维的。人生的理想既未曾被承认为可以独立，"力"自然可以随便受人崇拜，受个无限的尊敬；不管它的任意使人尝许多苦痛。

但是渐渐地，当伦理观念一天一天英猛起来，理想世界的要求也开始被人们感觉到了；崇拜，若使不是根本停止了，必定是向一个跟野蛮人所臆造的神们不同类的神。

Some, though they feel the demands of the ideal, will still consciously reject them, still urging that naked Power is worthy of worship. Such is the attitude inculcated in God's answer to Job[1] out of the whirlwind: the divine power and knowledge are paraded, but of the divine goodness there is no hint. Such also is the attitude of those who, in our own day, base their morality upon the struggle for survival, maintaining that the survivors are necessarily the fittest. But others, not content with an answer so repugnant to the moral sense, will adopt the position which we have become accustomed to regard as specially religious, maintaining that, in some hidden manner the world of fact is really harmonious with the world of ideals. Thus Man creats God, all-powerful and all-good, the mystic unity of what is and what should be.

But the world of fact, after all, is not good; and, in submitting our judgment to it, there is an element of slavishness from which our thoughts must be purged. For in all things it is well to exalt the dignity of Man, by freeing him as far as possible from the tyranny of

---

1 约伯是一个敬畏上帝的好人，上帝很相信他，对撒但说道："你虽然激动我攻击他，无故的毁灭他，他仍然坚守他的纯正。"后来撒但用各种苦难磨折他，约伯终于咒诅自己的生日以及其它一切了。上帝就从旋风中以造物之妙诘约伯，以禽兽之性诘约伯，他就向上帝认罪自责，后来"年纪老迈，日子满足而死"。

有些人，虽然他们感到理想的要求，还是有意地拒却这些要求，还是主张那赤裸裸的"力"是值得崇拜的。"上帝"从旋风里对于约伯所说的答话就是叫人应当具这么一种态度：神圣的力同智是拿出来夸耀，但是关于神圣的善却连一个暗示也没有。我们现在有一班人把他们伦理的基础立在生存竞争之上，主张能生存的必是适者，这班人也是具着这么一种态度。但是另外有些人，不满于这么一个与我们伦理的意识冲突着的答案，就采取我们历来所认为真正的宗教态度，主张在某种奥妙的意义之下，事实的世界实在是跟理想的世界相和谐。这样子"人"就臆造出"上帝"，全能的，全善的，是实在的情形和应该有的情形的一种神秘地合为一体。

但是澈底说起来，事实的世界绝不是善的；把我们的判断屈服在它之下，这里面含有奴性的成分，那非从我们的思想上涤洗去不可，因为在一切物事里，我们真该提高人的尊严，把他从非人的"力"的专制里解放出来。当我们了解了"力"大

non-human[1] Power. When we have realized that Power is largely bad, that man, with his knowledge of good and evil, is but a helpless atom in a world which has no such knowledge, the choice is again presented to us: Shall we worship Force, or shall we worship Goodness? Shall our God exist and be evil or shall he be recognized as the creation of our own conscience?

The answer to this question is very momentous, and affects profoundly our whole morality. The worship of Force, to which Carlyle[2] and Nietzsche[3] and the creed of Militarism have accustomed us, is the result of failure to maintain our own ideals against a hostile universe: it is itself a prostrate submission to evil, a sacrifice of our best to Moloch. If strength indeed is to be respected, let us respect rather the strength of those who refuse that false "recognition of facts"[4] which fails to recognize that facts are often bad. Let us admit that, in the world we know, there are many things that would be better, otherwise, and that the ideals to which we do and must adhere are not realized in the realm of matter. Let us preserve our respect for

---

1 non-human: other than human 不具人性的。这字与 inhuman 有分别，这字只指没有带了人性，比如矿物，并没有不好的意思；inhuman 却是指与人性刚相反的，就是野蛮（barbarous）残酷（brutal）的意思。

2 Carlyle: Thomas Carlyle（1795—1881），英国十九世纪的大文豪，《法国革命史》《英雄崇拜论》的作者。他歌颂那具有伟大魄力的人们，认为世界历史无非是伟人的传记，因为世界之所以有今日是全靠几个伟人，别人自然用不着我们去注意了。

概是恶的,以及人虽然具有善恶的分别力,不过是没有这种分别力的世界里的一粒微弱的原子,那时这个拣选又呈在我们面前了:我们是去崇拜"力"呢,我们还是去崇拜"善"呢?我们的"上帝"是存在于外界里,是恶的呢,我们还是认为他不过是我们良心的作品呢?

这个问题的答案是很重要的,深刻地影响到我们一切的伦理观念。"力"的崇拜,喀莱尔,尼采同军国主义的信条已经使我们很惯于这种崇拜了,是我们不能维持我们的理想去反抗一个与我们为敌的宇宙的结果:这种崇拜简直是匍匐地上屈服于恶的面前,把我们所最可宝贵的东西献给摩洛做祭品。若使力气真是值得尊敬的,那么让我们还是去尊敬那班对于错误的"现实认识"——那是没有看出现实常是恶的——加以否认的人们罢。让我们承认在我们所知道的世界里有许多东西是有缺陷的,我们所固执的,非固执不可,理想是并没有实现于物质的世界里面。让我们对于真,对于美,对于人生所不许我们做到的完善的理想保持

---

3 Nietzsche:Friedrich Wilhelm Nietzsche(1844—1900),德国哲学家,主张超人主义,说我们应当崇拜"力",慈悲等等这类道德观念都是弱者的东西,天下只有强者,只有打倒别人的人才是对的。

4 "recognition of facts":喀莱尔,尼采都自以为认清了事实,天下只有力是最伟大的东西。

truth, for beauty, for the ideal of perfection which life does not permit us to attain, though none of these things meet with the approval of the unconscious universe. If Power is bad, as it seems to be, let us reject it from our hearts. In this lies Man's true freedom: in determination to worship only the God created by our own love of the good, to respect only the heaven which inspires the insight of our best moments. In action, in desire, we must submit perpetually to the tyranny of outside forces; but in thought, in aspiration, we are free, free from our fellow-men, free from the petty planet on which our bodies impotently crawl, free even, while we live, from the tyranny of death. Let us learn, then, that energy of faith which enables us to live constantly in the vision of the good; and let us descend, in action, into the world of fact, with that vision always before us.

When first the opposition of fact and ideal grows fully visible, a spirit of fiery revolt, of fierce hatred of the gods, seems necessary to the assertion of freedom. To defy with Promethean[1] constancy a hostile universe, to keep its evil always in view, always actively

---

1 Prometheus: 他是一位天神，又是人类的保护者。当天神们想毁灭人类时候，他却百般替人类帮忙，而且从天上把火偷下来给人类。天帝因此发怒了，把他锁链在山上，叫一只鹰鸟啄他的肝。他知道一个秘密，若使他肯把这秘密告诉天帝，向他屈服，那么他当然可以被开释。但是他宁肯挨这些苦难，绝不低首。后来另一个天神将鹰鸟杀死，把他解放了。希腊Aeschylus的悲剧 *Prometheus Unbound* 同雪莱的诗剧 *Prometheus Unbound* 都是歌颂这位英雄。Promethean=of Prometheus。

我们的尊敬，虽然这些东西没有一件得到无意识的宇宙的赞成。若使"力"是恶的，像它外面所表现的那样子，那么让我们从精神上去排斥它罢。在这一点上我们找到"力"的真正自由：那就是人可以下个决心只去崇拜我们自己爱善的心所臆造出的"上帝"，只去尊敬那感发我们心境最澄清时的卓见的天神。在动作方面，在欲望方面，我们不得不永久受外力的专制压迫；但是在思想方面，在志趣方面，我们是自由的，不受人类的压迫，不受我们的身体这么无能力地在上面爬着的小行星的压迫，甚至于，当我们活着的时候，不受死的专制压迫，那么，让我们学到那么一种信仰力，那可以助我们天天老是在一个善的虚幻境界里过活；让我们在动作方面，当走进现实的世界时候，总是有这么一个境界在我们眼前。

当我们第一个明白地看到现实和理想的相反时候，一种猛烈的反抗精神，对于神们怀一种猛烈的憎恶，好像是坚持我们的自由时所必须的。拿普罗米修士的坚忍态度去挑惹一个含有

hated, to refuse no pain that the malice of Power can invent, appears to be the duty of all who will not bow before the inevitable. But indignation is still a bondage, for it compels our thoughts to be occupied with an evil world; and in the fierceness of desire from which rebellion springs there is a kind of self-assertion which it is necessary for the wise to overcome. Indignation is a submission of our thoughts, but not of our desires; the Stoic[1] freedom in which wisdom consists is found in the submission of our desires, but not of our thoughts. From the submission of our desires springs the virtue of resignation; from the freedom of our thoughts springs the whole world of art and philosophy, and the vision of beauty by which, at last, we half reconquer the reluctant world. But the vision of beauty is possible only to unfettered contemplation, to thoughts not weighted by the load of eager wishes; and thus Freedom comes only to those who no longer ask of life that it shall yield them any of those personal goods that are subject to the mutations of Time.

Although the necessity of renunciation is evidence of the existence of evil, yet Christianity, in preaching it, has shown a wisdom

---

1 Stoic：纪元前三百年左右希腊哲学家Zeno所立的学派。他们认为宇宙是按着一定的规则进行的，个人只好在顺宇宙之大道而行事这点上去实现自由。他们谓我们应当绝情灭欲，努力于为人类服务，而善的行为当时就会使我们自己感到快乐，所以不必外物的酬报。刻苦力行可说是他们的信条。因为他们常在屋廊（portico or stoa），所以称为屋廊派。

敌意的宇宙，把它的恶处老放在眼前，老是用行为来表示恨它，凡是那个"力"的凶狠所能弄出的苦痛都肯一一尝过，这些好像是一切不肯向无法躲避的现实叩头的人们的义务。但是愤怒还是一种束缚，因为它迫我们的思想被一个恶的世界占住了；在那猛烈的欲望里——反抗就是从这欲望里跳出来——含有一种对于一己要求的固执，那是一切智者所该去掉的。愤怒是我们思想的屈服，却不是我们欲望的屈服；士多亚派所说的自由，那含有真的智慧，是在于我们欲望的屈服，不是我们思想的屈服。从我们欲望的屈服跳出"忍受"这个美德；从我们思想的自由跳出艺术和哲学的全部领土同美的虚幻境界，靠着它们我们最后一半降服了那不愿受我们支配的世界。但是美的虚幻境界只有不受桎梏的冥想，只有不给热烈欲望的重担压下的思想才能达到；所以"自由"只有那班不求人生给他们以那种时过境迁，随即消灭的个人幸福的人们才能得到。

我们有弃绝人世幸福的必要，这点固然可以证明恶的存

exceeding that of the Promethean philosophy of rebellion. It must be admitted that, of the things we desire, some, though they prove impossible, are yet real goods; others, however, as ardently longed for, do not form part of a fully purified ideal. The belief that what must be renounced is bad, though sometimes false, is far less often false than untamed passion supposes; and the creed of religion, by providing a reason for proving that it is never false, has been the means of purifying our hopes by the discovery of many austere truths.

But there is in resignation a further good element: even real goods, when they are unattainable, ought not to be fretfully desired. To every man comes, sooner or later, the great renunciation. For the young, there is nothing unattainable; a good thing desired with the whole force of a passionate will, and yet impossible, is to them not credible. Yet, by death, by illness, by poverty, or by the voice of duty, we must learn, each one of us, that the world was not made for us, and that, however beautiful may be the things we crave, Fate may nevertheless forbid them. It is the part of courage, when misfortune comes, to bear without repining the ruin of our hopes, to turn away our thoughts from vain regrets. This degree of submission to Power is not only just and right: it is the very gate of wisdom.

But passive renunciation is not the whole of wisdom; for not by renunciation alone can we build a temple for the worship of our own ideals. Haunting foreshadowings of the temple appear in the realm

在，但是基督教传布这个"弃绝"福音现出比普罗米修士的反叛哲学更聪明。我们得承认，我们所希冀的东西里面，有的，虽然得不到，的确是好的东西；但是其它一切，虽然也是同样热烈地希冀着，却不是造成完整纯粹的理想的分子。凡是该受弃绝的人世幸福都是坏的，这个信仰虽然有时错了，却远不如不羁的热情所以为的那么常错；基督教信条供给一个理由去证明这信仰是绝不会错的，因此发现出许多严肃的真理，是清涤我们希望的好工具。

"忍受"里面还有一个好处：就说是真正的好东西，当它们是得不到手时，也不该焦急地希冀着。对于个个人迟早总有一个大弃绝的时期。由年青人看起来，天下没有做不到的事情；一件好东西，我们以热烈意志的全力去希冀着，然而还是弄不到手，这件事是他们所不信的。然而，从死亡，从疾病，从贫穷，或者从责任的呼声，我们个个必定渐渐了解世界不是为我们而设的，不管我们所追求的东西是多么美丽，"命运"却会挡住它们不能实现。这是勇敢的一部分，当厄运来临，毫不怨恨地忍受我们希望的被毁，使我们的思想离开无望的追悔。这样程度的屈服于"力"不单是应当的，对的；而且是走进智慧的门。

但是消极的弃绝不是智慧的全部；因为专靠着弃绝，我们不能建起一个庙，来崇拜我们自己的理想。那个庙的幻影常常

of imagination, in music, in architecture, in the untroubled kingdom of reason, and in the golden sunset magic of lyrics, where beauty shines and glows, remote from the touch of sorrow, remote from the fear of change, remote from the failures and disenchantments of the world of fact. In the contemplation of these things the vision of heaven will shape itself in our hearts, giving at once a touchstone to judge the world about us, and an inspiration by which to fashion to our needs whatever is not incapable of serving as a stone in the sacred temple.

Except for those rare spirits that are born without sin, there is a cavern of darkness to be traversed before that temple can be entered. The gate of the cavern is despair, and its floor is paved with the gravestones of abandoned hopes. There Self must die; there the eagerness, the greed of untamed desire must be slain, for only so can the soul be freed from the empire of Fate. But out of the cavern the Gate of Renunciation leads again to the daylight of wisdom, by whose radiance a new insight, a new joy, a new tenderness, shine forth to gladden the pilgrim's heart.

When, without the bitterness of impotent rebellion, we have learnt both to resign ourselves to the outward rule of Fate and to recognize that the nonhuman world is unworthy of our worship, it becomes possible at last so to transform and refashion the unconscious universe, so to transmute it in the crucible of imagination,

预先显在想像的境界里,音乐里,建筑里,理智的恬静国度里,抒情诗的金黄色夕阳般的魔力里,在那里"美"发光照亮着,远离悲哀的范围,远离现实世界的失败和扫兴。当思索这一些东西时候,天堂的虚幻境界会涌现我们心理,给我们一块试金石去判别我们四围的现实世界,同时又给我们一个灵感,靠着它我们把一切可以成为这神圣庙宇里一块有用石头的东西化为能适合我们的需要。

除开几个生下无罪的罕有天才外,人们都得经过一个漆黑的洞,才能走进那庙宇。洞的门是失望,它的地面是铺着放弃的希望的墓石。在那里"自己"必得死去;在那里热望,凶猛欲望的贪心必得杀死,因为只有这样子一下我们的灵魂才能不受命运的统治。但是从这个洞出来,"弃绝的门"又引我们到智慧的皎日光辉里去,从它的灿烂发出一个新的睿智,一个新的欣欢,一个新的慈爱,使参诣圣地的人心里感到喜悦。

当我们,没有带着无能力的反抗的悲痛,学会了让我们自己受"命运"的外面管辖,同时又学会了认明那个无人道的世界是不值得受我们的崇拜,最后我们就能办到如是改变同改造那个无意识的宇宙,如是使它在想像这个坩锅里变形,

that a new image of shining gold replaces the old idol of clay. In all the multiform facts of the world—in the visual shapes of trees and mountains and clouds, in the events of the life of man, even in the very omnipotence of Death—the insight of creative idealism[1] can find the reflection of a beauty which its own thoughts first made. In this way mind asserts its subtle mastery over the thoughtless forces of Nature. The more evil the material with which it deals, the more thwarting to untrained desire, the greater is its achievement in inducing the reluctant rock to yield up[2] its hidden treasures, the prouder its victory in compelling the opposing forces to swell the pageant of its triumph[3]. Of all the arts, Tragedy[4] is the proudest, the most triumphant; for it builds its shining citadel in the very center of the enemy's country, on the very summit of his highest mountain; from its impregnable watch-towers, his camps and arsenals, his columns and forts, are all revealed; within its walls the free life continues, while the legions of Death and Pain and Despair, and all the servile captains of tyrant Fate, afford the burghers of that dauntless city new spectacles of beauty. Happy those sacred ramparts, thrice happy the dwellers on that all-seeing eminence. Honor to

---

  1 creative idealism: 创造的理想主义。有个积极的理想，才能有所创造。
  2 to yield up: to give up; to relinquish 交出。
  3 to swell the pageant of its triumph: 罗马时候打仗凯旋时把俘虏缚着一同游行。

以致一个耀目的黄金新神像代替了那泥土的旧偶像。在世界上种类万千的现实里——在树林云山的外形,在人生里一切的事情,甚至于在"死"的万能里——创造的理想主义的观察力都能看见反映出它自己思想起先所臆造的美。这样子精神现出它对于无思想的"自然力"加以微妙的管辖。它所对付的材料越坏,越是使没有训练的欲望生气,那么它的成功也越大,当它能引诱那不愿的岩石拿出里面的秘宝,它的胜利也是更可骄傲的,当它能迫敌人的实力来增加它庆祝战胜游行的热闹。一切艺术里面,"悲剧"是最骄傲的,最胜利的;因为它筑起它那光明的卫城在敌人国度的中心,在敌人最高山的峰顶;从它那坚不可破的望楼,敌人的蓬〔篷〕帐军器和阵势要塞都可以一览无遗;在它的城墙里面,自由的生活继续着,而"死亡""苦痛"同"失望"的军队,以及暴王"命运"底下听命的队长供给这大胆的卫城的市民以新的好看的东西。这些神圣的壁垒是

---

4 Tragedy:悲剧的意义是在于人们性格和外界环境的冲突,但是人们虽然失败了,精神上却绝不屈服。正像 W. E. Henley 所说的:

In the tell crutch of circumstance

I have not winced nor cried aloud.

Under the bludgeonings of chance

My head is bloody, but unbowed.

"在环境的残忍掌握之中,我从不退缩,从不痛呼。受了命运的鞭打,我的头是血淋,但是我不低头。"

those brave warriors who, through countless ages of warfare, have preserved for us the priceless heritage of liberty, and have kept undefiled by sacrilegious invaders the home of the unsubdued.

But the beauty of Tragedy does but make visible a quality which, in more or less obvious shapes, is present always and everywhere in life. In the spectacle of Death, in the endurance of intolerable pain, and in the irrevocableness of a vanished past, there is a sacredness, an overpowering awe, a feeling of the vastness, the depth, the inexhaustible mystery of existence, in which, as by some strange marriage of pain, the sufferer is bound to the world by bonds of sorrow. In these moments of insight, we lose all eagerness of temporary desire, all struggling and striving for petty ends, all care for the little trivial things that, to a superficial view, make up[1] the common life of day by day[2]; we see, surrounding the narrow raft illumined by the flickering light of human comradeship, the dark ocean on whose rolling waves we toss for a brief hour; from the great night without, a chill blast breaks in upon our refuge; all the loneliness of humanity amid hostile forces is concentrated upon the individual soul, which must struggle alone, with what of courage it can command, against

---

1 to make up: to form the components of; constitute 组成，构成。
2 day by day: on successive days 日日；连日。

多么快乐呀，住在这俯览一切的高山上的人们是三倍地快乐。让我们钦仰那勇敢的战士，他们经过数不尽的年代的战争，保留下给我们自由这个无价之宝，坚守着不屈服者的老家，使不受渎圣的侵入者的玷污。

但是"悲剧"的美不过使我们看到一种在日常生活里无时不有，无处不有的多少分明地现出来的特质。看到"死"，忍受着难忍的苦痛，想到消失了的过去是不可再得的，当这些时候，我们有一种神圣之感，一种令人失神的凛然，感到生命的旷大深沉同含有无穷的神秘，在这些感觉里，仿佛跟苦痛缔有奇怪的婚约，受苦的人因为悲哀而反不愿离开世界。在这个顿悟的时候，我们失掉了俗世欲望的热情，一切小利益的夺取和追求，把肤浅观察时所认为日常生活的要素的那些零星小事全不置在念中了；我们看见给人群友谊这个闪烁的光辉照着的窄筏是飘流在黑暗的海上，我们就是在那滚滚的浪上颠簸一会儿；从外面伟大的夜里，有一阵冷风吹到我们躲避的地方；人类在对敌的力量里所觉得的一切寂寞之感都集于个人灵魂上，它得独自奋斗，拿它所能鼓起的全部勇气，去对抗那对于它的希望同恐

the whole weight of a universe that cares nothing for its hopes and fears. Victory, in this struggle with the powers of darkness, is the true baptism into the glorious company of heroes, the true initiation into the overmastering beauty of human existence. From that awful encounter of the soul with the outer world, renunciation, wisdom, and charity are born; and with their birth a new life begins. To take into the inmost shrine of the soul the irresistible forces whose puppets we seem to be—Death and change, the irrevocableness of the past, and the powerlessness of man before the blind hurry of the universe from vanity to vanity—to feel these things and know them is to conquer them.[1]

This is the reason why the Past has such magical power. The beauty of its motionless and silent pictures is like the enchanted purity of late autumn, when the leaves, though one breath would make them fall, still glow against the sky in golden glory. The Past does not change or strive; like Duncan[2], after life's fitful fever is sleeps well; what was eager and grasping, what was petty and transitory, has faded away, the things that were beautiful and eternal shine out of it like stars in the night. Its beauty, to a soul not worthy of it, is unendurable; but to a soul which has conquered Fate it is

---

1 知道了外力的凶猛，体验出它们的铁面无情，我们心里反达到沉静的境界，在精神上可说把外力打倒了。

惧绝不关心的一个宇宙的全部力量。在这个跟黑暗的势力肉搏里所得来的胜利是加入英雄这班光荣的人们的真正洗礼,真可说是走进人生里优越的美了。从灵魂和外面世界这个可怕的冲突就生出弃绝,智慧,同慈悲;一种新生命就随它们的产生而开始了。把我们所不能抵抗的,好像拿我们当傀儡玩的那些外力——死,变迁,过去的不可复得,人们的无能为力,当看见宇宙从虚空赶到虚空的瞎眼般的匆匆——拿到我们灵魂的神圣深处,去感觉这些外力,去了解它们就可以把它们征服了。

这也是"过去"所以具有这么大的魔力。它那悄然不动的画图是美得像深秋神秘的晴明,当叶子,虽然一丝气息就可以把它们吹落,还是黄金般光荣地映着天空发光的时候。"过去"并不变更,也不再用劲了;同但肯一样,在生命的起伏不定的狂热之后,它好好地睡着了;凡是热衷的,贪婪的情调,凡是细微的,暂时的事情都已消失得无影无踪的;美丽的,可以永生的东西却从里面发出光明,像夜里的明星。它的美丽,对于一个不值得享受它的灵魂,是不能忍受的;但是对于一个战胜

---

2 Duncan:见莎翁的悲剧 *Macbeth* 里。Macbeth 弑了 Duncan,心里有许多的烦忧,觉得自己还不如这位已死的皇帝,于是说道:

Duncan is in his grave;

After life's fitful fever he sleeps well.

the key of religion.

The life of Man, viewed outwardly, is but a small thing in comparison with the forces of Nature. The slave is doomed to worship Time and Fate and Death, because they are greater than anything he finds in himself, and because all his thoughts are of things which they devour. But, great as they are, to think of them greatly, to feel their passionless splendor, is greater still. And such thought makes us free men; we no longer bow before the inevitable in Oriental subjection[1], but we absorb it, and make it a part of ourselves. To abandon the struggle for private happiness, to expel all eagerness of temporary desire, to burn with passion for eternal things —this is emancipation, and this is the free man's worship. And this liberation is effected by a contemplation of Fate; for Fate itself is subdued by the mind which leaves nothing to be purged by the purifying fire of Time.

United with his fellow-men by the strongest of all ties, the tie of a common doom, the free man finds that a new vision is with him always, shedding over every daily task the light of love. The life of Man is a long march through the night, surrounded by invisible foes, tortured by weariness and pain, towards a goal that few can hope to reach, and where none many tarry long. One by one, as they march,

---

1 Oriental subjection：指东方人把人拿去祭神等等这类的媚神举动。

了"命运"的灵魂，是走进宗教的钥匙。

"人"的生命，从外面看起来，跟"自然力"一比较不过是个很小的东西。这个奴才是命定了要去崇拜"时间""命运"同"死神"，因为它们是比他心里一切的想头伟大，因为他所想的东西都要受它们的吞并。虽然它们是这么伟大，但是伟大地去把它们拿来做冥想之资，去感到它们冷然无情的光荣，是比它们更伟大。这种想法使我们变做自由人了；我们不再向这些不可避免的事实鞠躬，像东方信徒那样服从，我们却是把它吸收进来，使它化为我们的一部分了。放弃了私人幸福的竞争，革掉了关于暂时欲望的一切热衷，而对于有永久意义的东西却情感热烈地希望着——这是解放，这是自由人的信仰。这个解放是从对于"命运"的默想得来；因为"命运"也被那心里没有什么东西是"时间"的火可以烧个干净的人征服了。

靠着最有力的关系，共同命运的关系，跟人类联结在一起，自由人因此觉得一个新的理想幻境老是在他身边，散下爱的光于日常的工作上。"人"的生活是一个悠长的前进，经过黑夜，四围是看不见的敌人，受疲倦同苦痛的磨折，向一个目的地，那是很少人有走到的希望，而且谁也不能够滞得好久。当他们

our comrades vanish from our sight, seized by the silent orders of omnipotent Death. Very brief is the time in which we can help them, in which their happiness or misery is decided. Be it ours to shed sunshine on their path, to lighten their sorrows by the balm of sympathy, to give them the pure joy of a never-tiring affection, to strengthen failing courage, to instill faith in hours of despair. Let us not weigh in grudging scales their merits and demerits, but let us think only of their need—of the sorrows, the difficulties, perhaps the blindnesses, that make the misery of their lives; let us remember that they are fellow-sufferers in the same darkness, actors in the same tragedy with ourselves. And so, when their day is over[1], when their good and their evil have become eternal by the immortality of the past, be it ours to feel that, where they suffered, where they failed, no deed of ours was the cause; but wherever a spark of the divine fire kindled in their hearts, we were ready with encouragement, with sympathy, with brave words in which high courage glowed.

Brief and powerless is Man's life; on him and all his race the slow, sure doom falls pitiless and dark. Blind to good and evil, reckless of destruction, omnipotent matter rolls on its relentless way; for Man, condemned to-day to lose his dearest, to-morrow himself to pass through the gate of darkness, it remains only to cherish, ere yet

---

1 one's day is over: one's life has come to an end 他死了。

前进时,我们的伙伴一一看不见了,被万能的"死"的默默命令所抓去了。我们能够帮助他们的时间是很短的,他们幸福或者苦楚所系的时间也是很短的。让我们干这几件事情罢:散下阳光到他们的路上,用同情这付止痛剂去减轻他们的悲哀,拿一个得到永不疲倦的感情时所觉得的纯粹欣欢给他们,使将馁的勇气重鼓起来,当他们失望时候贯注以信仰。让我们不要用吝惜的天秤去量他们的好处和坏处,却让我们只想到他们的需要罢——想到造成他们生活的痛苦的那些悲哀,那些困难,也许那些盲目;让我们记住他们跟我们是同一个黑暗里挨苦痛的伴侣,是同一个悲剧里的脚色。所以,当他们的寿命终止了,当他们干的好事和他们干的坏事因为过去是永劫不灭的也变成永生了,那时让我们感到他们从前受苦,他们从前失败,并不因为我们干了什么;但是从前每回神圣的火花燃在他们心里的时候,我们总是具有鼓励,同情和里面有大勇发光着的壮语。

"人"的生命是短促的,无能力的;慢慢来临的,一定会到的末日是残酷地,黑暗地压到他和他同类的身上。万能的物质,对于善恶是盲目的,也不愿灭亡,向它残忍的道路望〔往〕前滚转去;至于那命定了今天失掉他最亲爱的人,明天自己走过那黑暗之门的"人",只好在打击落到头上之前,怀着使他短促

the blow falls, the lofty thoughts that ennoble his little day; disdaining the coward terrors of the slave of Fate, to worship at the shrine that his own hands have built; undismayed by the empire[1] of chance, to preserve a mind free from the wanton tyranny that rules his outward life; proudly defiant of the irresistible forces that tolerate, for a moment, his knowledge and his condemnation, to sustain alone, a weary but unyielding Atlas[2], the world that his own ideals have fashioned despite the trampling march of unconscious power.

---

1 empire: absolute control 绝对的管束。
2 Atlas: 他是一个天神，我们这个宇宙是负在他肩膀上。

时日生辉的高尚理想；蔑视"命运"奴才的懦汉般的恐惧，而向他亲手做出的神龛顶礼；不怕机会的管辖，而保存个不受束缚他外生活的那个浪狂专制的统治的灵魂；骄傲地公然反抗那暂时容忍他具有他的知识同他的责骂的那些不可抵抗的大力，而做一个疲倦的，却不屈服的亚特拉斯，独自背起他自己的理想，不管无意识的力的践踏前进，所创造出的世界。

Machines and the Emotions

Will machines destroy emotions, or will emotions destroy machines? This question was suggested long ago by Samuel Butler[1] in *Erewhon*,[2] but it is growing more and more actual as the empire of machinery is enlarged.

At first sight[3], it is not obvious why there should be any opposition between machines and emotions. Every normal boy loves machines; the bigger and more powerful they are, the more he loves

---

1 Butler: Samuel Butler (1835—1902), 他是十九世纪的一个怪人。用极明澈深刻的笔对于当时思想加以讥讽；他在生物学方面也有奇怪的见解。他的日记 (*Note-books*) 含有许多巧妙的话，也是一部罕见的奇书。他著有许多书，都是自己印行的，没有一书不赔本，由此可见当时人的不了解他。然而，他死后，人们都大恭维他（恐怕也是一知半解的），书店靠他大赚起钱了。

机器与情感

机器会毁灭情感呢,还是情感会毁灭机器呢?这个问题撒母耳·蒲脱勒早已在"虚无乡"里提过了,但是当机器的势力范围扩大了,这问题也变得一天一天更实在的了。

起初看起来,这是不大分明的,为什么机器同情感之间会有什么冲突呢。个个寻常孩子都爱机器;机器越大同越有力,他也爱得越厉害。在艺术上有长久的良好传统的国家,

---

2 *Erewhon*:这是 Butler 的杰作。他用 Swift 的 *Gulliver's Travels* 的体裁,借一个莫须有之乡来调侃当时人们的见解,书里第十三,十四,十五三章"The Book of the Machines"预言将来机器会变成人,反把人们管束住了。Erewhon 这个字就是 nowhere(没有这个地方)倒过来。

3 at first sight:on the first seeing 初见。

them. Nations which have a long tradition of artisitc excellence, like the Japanese, are captivated by Western mechanical methods as soon as they come across[1] them, and long[2] only to imitate us as quickly as possible. Nothing annoys an educated and traveled Asiatic so much as to hear praise of "the wisdom of the East" or the traditional virtues of Asiatic civilization. He feels as a boy would feel who was told to play with dolls instead of toy automobiles. And like a boy, he would prefer a real automobile to a toy one, not realizing that it may run over[3] him.

In the West, when machinery was new, there was the same delight in it, except on the part of a few poets and aesthetes. The nineteenth century considered itself superior to its predecessors chiefly because of its mechanical progress. Peacock[4], in its early years, makes fun of the "steam intellect society", because he is a literary man, to whom the Greek and Latin authors represent civilization; but he is conscious of being out of touch[5] with the prevailing tendencies of his time. Rousseau's[6] disciples with the return to Nature,

---

1 to come across: to meet with 碰到。
2 to long: to yearn or wish vehemently 渴望。
3 to run over: to pass over 从（人身上）驶过去。

比如日本，一碰到西方的机械方法，就迷醉了，一心只想尽力赶快学我们西方人。一个受过教育的，旅行着的亚洲人最觉得烦闷的是听到赞美"东方的智慧"或者亚洲文化里的传统道德。他所感觉的正好像一个小孩子所感觉的，当人们叫他玩人形玩物，不让他玩假汽车。像个小孩，他会爱真汽车过于假汽车，没有明了真汽车会压伤他。

在西方，当机器新发明的时候，也有同样的高兴，除开几个少数的诗人同唯美主义者。十九世纪人们自己觉得比从前的人们高明，主要的原因是在于他们机器的进步。裴各克在十九世纪初年把"蒸气文明的社会"拿来开玩笑，那是因为他是个文人，由他看起来希腊拉丁的作家可以代表文化；但是他也觉得和当时流行的趋势隔膜。卢骚的弟子和他们的返于自然主义，

---

4 Peacock：Thomas Love Peacock（1785—1866），英国小说家，善作含有讽刺的对话，后来Thackeray等讽刺家都受他的影响。

5 out of touch：out of contact没有接触。

6 Rousseau：Jean Jacques Rousseau（1712—1778），《民约论》《忏悔录》的著者，他以为人们本来是自然同化，熙熙攘攘的，有了社会，有了技巧，人们就自己做出许多的不幸了。所以他主张我们应当返于自然。

the Lake Poets[1] with their medievalism, William Morris[2] with his *News from Nowhere* (a country where it is always June and everybody is engaged in haymaking),[3] all represent a purely sentimental and essentially reactionary opposition to machinery. Samuel Butler was the first man to apprehend intellectually the non-sentimental case against machines, but in him it may have been no more than a jeu désprit[4]—certainly it was not a deeply held conviction. Since his day numbers of people in the most mechanized nations have been tending to adopt in earnest[5] a view similar to that of the Erewhonians[6]; this view, that is to say, has been latent or explicit in the attitude of many rebels against existing industrial methods.

Machines are worshiped because they are beautiful, and valued because they confer power; they are hated because they are hideous, and loathed because they impose slavery. Do not let us suppose that one of these attitudes is "right" and the other "wrong", any more than it would be right to maintain that men have heads but wrong to maintain that they have feet, though we can easily imagine Lillipu-

---

1 the Lake Poets: 指英国浪漫派诗人 William Wordsworth (1770—1850), Samuel Taylor Coleridge (1772—1834) 等，他们住在 Grasmere 湖旁，所以称为湖畔诗人。他们歌咏一般人的简朴生活，从一花一草而另有会心，因而窥见自然的神秘意义。他们都是投到自然怀中吮乳的婴儿，当然反对那桎梏人性的器械了。

"湖畔诗人"和他们的中古主义，威廉·谟里思和他的《虚无乡消息》（那是个无日不是夏天，个个人都正在刈草蘖的一个地方），这些不过代表那纯粹是感情用事的，实质上是出于反动的排斥机器。撒木耳·蒲脱勒是第一个人从理智上去了解的，毫无情感参〔掺〕杂在内的反对机器，但是在他们那方面这也许不过是一句漂亮话而已——绝不是坚执着的信仰。从他那时候起，许多在最机械化的国度里的人们倾向于严重地采取像虚无乡里面人们所怀的意见；那就是说，许多当代工业方法的叛徒的态度里隐含有，或者明白地具有，这种意见。

机器受人们崇拜，因为它们是美丽的，受人们贵重，因为它们给人们以权力；它们被人们忌恨，因为它们是丑恶的，被人们嫌厌，因为它们迫人们当奴隶。我们不要以为这两个态度里有一个是"对的"，有一个是"错的"，正好像我们不该以为主张人们有头的人是对的，主张人们有脚的人是错的，虽然我们能够很容易想像小人国里面的人们关于嘉力

---

2 William Morris（1834—1896）：英国维多利亚时代诗人，画家，理想主义者。在 *News from Nowhere* 他描绘他所理想的社会。
3 Morris 喜欢谈人们在自然里工作的快乐，罗素所以说这句开玩笑的话。
4 jeu d'esprit：witty trifle 奇特的戏语。
5 in earnest：seriously 严重地。
6 Erewhonians：the people of Erewhon 虚无乡住民。

tians[1] disputing this question concerning Gulliver. A machine is like a Djinn[2] in the *Arabian Nights*: beautiful and beneficent to its master, but hideous and terrible to his enemies. But in our day nothing is allowed to show itself with such naked simplicity. The master of the machine, it is true, lives at a distance from it, where he cannot hear its noise or see its unsightly heaps of slag or smell its noxious fumes; if he ever sees it, the occasion is before it is installed in use, when he can admire its force or its delicate precision without being troubled by dust and heat. But when he is challenged to consider the machine from the point of view of those who have to[3] live with it and work it, he has a ready answer. He can point out that, owing to its operations, these men can purchase more goods—often vastly more—than their great-grandfathers could. It follows that they must be happier than their great-grandfathers—if we are to accept an assumption which is made by almost every one.

The assumption is, that the possession of material commodities is what makes men happy. It is thought that a man who has two rooms and two beds and two loaves must be twice as happy as a man

---

1 Lilliputians: Swift 所著的 *Gulliver's Travels* 里面说 Gulliver 漂泊到小人国 (Lilliput), 他们莫名其妙, 以为他是个怪物。

2 Djinn: 也有写作 jinn, 是 jinni 的复数, 他们能够随便化成人形或禽兽之形。

3 to have to: to be obliged to 不得不。

维作这样的讨论。一架机器是像《天方夜谭》里的一个妖怪；对于它的主人是美丽的，仁爱的，对于主人的敌人却是丑恶的，可怕的。但是我们这个时代不让什么东西这样赤条条地，简单地曝露出来。机器的主人，不错，住在跟机器相离很远的地方，那里他听不到它噪杂的声音，看不见它那一堆一堆难看的铁渣，也闻不着它有毒的煤烟；若使他看见那机器，那一定是在它安排好可以用之前，那时他尽可以赞美它的力量或者它的精确，而没有受尘埃热气的骚扰。但是若使我们迫他从天天得跟机器在一起，使用那机器的人们的观察点去看机器，他们有一句预备好了的答话。他能够指出，因为有机器活动着，这些人能够买更多的东西——常是多得非常多——比起他们的曾祖父。所以他们一定是比他们的曾祖父更快乐——若使我们接受一个差不多大家都承认的假设。

那假设是，货物的占有是使人快乐的主要条件。这假设认为一个有两间房子，两架床铺，两块面包的人一定比一个有一间房子，一架床铺，一块面包的人加一倍快乐。总之，认为幸

who has one room and one bed and one loaf. In a word[1], it is thought that happiness is proportional to income. A few people, not always quite sincerely, challenge this idea in the name of[2] religion or morality; but they are glad if they increase their income by the eloquence of their preaching. It is not from a moral or religious point of view that I wish to challenge it; it is from the point of view of psychology and observation of life. If happiness is proportional to income, the case for machinery is unanswerable; if not, the whole question remains to be examined.

Men have physical needs, and they have emotions. While physical needs are unsatisfied, they take first place; but when they are satisfied, emotions unconnected with them become important in deciding whether a man is to be happy or unhappy. In modern industrial communities there are many men, women, and children whose bare physical needs are not adequately supplied; as regards them, I do not deny that the first requisite for happiness is an increase of income. But they are a minority, and it would not be difficult to give the bare necessaries of life to all of them. It is not of them that I wish to speak, but of those who have more than is necessary to support existence—not only those who have much more, but also those who have only a little more.

---

1 in a word: briefly 总之。
2 in the name of: denoting the use of another's name to give authority to one's act 用某人的名义。

福跟收入为正比例的。有些人，不一定都是十分诚恳的，用宗教或者道德的名义来攻击这个观念；但是他们也会高兴，若使靠着他们说教辞令的巧妙，他们能够增加收入。我不是想从道德的或者宗教的立脚点去攻击它，却是从心理学上和人生的观察上。若使快乐是跟收入为正比例，那么机器的好处早无法辩驳的；假使不然，那么整个问题还得检查一下。

人们有物质上的需要，但是人们也有情感。当物质上的需要尚未满足时，它们居最重要的地位，但是当它们满足了，和他们不相干的情感变成重要了，关于决定一个人是快乐或者不快乐。在近代工业社会里有许多男人，女人同小孩子，他们仅仅物质上的需要还没有合式地供给好；关于它们，我并不否认快乐的第一要素是收入的增加。但是他们是居于少数的，那并不难，单使他们都得到人生的必需品。我们想说的不是他们，却是那班维持生活尚有余的人们——不单是很有富余的，就是那班稍有些富余的也包括在内。

Why do we, in fact[1], almost all of us, desire to increase our incomes? It may seem, at first sight, as though material goods were what we desire. But, in fact, we desire these mainly in order to impress our neighbors. When a man moves into a larger house in a more genteel quarter, he reflects that "better" people will call on his wife, and some unprosperous cronies of former days can be dropped. When he sends his son to a good school or an expensive university, he consoles himself for the heavy fees by thoughts of the social kudos[2] to be gained. In every big city, whether of Europe or of America, houses in some districts are more expensive than equally good houses in other districts, merely because they are more fashionable. One of the most powerful of all our passions is the desire to be admired and respected. As things stand, admiration and respect are given to the man who seems to be rich. This is the chief reason why people wish to be rich. The actual goods purchased by their money play quite a secondary part. Take, for example, a millionaire who cannot tell[3] one picture from another, but has acquired a gallery of old masters by the help of experts. The only pleasure he derives from his pictures is the thought that others know how much they have cost; he would derive more direct enjoyment from sentimental

---

1 in fact: really 其实。
2 kudos: glory 光荣。
3 to tell: to ascertain by observing; to recognize 鉴别。

我们个个人真的为什么都想增加我们的收入呢？起先看去，好像物质上的东西是我们希冀的。但是其实我们希冀得这些东西，无非因为可以耸动我们的邻人。当一个人搬到一个更上等的区域里一所更大的屋子去住，他心里想"更高明"的人们会来访问他的妻子了，从前几个不长进的朋友可以不来往了。当他送他的儿子到一个好学堂或者一个费用很大的大学，他看到这重的负担，就拿可以得到更好的社会地位这个想头来安慰他自己。在每个大城里，无论是欧洲或者是美国，有些区域里的屋子是比别的区域里同样好的屋子贵些，只因为它们是更时髦的。我们一切情感里最有力的一个是希望得到人们的赞美和尊敬。照现在的情形，赞美和尊敬是给那班好像有钱的人。这是人们所以希望有钱的主要原因。他们的钱买来的真正物品却完全居于次要的地位。比如说一个不能鉴别这一张画和那一张画，却靠着专家的帮助收集了一室古画家的名画的百万富翁。他从他的画所得到惟一的快乐是想起别人知道这些画费了他多少钱；

chromos[1] out of Christmas numbers, but he would not obtain the same satisfaction for his vanity.

All this might be different, and has been different in many societies. In aristocratic epochs, men have been admired for their birth. In some circles in Paris, men are admired for their artistic or literary excellence, strange as it may seem. In a German university, a man may actually be admired for his learning. In India saints are admired; in China, sages. The study of these differing societies shows the correctness of our analysis, for in all of them we find a large percentage of men who are indifferent to money so long as they have enough to keep alive on, but are keenly desirous of the merits by which, in their environment, respect is to be won.

The importance of these facts lies in this, that the modern desire for wealth is not inherent in human nature, and could be destroyed by different social institutions. If, by law, we all had exactly the same income, we should have to seek some other way of being superior to our neighbors, and most of our present craving for material possessions would cease. Moreover, since this craving is in the nature of a competition, it only brings happiness when we outdistance a rival, to whom it brings correlative pain. A general increase

---

1 chromo: picture lithographed on colours 五彩石印图。

他从报纸圣诞特刊的牵情的五彩插画会得更多直接的快乐，但是他的虚荣心得不到同样的满足。

这些情形可以有别个样子，在许多社会里的确具个别种样子。在贵族时代，人们因为他们的门第高贵而受人赞美。在巴黎有些社会里，人们的确因善于艺术或文学而受人赞美，虽然这件事好像是奇怪的。在一个德国大学里，一个人真会因为有学问而受人赞美。在印度，圣人受人们赞美；在中国，贤哲受人们赞美。研究一下这几个不同的社会就可以指出我们分析的精确，因为在这一切社会里我们看到一大部人当他们有足够维持生活的钱时候，对于金钱是冷淡的，但是很急于得到在他们环境里人们尊敬之所由生的那些优点。

这些事实的重要意义是在于这点：近代人对于金钱的热烈欲望不是人性里本有的，可以用别种的社会制度来去掉它。若使照着法律，我们大家有刚刚是同样的收入，我们会去找别个路子来显出我们比我们邻居们高明，我们现在物质的占有的切望大半会消失了。而且，这种切望既然含有竞争的性质，只有当我们胜过一个敌手时候，这个切望才能给我们以快乐，但是

of wealth gives no competitive advantage, and therefore brings no competitive happiness. There is, of course, some pleasure derived from the actual enjoyment of goods purchased, but, as we have seen, this is a very small part of what makes us desire wealth. And in so far as our desire is competitive, no increase of human happiness as a whole[1] comes from increase of wealth, whether general or particular.

If we are to argue that machinery increases happiness, therefore, the increase of material prosperity which it brings cannot weigh very heavily in its favor[2], except in so far as it may be used to prevent absolute destitution. But there is no inherent reason why it should be so used. Destitution can be prevented without machinery where the population is stationary; of this France may serve as an example, since there is very little destitution and much less machinery than in America, England, or pre-war Germany. Conversely, there may be much destitution where there is much machinery; of this we have examples in the industrial areas of England a hundred years ago and of Japan at the present day. The prevention of destitution does not depend upon machines, but upon quite other factors—partly density of population, and partly political conditions. And apart from prevention of destitution, the value of increasing wealth is not very great.

---

1 as a whole: 总而言之。
2 in one's favor: in one's behalf 倾于某一方面; 为某一方面的利益。

对于我们的敌手却有相当的苦痛。普遍的财富的增加并不能给谁以竞争上的利益,所以不能添了竞争的快乐。当然,从我们买的东西的实在享受上我们也可以得到一些快乐,但是,像我们上面说的,这是居于使我们希冀财富的原因的小部分。我们的希望既然是在于跟人们竞争,人类全部的快乐不会因财富之增加而增加,无论是个人的或是普遍的财富的增加。

若使我们想证明机器增加人类的快乐,那么它所引起的物质繁昌的增加不能是个很大的理由,除非是它用于阻止贫穷。但是机器里面没有具有什么条件,使人们非这样用它不可。人口常有一定数目的地方,不用机器也可以预防贫穷;关于这点,法国可以做一个例子;因为那里没有什么贫穷,机器也比美国,英国同大战前的德国少得多。反过来讲,机器很多的地方可以有许多贫穷,关于这点,百年前英国的工业区和现在的日本可以做例子。贫穷的预防并不靠着机器,却靠着完全不同的分子——一半是人口的密度,一半是政治情形。把预防贫穷这个用处除开,财富的增加并没有什么大价值。

Meanwhile, machines deprive us of two things which are certainly important ingredients of human happiness, namely, spontaneity and variety. Machines have their own pace, and their own insistent demands: a man who has an expensive plant must keep it working. The great trouble with the machine, from the point of view of the emotions, is it's regularity. And, of course, conversely, the great objection to the emotions, from the point of view of the machine, is their irregularity. As the machine dominates the thoughts of people who consider themselves "serious", the highest praise they can give to a man is to suggest that he has the qualities of a machine—that he is reliable, punctual, exact, etc. And an "irregular" life has come to be synonymous with a bad life. Against this point of view Bergson's[1] philosophy was a protest—not, to my mind, wholly sound from an intellectual point of view, but inspired by a wholesome dread of seeing men turned more and more into machines.

In life, as opposed to thought, the rebellion of our instincts against enslavement to mechanism has hitherto taken a most unfortunate direction. The impulse to war has always existed since men took to[2] living in societies, but it did not, in the past, have the same intensity or virulence as it has in our day. In the eighteenth century,

---

1 Bergson: Henri Bergson (1859—), 法国哲学家, 主张创化论 (creative evolution), 赞美本能, 以为比理性微妙得多, 最反对机械文明。

2 to take to: to conceive liking for; to adopt oneself to 喜欢; 惯于。

现在，机器却剥夺我们两件东西，那的确是人们快乐的主要成分，就是，自然和变化。机器有它们自己一定的步态，同它们自己固执的要求：一个栽了花钱的树木的人总得好好地培养它。从感情的立脚点看去，机器的最大毛病是它的"有规则"。自然，反过来讲，从机器的立脚点看去，感情的最大毛病是它们的"不规则"。机器既然支配了自认为"严肃"的人们的思想，他们所能给人的最大赞美是说他具有机器的好性质——说他是可靠的，准时的，精确的，以及其它的话。所谓"不规则"的生活就变成和坏的生活有同样的意义了。柏格森的哲学是对于这种见解的一个抗议——据我看来，这抗议在理智方面虽然是不正确的，却是一个健全的情绪所激起的，那是怕人们渐渐变成机器了。

在生活方面，刚同思想方面相反，我们本能的反抗机器的奴使一向是取一个不幸的方向。自从人们喜欢聚在一起过活，战斗的冲动老是存在人们心里，但是在过去时代它没有像现在这么热烈，这么凶猛。十八世纪里，英法有数不尽的

England and France had innumerable wars, and contended for the hegemony of the world; but they liked and respected each other the whole time. Officer prisoners joined in the social life of their captors, and were honored guests at their dinner-parties. At the beginning of our war with Holland in 1665, a man came home from Africa with atrocity stories about the Dutch there; we (the British) persuaded ourselves that his story was false, punished him, and published the Dutch denial. In the late war we should have knighted him, and imprisoned any one who threw doubt on his veracity. The greater ferocity of modern war is attributable to machines, which operate in three different ways. First, they make it possible to have larger armies. Secondly, they facilitate a cheap Press, which flourishes by appealing to men's baser passions. Thirdly—and this is the point that concerns us—they starve the anarchic, spontaneous side of human nature, which works underground, producing an obscure discontent, to which the thought of war appeals as affording possible relief. It is a mistake to attribute a vast upheaval like the late war merely to the machinations of politicians. In Russia, perhaps, such an explanation would have been adequate; that is one reason why Russia fought half-heartedly[1], and made a revolution to secure peace. But in England, Germany, and the United States (in 1917), no Government

---

1 half-hearted: lacking courage or zeal 不勇敢；不热心。

战争，竞欲执世界的牛耳；但是他们总是互相爱慕，互相尊敬。被俘的军官参加捕拿者的社交生活，当他们宴会时视为上宾。一六六五年我们同荷兰开始打仗时候，一个人从非洲回来，说出荷兰人在那里的残忍行为；我们（大英臣民）自己认为他的故事是假的，责罚他，用荷兰文宣布否认他的话。在最近这次大战时候，我们一定会封他为爵士，把一切怀疑他这话的真实的人都监禁起来。近代战争的凶暴胜于从前是可以归咎于机器，那在三方面发生效力：第一下，机器使我们能够组织比从前规模更大的军队。第二下，机器使我们可以有一个便宜的印刷机关，那又是靠着诉于人类卑劣的情感而发达的。第三下——这是我们现在所留意的一点——机器使人性里胡闹的，自由的那一方面心情发生饥荒，这种性情就暗地偷偷活动，产生一个模糊的不满，就认为战争也许可以解除这个不满。把像最近大战这么大的波澜归委于几个政客的阴谋，这的确是个错误。也许在俄国，这么一个解释是适当的；这也是俄国所以不大热心地打仗，革命起来去得到一个和平，但是在英国，德国同（一九一七年时候的）美国，没有一个政府能挡住大众的要

could have withstood the popular demand for war. A popular demand of this sort must have an instinctive basis, and for my part I believe that the modern increase in warlike instinct is attributable to the dissatisfaction (mostly unconscious) caused by the regularity, monotony, and tameness of modern life.

It is obvious that we cannot deal with[1] this situation by abolishing machinery. Such a measure would be reactionary, and is in any case impracticable. The only way of avoiding the evils at present associated with machinery is to provide breaks in the monotony, with every encouragement to high adventure during the intervals. Many men would cease to desire war if they had opportunities to risk their lives in Alpine climbing; one of the ablest and most vigorous workers for peace that it has been my good fortune to know habitually spent his summer climbing the most dangerous peaks in the Alps. If every working man had a month in the year during which, if he chose, he could be taught to work an aeroplane, or encouraged to hunt for sapphires in the Sahara, or otherwise enabled to engage in some dangerous and exciting pursuit involving quick personal initiative, the popular love of war would become confined to women and invalids. I confess I know no method of making these classes pacific, but I am convinced that a scientific psychology

---

1 to deal with: to contend with 争竞；对付。

打仗。这么一种的大众要求必定有个本能的基础；据我看起来，近代好斗争本能的增强是要归因于近代生活的有规则，单调和乏味所引起的不满（多半是不自觉的）。

这是显明的，我们不能用毁灭机器这办法来对付这个局面。这么一个办法是出于反动的，无论如何是做不到的，避免此刻跟机器连一起的罪恶的惟一办法是去打破那单调，尽力鼓舞人们在单调生活的余暇去干伟大的冒险。许多人会不再希望战争了，若使他们有机会去爬亚尔卑斯山，拿生命去冒险；我有幸而认识的一个最能干的，最有精力的促进和平的人素来是拿爬亚尔卑斯山最危险的高峰来消夏。若使个个工人每年里有一个月，在那个月里我们可以教他怎样驾驶飞机，或者鼓舞他到沙哈拉沙漠去找青玉，或者助他去干些危险的，惊心动魄的，含有个人的迅速的进取精神的事情，大众好战的心理会只限于女人同疾病连绵的人。我承认我想不出什么法子可以使两类人倾于和平，但是我相信科学的心理

would find a method if it undertook the task in earnest.

Machines have altered our way of life, but not our instincts. Consequently there is maladjustment. The whole psychology of the emotions and instincts is as yet in its infancy; a beginning has been made by psycho-analysis, but only a beginning. What we may accept from psycho-analysis is the fact that people will, in action, pursue various ends which they do not consciously desire, and will have an attendant set of quite irrational beliefs which enable them to pursue these ends without knowing that they are doing so.[1] But orthodox psycho-analysis has unduly simplified our unconscious purposes,[2] which are numerous, and differ from one person to another. It is to be hoped that social and political phenomena will soon come to be understood from this point of view, and will thus throw light on average human nature.

Moral self-control, and external prohibition of harmful acts, are not adequate methods of dealing with our anarchic instincts. The reason they are inadequate is that these instincts are capable of as many disguises as the Devil in medieval legend, and some of these disguises deceive even the elect. The only adequate method is to discover what are the needs of our instinctive nature, and then to

---

1 因为是出于本能的,所以这些信仰是无理的,却顶会捣乱。

2 心理分析家把我无意识的目的都认为是出于性的苦闷,的确未免太把问题看简单了。

学会找出一个法子，若它认真地工作。

机器改变了我们生活的方式，但是并没有改变我们的本能。所以就有不善的安排。感情和本能的心理学还是完全在幼稚时期；心理分析已经替它弄出个开头了，但是只是一个开头。心理分析说的话我们所可以承认的是人们在行动方面会去追求他们并未"意识地"希冀过的各种目的，跟着有一套十分无理的信仰，那帮助他们去追求这许多目的，而他们自己却不知道他们是干这些事。但是正宗的心理分析太把我们无意识的目的简单化了，其实这种目的是很多的，而且人人不同。我们可以希望将来可以从这个立脚点去了解社会上同政治上的现象，那么这些现象可以照出普通人们的天性。

道德的自制力和关于有害的行动加以外力的禁止不是对付我们胡闹本能的适当办法。它们所以不适当是因为这些本能能够像中世纪传说里的魔鬼假装成许多样子，里面有几种假装简直把受选得永生的人们都骗住了。惟一适当的办法是去发现我

search for the least harmful way of satisfying them. Since spontaneity is what is most thwarted by machines, the only thing that can be provided is opportunity; the use made of opportunity must be left to the initiative of the individual. No doubt considerable expense would be involved; but it would not be comparable to the expense of war. Understanding of human nature must be the basis of any real improvement in human life. Science has done wonders in mastering the laws of the physical world, but our own nature is much less understood, as yet, than the nature of stars and electrons. When science learns to understand human nature, it will be able to bring a happiness into our lives which machines and the physical sciences have failed to create.

们本能所需要的是什么，然后去找个为害最少的方法去满足它们。机器所阻挠得最甚的既是自然，我们所能够供给的只是机会：至于怎样利用这机会，那得让各人自己去打主意。这当然要花许多钱；但是总比不上战争的浪费。人类生活的任何真正进步必定拿了解人性来做基础。科学在支配自然律方面有可惊的成绩，但是我们自己的性质却还是知道得反不如星群和电子的性质那么多。当科学懂得去了解人性，它会给我们生活以一种幸福，那是机器和自然科学所不能造出的。

罗素的自叙[1]

从十一岁起，当我开始读欧几里几何时候，我对数学就感到了热烈的趣味，而且相信科学是人类一切进步的源泉。年青的野心使我想做一个造福于人类者，加之我从小就生长在一种特别空气里，大家都怀抱服务社会的精神，所以更容易有这样的志向。我希望能够由数学进一步来研究科学，将来过着孤寂的生活，天天沉醉在幻想里，那些幻想曾经鼓舞过年青的伽利略（Galileo）和笛卡儿（Descartes）去做真理的探求。可是以后自己发现虽然对于纯粹数学还有点才力，至于科学家所必需的对于具体东西认识的能力，我却完全缺乏。就说在数学里面，我懂得最透澈的是最抽象的那部分；椭圆函数我丝毫不觉得困难，

---

1 本篇在首次出版时未附英文原稿。——编者注

光学我却总弄不清楚了。所以不能够拿科学来做我一生的事业。

同时我自己感到渐渐地爱念哲学起来了，许多人为的是想得到人生的安慰或者宗教的归宿，才去研究哲学，我却不然，我只希望能够发现到底我们有没有什么东西配得上叫做智识。十五岁那年我在日记上写有"除开意识外，没有一件东西的存在不是可疑的。"（现在我连意识也不除开了。）我暗自猜想在一切所谓智识里面，数学或者比别的更有真的可能性。然而十八岁我念了《穆勒名学》，他那胡涂地乱加信仰的态度使我万分害怕：他所用来证明算术几何所以可以相信的理由反叫我加一层疑惑数学起来。我因此决定先去考察一下到底有没有什么理由能够证明数学是真的。

这件工作到〔倒〕是很麻烦的；中间没有多大耽搁，我一直研究到一九一零年。那年怀特吓博士（Dr. Whitehead）和我将《数学原理》（*Principia Mathematica*）的稿写好；想去解决前二十年就开始缠绕我心中的问题，尽我力量所能做到的贡献都包含在这本书里。根本的问题自然还没有得到答案，但是偶然间我们却发明一个研究哲学的新方法和一门新数学。

编完了《数学原理》，我自己想此后用不着再这样把一切精神全集中到一种工作上面。我似乎没有对政治冷淡过的时候；差不多在我还不能念书以前，就有人说英国历史给我听。我第一本的著作是在一八九六年出版的《德国社会民主党》

(*German Social Democracy*)。由一九零七年起我实际地参加妇女选举权运动。一九零二年我写一篇《自由人的信仰》(*The Free Man's Worship*),和两篇别的论文(一篇关于数学的,一篇关于历史的)都是表明同样的态度。但是若使没有欧战发生,或者我是个始终讨论抽象道理的学者。在一九一四以前我观察欧洲列强的政策,心里天天地焦急起来,对于交战国以后所宣布的那些所以不得不出于一战的肤浅瞎闹的解释,我却不能相信。才开战头几个月一般人民的态度使我惊奇,特别是他们由兴奋感到快乐和他们那么愿意相信种种的鬼话。我才明白,我原来是住在愚人的天堂里。就是在那班自命为文明人里,人性还有我从来没有疑到的黑暗深渊。我本来以为文明是不会坍台的,可是现在我们却看出它是能够产生极大的破坏力量,可以演出像罗马之灭亡同样大的惨剧,凡是我所宝重的东西全受危险了,然而仿佛只有极少数人才有些关心。

当战争继续着的时候,我简直不能够做什么纯粹学术的工作。像那应征的兵一样,我觉得我势必"尽一份子的能力",可是我又觉得无论那一方面得到胜利还是不能解决什么问题。一九一五当我写《社会改造原理》(*Principles of Social Reconstruction*),在美国那书的名字是《为什么人们会打仗》(*Why Men Fight*),我是希望当人们打仗打得疲累了的时候,他们对怎地去建设和平的社会这个问题会发生趣味起来。要想建设和平的社会，一定要改变一般人们的冲动和不自觉的希望；近代心理学又告诉我们这种改变是很容易办得到的。可是若使做起文章来，只有专门家才看得懂，那实在是无济于事。所以在欧战期间，不管怎样地无效果，我总努力去写通俗文章，使大众都能了解。欧战完结了，虽然我有恢复纯学者生活的机会，我却不能再回到从前那种生活了。我所留心的问题已经不是一九一四以前我所研究的了；走进自己的书房，把世界的事情全忘了不管，这是我现在所办不到的。我并不是自夸说这是一种进步；我不过叙述一件事实罢了。

战后我到各处旅行，更把欧战所给我的影响加深了。西欧和美国我素来是很熟的，可是在西方文化以外，我从来没有碰过别的文化。一九二零〈年〉我在苏俄滞留了五个星期，会了许多共产党领袖，和列宁谈了一个钟头；我在列宁格勒同莫思科住过，顺伏鲁伽河由尼尼罗夫哥罗旅行到亚西吐拉罕，沿途一切城镇乡村我都到过。我极端不满意共产党的哲学，这不是因为它的共产主义，而是因为它带有西洋财阀哲学的原素。当观察俄国所引起的问题还盘在我心中没有解决的时候，我便到中国去，在那里差不多逗遛了一年。在中国我看到另一个方式的生活，不像西洋那么有破坏性，并且带有它别样的美，那种生活美西洋人只知道来根本地取消。但是非工业文化的那些传统的好处，此后似乎没有继续存在的希望；因此我们的问题是怎地使工业社会能够容纳合于人性的生活，特别是艺术同个人的自由。西洋国家还没有动手来解决这个问题；但是我们可以希望这问题能够在工业最发达的国家先得到解决，因为只有那对机器已经用惯而并不觉得它奇巧的社会才能够解决这个问题。

近代世界所以异于文艺复兴时代的一切，无论是好的或坏的，溯本穷源，都是科学的影响。科学发达的国家在战争，商业同威望各方面都是最有能力的。凡是和科学冲突的事情在近代世界上总不能够有持久的成功。所以有些从中世纪传下来的东西已经很快地向着灭亡的路走。宗教不得不向科学让步，现在已经改变旧观了，而且将来一定更要变得利害。政治学上传统的学说快消灭了，经济学方面或者也会有同样的情形。僧侣们由新柏拉图派所学来，近代人又从僧侣处得到的那种静观生活的理想，要给那班对什么事情都要"活动性"的人们挤去没有了。在亚洲，科学那种推翻一切的能力和它所产生的工业制度开始比欧洲更显明地出现；因为在欧洲科学是文艺复兴以后自然而然发生的，亚洲却本来没有什么东西可以做科学的先导。所以今日不管是欧洲是亚洲，科学和工业制度都要认做不可抵拒的东西，因此我们对人类将来的希望全要建设在科学同工业制度的范围里面。

可是我一考察我自己关于人类美德的观念，我发现许多我所认为美德的一向都是和贵族特别接近，例如无畏的精神，独立的思想，不阿流俗的胸襟和闲暇从容的修养。这自然和我早年的环境有些关系。可是在工业社会里这些美德能不能继续存在而且到处都有势力呢？我们到底办得到将这些美德和贵族所特有的恶习——同情心的狭小，骄傲，和对自己阶级以外人的冷酷——分开吗？在贵族的美德成为普遍的一种社会里，这些恶习是不能存在的。是要办到这种地步，一定要先办到大家都有经济的安全和充分的闲暇。这二个条件是一切贵族美德的源泉。由机器的进步同生产力的增加然后能够在实际上创造一种社会，那里面的男女都有经济的安全和充分的闲暇——至于一点事也不干的闲暇既然不必须，而且不是快乐之道。但是，虽则物质的条件，允许我们达到这种境界，却还有许多可怕的政治上同心理上的阻碍。想创造这种社会，最少先有三个不可少的条件：第一，劳工生产品的分配比较平均些；第二，有相当的保障使不会再有大规模的战争发生；第三，人口的数目是一定的或者差不多一定的。如不能达到这三个条件，工业制度总是被人极力地利用来使最富的人们财产加多，最大的国家疆土扩张和人口稠密的国度人口增多。这三种情形对于人类一丝的利益也没有。这三项的考虑使我自欧战爆发后对政治问题社会问题会那么样讲，那么样写。旅行了俄国中国，这种内心的鼓舞更加利害。

穷究到底，我们控制自然的新能力所以不能拿来好好地用，都是因为许多心理上的阻碍，因为政治上阻碍也是由心理来的。在大家都得到充分的闲暇和经济的安全的社会里，一般人民都会比现在这地球上百分之九十九的居民幸福得多。那么为什么这百分之九十九的人民不同心努力越来去打倒这享受特权的百分之一的人们呢？一半是惯性的关系，一半是因为他们容易受怨恨，恐惧，嫉妒等情绪的支配。因为人民的这种竞争对执着权柄的人是有利益的，他们在学校里言论里总是借"爱国"这个美名来鼓励这竞争。因此故意地将人性最坏的部分弄得有力起来，费尽心思去阻止人民觉悟合作是到幸福之路，而不是竞争。

所以想创造个更好的世界，最要紧的第一步工作是根本改革教育。若使没有这种预备，即使能够做出一个快乐世界来，不久又会变成个悲惨世界了，因为每国总是觉得他国的幸福是它的眼中钉。现在那些教育有钱子弟的学堂里，实行强迫受军事训练，可是说到性的问题，又拼命地对学生施行一种愚民政策。这就是说凡是关于生命的创造的事情总看做是可憎的，凡是毁灭生命的事情却捧做是高尚的。这真是自取灭亡的道德。其所以这样，是由于我们把权力看做是本身有价值的东西，而忽视生活内容的丰富：一个人若使可以使旁人受苦痛，我们便称他做好汉，一个人自己能够得到幸福，却反不能得我们的赞美。所以当今急务是叫人们都有什么做成真幸福的一个正当的观念。传统道德家天天劝人牺牲自己，这种办法之所以不对有好几个理由：第一，没有什么人会照着他说的话做去；第二，这种说法把人养成一种伪善者和自欺者，明明是想得乙，却自以为想得甲，而且当你不要甲时候，你便觉得是牺牲自己的行为了；第三，那班真真实行牺牲自己的人会把自己看得太好了而又充满了嫉妒心，总以为那班不愿意牺牲自己的人们应当强迫去挨些苦痛。所以，道德不能根据牺牲自己的原理，应当建设在真正的心理学上面。使一个叫化子挨饿究不如自己吃得饱饱的那么快乐。这句话或者听起来不像很高尚的格言，可是若使真照这句话做去，战争同压迫在世界上站不住脚了；因为战争和压迫的结果不仅是打败仗的同被压迫的感到悲哀，就是战胜的同压迫者也减少了许多幸福。所以如是的缘因多半是因为大家都穷起来了；但是无论如何，复仇的恐惧总使他们朝夕不安。

虽然，合理地去寻求个人幸福，若使通行起来，能够给世界以新生命，但是单有这种太偏于理性的动机恐怕力量还不够罢。还要有博爱的情绪，慷慨的胸怀同创造的快乐帮助这种事业。没有那一门学术能够单独地把世界弄好，要靠着政治学，经济学，心理学，教育学互相为用，仅仅一方面的努力是不会有大的成效。狭窄的专门研究不能产生一种对我们这时代有用的哲学。这必须融会一切生活和一切科学，不管欧洲亚洲美洲，不管生物学心理学物理学。这几乎是超人的工作。作者现在所能希望做到的仅仅是使一般人感觉这个问题的存在和应当向那里去找解决的方法罢了。

去年美国"近代丛书"出一本《罗素文存》(Selected Papers of Bertrand Russell)。这本小书是他自己亲手选的，而且还特地做一篇长序，叙述他个人为学的经过。上面所译的就是这篇长序。

差不多凡是受过高等教育的中国人，都听过罗素这个名字。然而罗素天远地远跑到中国，到处讲演，最后的结果不过使中国人更加自满。罗素心里恨极欧美那种狭窄的国家主义，那种本国东西总是好，毫不能够容纳他人好处的态度，所以他到处诋骂西洋文明。他心里既然万分地厌恶欧美近代人生活的方式，一看到和西洋完全不同的中国文化，他免不了非常高兴，好像放下了一个担子一样，因此不去细察中国人的实在情形，老是啧啧地赞美，把印度中国混在一起，说这都是中国人的生活美。然而这实在是他的谦恭处。可是我们听到几句入耳的话，便疯魔似地大声嚷我们中国的文化是超乎一切国家以上，就是鼎鼎大名的西洋哲学家现在也看出我们的好处了，真像一个做梦拾到黄金的人，偶然醒来，睡眼朦胧把铜板当做金磅〔镑〕，笑迷迷地翻个身又做好梦去了。罗素最反对的是对自己本国盲目的赞美，我们现在因为他几句话，却大发挥我们腓立士丁的精神，闭着眼睛来说自己的好话。罗素先生若使真知道了个中情形，又将作何感想？——译者附识

（原载于1929年1月《北新》第3卷第1号）

集外译文

共9篇,按发表时间顺序排列,分别刊载于1928年至1933年的《摸索》《北新》《青年界》

CONTENTS

目　次

雪莱的故事 …………………………………………… 400

开茨的一封信 ………………………………………… 403

论新诗 ………………………………………………… 406

巴特纳的杂录 ………………………………………… 416

论雪莱 ………………………………………………… 421

东西 …………………………………………………… 440

小泉八云 ……………………………………………… 449

王尔德 ………………………………………………… 456

雪莱的故事

T. J. Hogg 著

在小山脚下，大路左边有一个池子，这池子从前是大石坑。每次我们让雪莱自己拣路走，他一定到这池旁，虽然那里风景除却荒凉一点外，没有别的好处。在池旁他要逗留到黄昏，静默地直着眼睛望那池水，大声背诵诗歌，或者非常热烈地讨论着些同周围景物毫不相关的题目。有时他举起一块他仅仅能够抬动的大石头小心地尽他力量向池中远远抛去；当石头到水面时候，他大声欢呼，以后就一声不做注意看渐渐减少的池水颤动，直等到最微的回声同差不多看不见的皱纹都灭了。他要说，你看，这是一种冲动力在空气中生的结果。他抱怨我们对于音学的不明了以及这个学文的神秘同深奥同好些现象是矛盾不能解说的。他主张对音学我们要当研究，只要有设备完好的实验室，有价值的发现一定可以产生的。他还说许多他听的读的奇奇怪怪关于声音的故事。有时他一个人忙着打碎像石板式的石头,拣又平又薄的拿来磨圆;当他磨的块数够用了,他严重开始削水戏,极端高兴数那瓦片在水上跳的回数。他是个水神的崇拜者,无论什么小湖以至于泥洼他总要在旁边徘徊,要把他拉开,真不是件容易事。那时节他还不知道造纸船把戏,这玩意儿后来给他不少快乐。他把纸卷成一个样子。想象力丰富的人也可以把它当做船,将这纸船搁在水面;他很关心地看这小船的命运。这船若使不是很快的受微风细浪弄湿,也是慢慢由小空洞吸进水,沉下去了。不过间或这神仙坐用似的船居然走完它的路程,安安稳稳地达到小海的对岸。看他干这游戏时候的万分高兴样子真可叫人惊奇。当你同他步行很远的路程,在严冬中太阳落西,回家吃饭时候,东北风向脸仿佛割刀一样刮着,他偏在萧瑟的空地里难看的池水旁边停滞做这放纸船,不是挨惯了的人真不容易有耐性等候;然而要对这种无害的而且的确是非常精巧的快乐,鲁莽地来阻止也是件难事。他的造船材料没有用完以前你要想使这造船匠停止放送他的舰队是非常不容易办到。我只有一回——只有一回——说服了他,那是在新年常有酷冷的星期日,太阳下山快要下雪的光景,竭了我这个又寒又饿人劝求的能力,请他不再继续下去玩,都没有效力,最后我失望了对他讲——说他那种做不完创作,他打算同时送出去的舰队排在脚旁,他还忙碌得很用冻得青肿的手指建筑新

——"雪莱同你吵是无用的；你是柏拉图书中的造物菩萨！"他立刻拿起这全体小舰队，大步地望家里跑，嘻嘻哈哈笑，笑得同巨人一般——他自己也常这样说。平常只要他还有纸做船，他简直是钉死着池旁，干这特别玩意；一切废纸很快用完了。他就用信封，由信封用到不重要的信，最看中的朋友最可宝贵的信，虽然痴痴地看了又看好几次送回袋子身里，免不了末尾变做纸船跟着已去的舰队走。至于他闲步带着做伴小本书（他很少走出去手里没有本书），书前书尾的白纸多半是不见的——他用这纸像我们祖宗路亚用哥所的木一样；但是智识由他眼看来是这么神圣的，他绝没有进一步破坏书的完璧；书的本身是受尊敬的。有人说他一回在蛇曲河北岸找不到材料来容纵他这癖好，这癖好给这水又引起来，因为他在肯丝敦公园圆池里已经把他所有原料全费完了。一条纸也寻不出，只剩一张五十镑的银行汇兑支票；他犹豫了好久，最终决定了，极端小心地把支票卷成船，非常巧妙地放在水面听天由命，用一种比平常更深的关心——若使他平常那种关心程度还能增加——看它的前进。坦白地完全信托命运的人；命运常保佑他；东北风轻轻地将这值钱的快艇送到南岸，在那理当它路程走了一半之后，它那冒险的主人耐心地独自等待它的靠岸。

（原载于1928年3月20日《摸索》第1卷第2期）

开茨的一封信

我亲爱的勃朗，——

　　昨天我们由舟船验疫所放出，里面恶浊的空气同闷室的小屋使我身体受影响比一路海程的劳顿还要厉害。吸了新鲜空气，我恢复一些，我希望这早上我的精神能够支持我写一封平淡简短的信给你——若使这张充满了我所最爱讲，又怕说的话的纸可以叫做一封信。现在既然说这许多，我不得不往下写去；——或者写出来到〔倒〕可以减少这压着我心的悲情。我相信我同她不能再见，只这念头已会致我死命。我亲爱的勃朗，当我从前健康时节，我应当和她同住，那我也不至于病了。我能忍受死，——我却不能忍受同她离开，天呀！天呀！天呀！皮箱里不论什么东西，只要会使我记起她来，都像矛一般刺我的心。我旅行帽的丝边是她放上的，现在荡我的头。我的想像非常可怕地把她活画在眼前——我看得见她——听得见她，天下没有一件东西能够迷着我，使我一刹那间忘记了她。在英国时节，就是这样□回想到我囚犯似地病在里罕家里，整天睁着眼睛望韩姆斯特的情境，我现在还会发抖。可是那时候尚有□看见她的希望。现在呢！——唉，我只求能够埋在她住的地方邻近！我怕写信给她——怕接她的信——□□□的□□会叫我心停——就是听到人家提起她，看纸上写的名字都使我伤感难堪。我亲爱的勃朗，我现在怎么办才好呢？我那里去找安慰呢？若使我的病有好的希望，这热情也够把我蹂躏死。真的，由我开始病起一直到今，在你家里同在肯提镇这热情没有一时不是在磨难我。当你回信时候，（你要快回信）你可以寄到罗马（寄到邮局，我自己去取）——她若是很健康快乐，那你可以写信这么一个符号+；若使——

替我向大家问好，我打算努力忍受我的苦痛。这种身体的人真不该当挨这苦痛。请写短信给我姊妹，说你接到我的信。司封君在这地很好。若是我健康些，我一定劝你来罗马。我怕在这里没有人能够给我解愁。你得到我兄弟乔治的消息没有？只要我们兄弟不是一向受厄运的，我也有胆去希望——但是失望照例地挡着我的面前。我亲爱的勃朗，为我缘故，请你永远保护她。对于那不尔这地方我一句话不能说；环绕着我成千成万没有见过的东西，我毫不关心。我不敢写信给她。我却想要她知道我并不会忘了她。呵勃朗我胸中有烧红的煤炭燃着。我自己也奇怪人心是能包舍忍受这么多苦痛。我是不是为这样挨苦生下来的？愿上帝保佑她，她的母父同我的姊妹，乔治，他的妻子同你和旁人。

你的永远亲爱朋友，
约翰·开茨

（原载于1928年5月20日《摸索》第1卷第4期，署名驭聪译）

论 新 诗

（原题 The Modern Nightingale）

利奥那·武尔夫（Leonard Woolf）

诗或者比一切别的文学更要接近于所谓时代精神（或者简明些可以叫做时代的创造精神）。若使我想知道某时代智识道德的能力同趋向，我一定先去念那时代的诗人作品。那理由是诗人总比散文家更坦白，更直截痛快些。希望，狂热，努力同社会常常忽然感到的那种只要一伸手就可以抓到黄金果的乐观心境，这些情绪诗人最先领略到，立刻反映在他们的诗上；可是当怀疑同失望的冷风吹过世界时，第一个战栗起来，血管里热血凝结住的人也是诗人。所以诚意的批评家觉得近代诗比近代一切散文（不管是小品文章，还是长篇或短篇小说）都难下批评些。因为我们生在一个怀疑同失望的时代，我们的诗人不是在这寒冰冷气里冻得不能动弹了，就是对这寒冷挣扎。因此，越带"近代"色彩的诗，批评家越不容易下笔。比如突然间跳出一篇作品,虽然谁也晓得那是一篇正经的诗,可是若使我们用古代传下的标准去观察,初看时真看不出什么格式,什么韵律,什么意义来。倘然我们排出判决死刑的面孔,抬出亚勒布烈丁尼生(Alfred Tennyson)同威廉威至威士(William Wordsworth)的名字来,硬说这些作品全是胡闹,并不是诗,那自然是很容易的事。不过有时我们自己会明白这种堂皇地定个罪状无非因为我们心境老了,惯性大了,所以贪方便采取那最容易做到的办法——那办法是对于凡是新的不易了然的东西都抱抵抗的态度。

在文学上我们老是有这种过去时代和将来时代的冲突,一边是那百分之九十九人们所承认的传统,一边是那百分之一想离开这传统的人们;但是特别在人类进步凝冻时期里,这竞争更加剧烈。此刻英国诗坛的情形好像很有些不妙。一方面有一大堆人们虔心虔意地为那人们照例认为诗的作品,自然也可以写得很有才气,很有他的特别地方,有些诗确是做到这地步,可是那些诗对现在这活世界里真真活的东西一点同情也没有,弄得简直找不出人去买它,去读它。这是我们这种冰冻时期的特性。另一方面有从事文学革命的诗人,他们相信他们要说的话不能用旧诗形式说出,他们正在找新诗的形式,对于今日跳动在他们同旁人心里的思想,寻个新的表现方法。

批评家免不了不在这边,就在那边。比如德林克窝忒先生

（Mr. Drinkwater）他自己是位有名的成功的诗人，可是当他讨论新诗同古今诗人这问题时候，他完全地拥护传统。他的话有时讲得很有道理，他对古代诗人的批评，虽然稍嫌太通俗陈腐些，却还有趣。但是他对诗国里那班青年革命党的态度立刻使我归附于诗的无赖汉同过激派那边，来和德林克窝忒先生同天使们做对头。德林克窝忒先生站在传统那边，这点我并不反对；若使现在〔有人〕他的性情心境确实倾向于传统，他自然可以继着从绰塞（Chaucer）到斯文本（Swinburne）那个直系传统，做出伟大的诗歌。但是德林克窝忒先生接着说近代诗人应当用传统的形式写他的诗，而且说若使他不能够用传统的五韵脚抑扬格（five-foot iambic line）讲出他所要说的，那要归咎于他诗的修养没有完全，这些话由我看来压根儿就是胡说。很明显地新诗人爱略特先生（Mr. T. S. Eliot）同西特卫尔小姐（Miss Edith Sitwell）往往有些情感为德林克窝忒先生所赞美的那种传统诗式所不能适合地表现出来的。好似莎士比亚觉得他有些意思，不能应用启德（Kyd）同马逻（Marlowe）的"无韵诗"（blank verse）体来传递一般——由文学批评史中我们可以找出许多诗人咒骂以为是过激派同传统的破坏者，可是第二代人又把他所新创的当作传统的形式了。

我说过若使现在有人他的性情心境确实倾向于传统，他自然可以用传统的形式和传统的方法写出很好的或者伟大的诗。

可是经验指示给我们，这是万分难办到的，事实上没有人成功过。由十八世纪沿袭下去到十九世纪末叶那种旧式诗体仿佛走到死胡同的尽头了。想再试一试继续用这诗体的文人只好碰壁。现代诗人同他这不幸的时代真正所怀抱的思想感情本来和传统诗的精神是方凿圆枘不相入的，若使他勉强用传统的言辞来表现自己，他免不了仅仅把古人的陈言重说一道。所以那班用传统形式来做诗的诗人们远不及当代小说家传记家小品文家那么成功。我想凡是对已出版的和未出版的近代诗有广大阅读经验的人一定承认近代诗的价值很明显地比近代任一门的文学都要低得多。在最上层有十几二十位诚心诚意的，态度严肃的，很有些技能的诗人，可是没有什么灵感；他们的作品比不上萧先生（Mr. Shaw），威尔士先生（Mr. Wells），班纳提先生（Mr. Bernett），斯特刺彻先生（Mr. Lytton Strachey），福尔斯特先生（Mr. E. M. Forster）同其他六七位的散文家。低一层有一大群人们，诗情的感觉性高低虽有不同，可是他们的心都好似给冰墙围堵了，无法表现出来；再下一层又有同样多的一大群奇奇怪怪的人，他们努力做诗，可是半点诗情也没有，真不配从事于这艰难的工作——他们的努力简直像个只有一只手的人拿个足球同台球棍来弄棍球戏（golf，是一种以有曲端的棍击小球的游戏）。

有时我真想倘然诗人们肯不顾自己地下个命令，叫诗库停止兑现十五年（就是十五年大家不做诗的意思），将来的诗一定会受益不浅。许多年来有种可怕的组织把普通人所认为诗歌这东西的价格任意提高;现在这些诗歌的本质坏透了;处着这种情形之下,惟一的医法是不许这些无聊东西拿到诗库里兑现。今日诗人是处一种没有法子站得住的地位。他可以充满着最美妙的诗情跑去坐在书桌旁边,但是只要一提起笔来,他逃不了被传统的词藻逼住,当他还没有明白自己是干什么时候,他已经在那里拿出了"英国诗歌金库"(Golden Treasury of Songs and Lyrical Poems in the English Language)来,那是破旧的不值钱的诗"币",是许多年前所发出的一些脆薄的油腻的诗"钞"。要去掉这种糟糕情形的惟一法子是诗人们共同约好最少十五年不做诗——这期间过了将来人才办得到重新起炉灶来做诗。

我想当今的难关是像我下面所说的。有种心境差不多无论谁都有过的,那心境和所谓"诗的心境"("the poetic frame of mind")差不多。早春,娇艳的盛夏的黄昏,初恋,心爱的狗死了的悲哀,大战的爆发,这些事谁遇到也会动情。侥幸得很——也可说不幸得很——过去的诗人留给我们无数腔调,韵律和辞句之公式,我们的情感就可以套用这些公式。这种情形于现在写诗的人有极大的害处。

那些在现代生活上已经失掉了意义的传统所带着的那种僵死了的器械式的诗歌辞藻,就是在比较高明些的近代诗人作品里,也常常可以发现。举个例罢,有一种可以叫做"形容词病"

("adjective disease")。固然形容词一向是诗人们同许多散文家所容易落入的最大陷阱,而批评一个诗人的才力最快的方法也是去考察他所用的形容词。但是形容词病(这或者要多谢丁尼生 Tennyson 同斯文本 Swinburne)在近代诗里特别凶得厉害。这毛病最坏的时候是当一个真有诗才的作家于不知不觉里坠落到太看重形容词的习惯中,把他所有的诗情全放在形容词上面,以为(自然是不自觉地)做诗就是替名词找个"诗的"形容词。随手把勃鲁克(Rupert Brooke)的诗集翻开看,你在一首诗里面可以碰到"温和的芬香"(warm perfumes),"黑沉沉的气味"(dark scents),"朦胧的波浪"(dim waves),"古老的天"(ancient skies),"喃喃轻柔的夏威夷海"(murmurous soft Hawaiian sea)。或者翻过去看他那首"伟大的爱人"(*The Great Lover*),在头几行就可以看见"无边的希望"(desire illimitable),"恼乱的、可见的河流"(perplexed and viewless streams),"毫无思想的寂默"(unthinking silence),"疲倦的死神"(drowsy Death),"不朽的赞美"(immortal praise),"高远的秘密"(high secrets),"不会错的上帝"(inerrable Godhead)。由我看来这几行诗除开几个形容词外简直没有别的诗情,而且那形容词也不过只是"诗的",那是说这些形容词会使人联想起诗来。这是件非常有趣味的事情,去分析勃鲁克的那首《崴几几》(*Waikiki*),抽出那里面所含的"诗",拿来比一比那篇或者是现在那位桂冠诗人(Poet

Laureate）的最好的诗，《冬之夜》（*Winter Nightfall*），这首诗里面没有什么"诗"是附丽于形容词上面的。比如拿勃鲁克底下这四行：

　　黑沉沉的气味正在低语；朦胧的波浪向我爬来，

　　像女人的头发那样地发出光芒，一步步地前伸，渐渐地涌来；

　　新星燃烧入古老的天空，

　　照临那喃喃的轻柔的夏威夷海，

　　And dark scents whisper; and dim waves creep to me,

　　Gleam like a woman's hair, stretch out, and rise;

　　And new stars burn into the ancient skies,

　　Over the murmurous soft Hawaiian sea,

和布立泽兹先生（Mr. Bridges）（他是英国现在的桂冠诗人）的诗比一下：

　　浸润的树枝滴沥着，

　　而且彻夜里

　　那滴沥不肯停住

　　在树荫道中

　　The soaking branches drip,

　　And all night through

　　The dropping will not cease

　　In the avenue

勃鲁克那几行是假诗（pseudo-poetry）；那几行想用有"诗的"联想的形容词来造出诗的空气；若把那形容词删去，意思还是一样，所不同者那诗的空气没有。而在布立泽兹先生诗里只有一个形容词，并且那形容词不是"诗的"，那形容词增加了意思——树枝是给雨润了，所以滴沥着，把那形容词取销，便会胡乱了意思，但是对诗的空气没有比取销任一别的字有什么不同的影响。

　　我不愿意被人家误解。我并不是说伟大的诗都不包含有诗的形容词。济慈（Keats）的在杯缘霎眼的"珠圆酒泡和沾了紫色的嘴"（beaded bubbles winking at the brim, and purple-stained mouth），"青翠的幽暗处所和蜿蜒的多苔的道路"（vendurous glooms and winding mossy ways），"魔幻的窗户"（magic casements）同"危险的大海"（perilous seas）等句都可以驳倒这句话。但是济慈用这些形容词和近代诗人用诗的形容词是很有不同的地方。济慈的形容词总是增加些意思或者很常的是将那几行诗在我们心中所引起的摹想境界扩大。试把"珠圆的酒泡"和"沾了紫色的嘴"同"黑沉沉的气味"和"朦胧的波浪"比较一下。若使将济慈的

　　　"在夏天晚上苍蝇群喃喃的常聚着的地方"

　　　（The murmurous haunt of flies on summer eves）

拿来比较勃鲁克的

>"临照那喃喃的轻柔的夏威夷海"
>
>（Over the murmurous soft Hawaiian sea）

在勃鲁克里"喃喃"（murmurours）这字对那行并没有增加了什么意思，夏威夷海是喃喃地发声，这和那诗情毫无相关，所以用这字是因为那字的诗的连想，因为海的喃喃是从前诗人所常写的，而且仿佛是现在诗人所不得不写的事情，因为"海"这字并不一定有诗意，而"喃喃的海"却是诗的句子。但是在济慈诗里"喃喃"这字增加了那行诗不少的意思，这个字对这诗所引起的耳视（若使我们可以用这么一个字眼）大有补助，这字并不是普通诗的联想，却是诗的闪光，奇怪地照明诗人心中所涵的特别感觉。

形容词病还只是那不合现代的诗的传统所加于自命诗人的一种桎梏。在传统的意义上，我们这时代的心灵并不是诗的，所以那勉力去化做"诗的"的诗人变成器械式了。现在想写真诗的人逼得不得不变做文学革命者，自己由"诗的"传统里解放出来，去找新的"诗的"形式，使能够合于现在激动他的心的那些思想和感情。

武尔夫是位著述范围很广的学者，他写了许多关于政治同历史的书，他同时又是个小说家和批评家。他的文笔流利雅驯，且常杂以妙语。这篇是由他去年出版的那本《文学，历史，政治，论文集》（*Essays on Literature, History, Politics, etc.*）里译出。这篇虽然是批评英国现在诗坛，但是所说的和中国今日新诗情形很相似，所下的批评也可以施用于中国目下的新诗上面，——特别是他所说的那形容词病；我们不是在许多所谓新诗人的作品中碰到不少滥用的形容词吗？至于武尔夫所提议的大家十五年停笔不做诗这个议案不知道当代新诗人们赞成不？原文后面还有几段，因为专论二位近代诗人，恐怕对读者没有什么趣味，所以不译。但是后面有几句非常妙的话，现在附译在这里。

"近代诗人用形容词时自己应当有一定的限量。我相信若使他肯自己定下规矩，用了一百个名词，才许用一个形容词，他的诗绝对会大有进步。我猜现在诗坛上通常的比例是每一百个名词就带有一百五十个的形容词。"

（原载于1929年2月1日《北新》第3卷第1期）

巴特纳的杂录

Samuel Butler　著

真真的作家会到处而且不管什么地方忽然地停住,把他当时的杂感写上,好像真真的画家会到处不管什么地方忽然地停住,来画他的风景。

（一）亚当和夏娃

一个男孩同一个女孩正在看一张亚当和夏娃的画片。
"那个是亚当,那个是夏娃?"一个问。
"我不知道,"一个答,"但是若使他们穿上了衣服,我就能够分别出来了。"

（二）妈妈知道吗?

父亲告诉他那六岁的长女,她现在有个小妹妹了,还讲给她听那小妹妹是多么乖的。那女孩说这是有意思极了，跟着就问："妈妈知道这消息没有？让我们立刻去告诉她罢。"

（三）文学家的试验方法

莫利哀常把他的作品先试念给他的女仆听，我想这件事人们都解释错了，大家总以为他仿佛要看那作品对女仆会生什么印象，把女仆当做他的裁判官。若使她是个绝等聪明伶俐的女子，还说得过去，可是我们猜想中总以为她不过是个很普通的女仆，什么特长也没有。

若使莫利哀真的曾经对女仆试念过他的作品，那是因为单单把作品大声念起来，就会使自己由一个新的观察点去看那作品；而且为着要念出声来，又不得不一行一行都非常注意，因此可以更严格的来考察他自己的作品。我总是打算将我写的东西在人前大声念出来，我的确常常这么干；差不多无论对谁念都成，只要他不是太聪明了，使我害怕。有些地方我独自地对自己念时候，总不觉有什么毛病，可是一大声读出来，我立刻看出那弱点了。

（四）幸与不幸

人们的幸不幸之分，不照着他所得到是什么，却是照着他所以为能够得到的和他实在得到的东西的比例之不同。

(五) 自然

通常用"自然"这字的时候,总把自然里最有趣味的产物——人们所做的东西——除开了不算在内。说起"自然"常以为是指山河白云野兽树木。我对这一半的自然并不是漠不关心,可是我对那另一半自然,却觉得更有趣味些。

(六) 死

我们对死的恐惧变做了本能的,因为在过去那么多年代人们总是怕死。但是我们怎么知道死是什么东西,要那么怕它呢?那答案是:我们实在不知道死是什么,所以才怕它。

若使看见过了生活,一个人还不知道"生"是什么,那么他怎么能够知道那从来没有看见过的死呢?

写文章来讨论死是去写一件我们没有什么实际经验的事情。我们能够写所意识到的生活,可是对我们那天天渐渐消磨去枝枝节节的死,我们却没有意识到。而且我们不能吃完了饼,手里还拿着那块饼。我们办不到同时有一块石板,既是刻了字,又是光的。一样地我们不能够死得可以真真算个死人,而又那么有活气可以和人家谈死是怎么一回事。

若使人生是幻的,那么死也是幻的——幻中之大幻。倘然我们不该太把人生当做件正经事,那么我们也不应当太把死看得重了。

（七）定义

下定义是一种抓痒，常把痛处弄得比以前更痛的利害。

爱情太年轻了不知道什么叫做良心，同样地真理和天才年纪太大了不知道定义是什么东西。

（八）道德

道德和不道德的分别全按着是先乐后苦还是先苦后乐来定。喝醉了酒所以是不道德的行为，因为醉了以后才头痛；可是若使头先痛以后才醉，那么喝酒也会算做是道德的行为了。

（九）世界

世界是一个赌场，安排得巧妙非常，不管谁走到这娱乐场都是非赌不可。虽然在中间有时也可以赢些，最后的结果总是输了好多。

我们一天一天地过去好像我们一张一张地抓纸牌。牌分到手，照例拿起，不知道到底是什么牌，虽然希望能够得张好牌，有时固然也得到，然而常常拿到是那最不想要的牌。

这个世界或者不是什么特别聪明的世界——可是我们没有知道一个比这个更聪明的世界。

（十）赊账制度

全世界人都是靠着赊账制度过活；若使每人都要现金，那么全世界会同时破产。一切思想，我们所以会那么样想，全因为旁人也是那么样想。但是若使每人思想，都是由旁人那里赊来，那么最后那个人向那里去赊呢？信仰不能够做我们思想的根基，因为信仰最后是要安在思想上面；思想不能做我们信仰的根基，因为思想最后是要安在信仰上面。

（十一）上帝，什么是人生？

人生是由不充足的前提去求一个充足的答案的艺术。

一个人的幽默的感觉若使是灵敏到能够看出别人和他自己的荒谬的地方，这种幽默就可保他不至于犯罪，除非是那些值得一犯的罪过。

人生有二个大规则，一个是普通的，一个是特别的。第一个是每人只要他肯去尝试，最后他总可以得到他所想要的东西，这是普通的规则。那特别的规则是每人好像都是这普通的规则的一个例外。

（十二）荷马和他的注解者

注解荷马的人们总是瞎了眼睛的，所以他们一定要说荷马是个瞎子。他们把自己的瞎眼移到荷马身上去。

（原载于1929年2月16日《北新》第3卷第4号）

论 雪 莱

Robert Lynd　著

一　有些滑稽风味的性格

雪莱是一位最难于描摹的天才。攻击他或者替他辩护都是很容易的事——你可以骂他是一个不信教的人，或者赞美他，因为他使哈利厄特·味斯勃律克（Harriet Westbrook，他的第一个妻子）苦痛得跑去投蛇曲河（Serpentine）里。但是这样子的毁誉是一回事，要从他那九百九十九的轶事里重新获到他的本来面目又是一回事。他的轶事多半都带有可笑的色彩。他素常那种不管事实的态度使他常常引起我们发笑，他真像个看不见栏石或者走路撞着墙的醉汉。他的确是沉醉于他的主义。他跟着理论乱跑，好似小孩子赶蝴蝶一样。他在牛津大学念书的时候，有一段故事，很可以看出他的理论会多么古怪地变做行为。

他那时同他的朋友何革（Hogg）念柏拉图的著作，一心都是想灵魂先在同出世后会回忆天上的情形这个学说。他正在马革多仑桥（Magdalen Bridge）上散步，碰到一个抱着小孩的女人。他把小孩子夺过来，小孩的母亲以为他要把小孩掷到河里，就抓着小孩的衣服不放。他脸上露出希望的神气，用他那尖高刺耳的声音问道："太太，你小孩子能够告诉我们一些天上的事情吗？"她没有回答，雪莱又重问一回，她就说，"这小孩还不会说话。""可是，"雪莱高声地喊，"若使他愿意，他一定能够说话，他离开天上才几个星期！他自己或者以为不会说话，这不过是他的怪想；在这么短的时间里，他万不至于完全失丢说话的能力；这是绝不会有的事。"那女人把他当做疯子，温和地答道："我当然不敢跟先生们争论，可是我实在可以大胆地说我从来没有听他说过话，也没有看过像他这样小年纪会讲话。"雪莱同他朋友走开了，长叹一声道："这班才生下不久的小孩故意闭口不言，真叫人难过！"我们或者可以发现同样轶事在别个天才同自命为天才的生活里。但是我们会看出他们这类举动是闹着玩的，或者故意这样装模作样，或者因为他们那时候特别兴奋。无论如何，这类举动多半仅仅是一个常态人的生活里偶然变态的行为。雪莱的生涯却是许多变态行为的集合。他无时不是很兴奋的。在前面这个故事里，他当然是有意滑稽。可是他许多认真的举动也是同样地出奇得可笑。

有人说葛德文（Godwin）曾经说过："雪莱长的那么美丽，可惜他的心太坏了。"我恐怕现在世界里找不出一个认得字的人会说雪莱的"心太坏"。据说勃浪宁（Browning）开头是雪莱的热烈崇拜者，后来知道了他背弃哈里厄特同她自杀这段历史，对于雪莱就没有那么倾心了。但是勃浪宁实在没有晓得这段事情的真相。我们谁也知道不清楚这段事的始末。单就表面来看，这是非常残忍的去背弃一个快做母亲的妻子。这又仿佛是很鄙啬的，当一个人一年有一千磅〔镑〕的进款，每年只分二百磅做他被背弃的妻子同她的两个小孩的赡养费。然而雪莱同哈里厄特并不是由相爱而结婚。一个才十九岁大的小孩，他带着才十七岁大的女孩偷跑，为的是要把她从她父亲的专制虐待下救出，她父亲的专制一半也只是他们臆想的。两人结婚三年后，哈里厄特对于雪莱就没有从前那样关切。而且她有个麻烦不过的姐姐，雪莱所很讨厌的。有人以为哈里厄特的爱到绸帽店去买时髦的帽子，不听雪莱的劝告努力去培养智慧，也是她的姐姐的影响。英格盆先生（Ingpen）在他的《在英国时候的雪莱》(*Shelley in England*)里说："哈里厄特傻傻地任她的姐姐调度，她前几个月要雪莱买一辆马车，银的盘子同值钱的服装给她，这或者也是由于她听她姐姐的话。"我们对于哈里厄特免不了有些同情。她又使雪莱同她的分裂变为逃不了的事情。她希望他还做她的丈夫，出钱替她买个帽子，可是她连表面上装着对于他的思想有些同情都不愿意干。英格盆先生说得不错，雪莱所渴望的是"爱情，不是婚姻。"雪莱附和葛德文的理论，曾经说过，"婚姻制度是可憎的，可恨的。当我想起世俗偏见所铸，拿来拘束人类能力用的这个最专制，最用不着的镣链，我心里顿起一种说不出，万分难过的憎恶。"他主张"反对婚姻"的理论已经有多年了，现在他自己却被一个世俗的婚姻所缚束住挨苦，这类世俗婚姻他从来看做是爱情的神情精神的障碍。那时候他又在玛丽·葛德文身上发现一个在智识方面同精神方面同他都是声气相投的女子——对于这个女子他的用情像古今来大情人的用情一样。雪莱自己对他的朋友托马斯·拉甫·裴各克（Thomas Love Peacock）说过几句关于这事的话，很可以看出他的性格。他说："凡是了解我的人们一定知道我的终身伴侣该是个对于诗歌有同情，懂得哲学的人。哈里厄特固然是个性格很高贵的人儿，可是她对两下都没有兴趣。"裴各克说："我一向觉得你很爱哈里厄特。"雪莱答道："但是你不晓得我多么讨厌她的姐姐。"因此哈里厄特的婚约真像一张无用的纸一样撕破了。雪莱却不觉得他有什么太鲁莽的地方，我们看底下这件事就可以明白。他同玛丽·葛德文偷逃三星期之后，他写封信给哈里厄特，描写他同玛丽旅行经过地方的风景，信里一再劝她来瑞士，住在他们的邻近。他信里说：

"我写这封信劝你来瑞士住，在瑞士你最少可以有一个真挚不移的朋友,他永远会关心你——他绝不会有意叫你伤心,除开我以外,你找不出别人会这么体贴——别人是铁心的,或者自利的,或者像波英维尔太太那样有他们自己的亲爱的朋友,因此他们的注意同感情专用在这些朋友身上。"他后面签的字是(他所说的爱安提Ianthe是他的女孩):

"问我甜蜜小爱安提的好,永远的最亲爱的你的雪。"

若使这封信是一个情人写的,他不是卑鄙的人,就是讲大话的人。可是出自雪莱的手,我们只好说这是天真的神迹。

英格盆先生书里所载的"新事实同新书信"最有趣味的是关于雪莱是由牛津大学开除出,他同哈里厄特的偷跑去别的地方结婚,同他的父亲在对这二事所取的地位。雪莱的父亲依靠着他的家庭律师,自己现出是个很普通的人。他不过是通常一个伤心的父亲。他并没有努力想去了解他的儿子,他所干的是设法保存他自己的体面。他反对雪莱学法律,但是他很焦急着要雪莱能够当一个议员。雪莱同他一天和诺福克公爵(Duke of Norfolk)同餐,讨论这个问题,结果是年轻的雪莱对于"他所认为他的父亲的努力想法桎梏他的思想,同介绍他到社会去只当公爵的党羽"这两件事非常愤慨。雪莱的宣传方法古怪出奇,实在不是公爵们的党羽所常用的。他到都白林(Dublin)去演讲"天主教徒的解放"同"英格利和爱尔兰的统一"的取消,那次可说是一个时间很短,可是很奇特的用小册子宣传的时期的开始。他写有一本卖五辨士的小册子,《告爱尔兰人民》,他就站在他住所的廊台上,把本子丢给过路的人们。在那时候他自己对人说:"我站在我窗前的廊台,注视走路的人们,等到我看见一个像会赞成我的主张的人;我就掷一本给他。"哈里厄特恐怕只看到这个壮举的滑稽地方。写信给伊利沙伯·喜拆涅(Elizabeth Hitchener)——雪莱所谓"棕色的魔鬼",当他恨她时候——哈里厄特说:

"我敢说若使你看见我们怎地分小册子,你一定会捧腹大笑。我们将本子由窗口掷下,或者分给路上碰着的人们。做完后,我自己是笑得要命,拍息(Percy,雪莱的名字)的脸孔却是严肃得很。昨天把一本小册子放在一个女人的大帽里。她一些也不晓得,我们由旁边走去了。我几乎不能够继续望〔往〕前走,我的筋是那么样发痒着想笑。"

然而雪莱对于爱尔兰问题是个最聪明不过的政治家,当他在《告爱尔兰人民》里说"统一案"是"英国压制穷苦失败的爱尔兰的最奏效的机器",他并不是故意弄文侈张。葛德文,雪莱同他已经来往了许多信札,对于他这位门弟子这回不顾一切的大胆行动有些心惊。他心里很忧虑,写信同雪莱说:"雪莱,你恐怕会排演出一幕流血的悲剧。"雪莱立刻停止他的关于爱尔兰问题的文章的刊行,回到英国,在这点也可以看出葛德文对于他的影响是多么大。他这次对于爱尔兰人民的效劳花了差不多六星期的光阴。

英格盆先生真真是写一本关于雪莱的崭新传记,并不仅仅是收集许多新材料。书里所包含的新文件是威廉·喜吞(William whitton,雪莱家庭的律师)的后裔所发现的,但是这些文件几乎不能说对于我们关于雪莱生平事实的智识有什么大增加。不过这些文件证明雪莱同哈里厄特·味斯勃律克的结婚是在爱丁堡地方一个长老会教堂举行同后来他曾经有两次因为债务被官厅拘捕过。英格盆先生主张文件证明雪莱"在温座尔戏院(Windsor Theater)登台,扮莎士比亚剧中的一角。"但是我们只有威廉·喜吞律师的话做证据,他又是很显明地没有费力去探查这事的真假。他在一八一五年写信给雪莱的父亲说,"有人告诉我拍息,雪莱先生出现在温座尔的剧台上,演莎士比亚戏剧中的一个角色,他所用的假名字是科克斯(Cooks)。"这样渺茫的谣言——一个大家认做堕落了的青年自然容易引起这类的谣言——绝对不能做雪莱曾当过"莎士比亚戏剧的演员"的证据。可是英格盆先生值得热烈的赞美,他搜集事实那种不倦精神使他添一本研究雪莱的新书籍,一本不可少的书。他的书既然在相当的范围内按时叙述雪莱的生平一直到他死的时候止,我望他把雪莱在外国的生活也像在英国时期一样详详细细地描写。他的书是一本叫人念起来不忍释手的传记,可惜始终是一本故意有许多中断的地方的传记。我们还要说他写这书时是取搜集事实的态度，不是从心理方面去描状。我们要从他所集在一块的事实里自己去创造出一个雪莱的性格。

雪莱自己瞎想以为他受火车中一位肥胖老妇人的传染，会生不治的大脚疯（又叫象皮肿）。英格盆引裴各克关于这个可以表显雪莱性格的幻觉的叙述：

"他不断地注意这病的征象的发现；他以为他的脚会肿到象足那么大，他的皮肤会皱得似鹅皮。他要紧紧地抓起他自己手，臂，颈子的皮，若使他觉得在有什么不光滑地方，他赶紧拿住他身边的人们，用同样的压力去看有没有同样不光滑的存在。他这奇特的试验常惊吓晚宴会中的年轻姑娘，他这试验做得同闪电一样快。"

英格盆先生关于雪莱这点庸俗怪诞的性格，不管多么好笑，总是丝毫不遮掩忽略地露出，这是很聪明的办法。但是读完这样不容情的又可悲又可笑的叙述，我们要把《伯罗米修士》（*Prometheus*，雪莱的杰作之一）打开重新念一遍，为的是再忆起一个自由精神的神圣的歌声，这歌声的结晶，就是我们真真的雪莱。

二 试验者（The Experimentalist）

伯克斯吞·福门先生（Mr. Buxton Forman）有个很别致的

法子把书介绍给我们。在美得温的《雪莱传》(Medwin's Life of Percy Bysshe Shelley)的序言里他一开头就坦白地告诉我们这是一本坏书,他说现在所要争的是它到底属于那一类坏书。"前世纪",他说,"产生有许多有价值的坏书同一大堆没有永久价值的过得去的好书。美得温的声望是靠着他留下有两本现在仍然是有价值的坏书,可是他的《拜伦语录》(Byron Conversation)同《雪莱传》该叫做那世纪里两本最有价值的坏书呢,还是叫做那世纪里两本最坏的有价值书呢,这是诡辩术上一个难题。美得温,我们可以承认,就假设他并不像人们所说那样一个"完全蠢汉",也不过是一个够无聊的普通人,倘然他没有碰到雪莱同拜伦。但是他碰到了他们,因此他可以不朽,或者差不多是不朽的,沾到些他们的荣光。福门先生坚持勃浪宁(Browning)抒情诗里所谓"看到雪莱的本色"的人并不是指他。然而在我们许多人的想像里,他正是这样一个人。既是雪莱的亲戚,又是同学,又是雪莱最后几年在意大利时的密友,不管我们明明晓得他是那类的人,他们因为生得太傻了,所以免不了说出许多无意的谎言,我们仍然觉得他是很可喜的,因为他的书蕴蓄有不少材料,可以做我们的参考,看出英国文学史里最奇特,最绚烂夺目的一个生涯的真相。

人们常常把雪莱当做是从仙界来的人儿,跟地上暴虐的现实奋斗,总是接连地受了创伤。然而在这本书同他的诗里,我们看出他到〔倒〕是科学时代的一个前驱；他是天生的试验者；他所试验的不单是化学，人生同政治也在他试验的范围之内。在学校时候，他同他的日光显微镜是不能分离的。对于化学既然具有热烈的趣味，他一回向美得温父亲借来一本这门科学的书，但是他自己的父亲把书送回，附有一封短信，说："我将这本化学书送还，因为这是伊顿（Eton）学院所禁止的东西。"当他在牛津大学时候，他对于化学的喜欢还是继续存在。

"他的化学试验在笨拙的旁观者眼中，好像是逃不了会弄出灾祸来的。在伊顿时候他不小心把自己炸伤过。后来曾经偶然吞进一种矿质毒物，他说这损坏他的健康不浅，他将来永不会复元〔原〕。他的手，他的衣服，他的书籍同他的家具都被医用酸所染污同盖住——地毡上呈现出燃烧最后现象的地方也不只一处，特别是房中间那一部分，那里地板也烧焦了，那是他用一只镕罐调合以脱或者他种流质的结果，地毡上荣耀的伤痕很快就扯裂得更大，因为当这位哲学家匆忙地追求真理横过房里时候，他的脚常给裂口绊住，就越扯越大起来了。"

他这种追求真理的热忱又在小孩时放风筝的狂热里露出：

"他爱放风筝，在飞尔德，普拉斯（Field Place）地方定做一个能传电的风筝，这办法是从富兰克林（Franklin）学来的，为的是要从云里勾下电来——从天上取下真火来,做个新伯罗米修士(Prometheus)[1]。"

他想利用科学来增进人类的幸福这个痴梦,我们也可以从他的感想里看出:

"无论什么时候这对于穷人们总是一个莫大的安慰,尤其是在冬天,若使我们能够支配宇宙里的热原(Caloric),能够随意供给他们以一定的热量!"

雪莱追求各种真理的热心自然使他很早就向神学来插嘴。从他在伊顿时候起他常常写信与积学的牧师辩论。美得温说他看到了一封这类的信,雪莱"假托个女人的名字"同一位牧师辩论教义。那一定是在差不多同样的心境之下,"当一个礼拜日我们同到罗兰德,喜尔教堂去,后来又在城里一起吃饭,他忽然用假名字写信给他,提议要对他的听众说教。"

的确,雪莱爱神秘几乎不下于他的爱真理。他是位哲学家,同时又是个浪漫人物,他稚年时节所念的像《摩尔人左佛乐耶》(Zofloya the Moor)这类的小说——那是部荒诞不经的作品,就是息立尔·图耳涅(Cyril Tourneur)的笔也写不出浪漫的故事——刺激着他的想像,使他想到好多做不到的奇事。我们很

---

[1] 伯罗米修士是一位天神,他用土抟造成人,又替他们从天上偷下火来,因此触了上帝的怒,将他用练〔链〕缚在岩石旁边,叫大鹰去啄食他的心肝,"愤怒神"日日去鞭挞他。所以伯罗米修士的火代表人类的睿智同灵感。雪莱有一篇长诗 Prometheus Unbound,歌颂伯罗米修士的重得自由。

少有耐心去探究这类鬼气森森的作品——他所念的现在被人们忘却了的小说《扎斯托洛戚》(*Zastrozzi*)同《圣伊尔文》(*St. Irvyne*,又叫做《炼金术士》*The Rosicrucian*)——的阅读对于雪莱自己作品的影响,但是我们能够瞧出他的生涯怎地染上了这类小说所含的几种狂妄色彩。他所记载身历的冒险有许多我们认为是他的幻觉,像那段故事,说"一个穿着军服的陌生人"看他在比萨(Pisa)的邮局里,对他说,"怎么!你是那个该堕地狱的无神论者雪莱吗?"跟着就把他打倒地上。可是雪莱的另外一个故事,在威尔士(Wales)地方午夜里一个刺客来暗杀他,大家怀疑了六七十年,近来却得到一个意想不到的证据,证明的确是实有其事。虽然他的生涯在许多方面不过是狂热的虚构,但是这些虚构,他自己是诚恳地天真地信以为真。他白天吸收科学,夜晚上耽读六辨士一本的传奇,可是他的想像欲还是没有满足,大概要继续下去将现实同虚构混在一起,弄到简直没有法子分别得清。福兰西新·汤卜逊(Francis Thompson)讲得不错,然有几位批评家反对他的主张,他说雪莱一生始终是个完完全全的游戏者。当他由大学开除出来住在伦敦时候,他能够把一己全放在小孩子干的游戏里面,像在蛇曲河(Serpentine)用石块所做的削水戏,"极端高兴地数那跳的回数,当平薄的石块掠撇过水面时候。"他放起纸船来觉得心满意足,我们听说他有一回用一张十镑的钞票卷成纸船,放在水上航行——或者这也不过是一种无稽的传说，人们常常杜撰出这类传说附在诗人们身上。一定因为他干起这些儿戏时候是非常天真烂漫，可亲可爱的，所以好多带点俗气的人们也会觉得没有法子不去喜欢他。有人以为雪莱从小孩时期起在日常生活里也是超然不群，得不到人们的好感的，这是个完全错误的观念。美得温提到他的学校生活时候，说他"一定有很多朋友，因为他离伊顿时的告别早餐花了他五十金镑。"

现在虽然隔了一个世纪，我们还是感到他的魔力，这位带着孩子气的人物，一双"牡鹿的眼睛"那么狂热地追求真理同幻梦，追求那鸿毛般的不重要东西以及拯救人类的良方。"他的身材，"和格（Hogg）告诉我们，"轻瘦柔弱，可是他的骨头却大而且强。他长得很高，背驼得很厉害，所以好像是个矮汉。"在美得温这本书里，我们甚至于对于那尖锐的声音也不觉得讨厌，兰姆（Lamb）同许多旁人都不高兴他这种刺耳的音调。美得温在这部卷帙浩繁，线索不清的书里并没有给我们一幅雪莱全人格的写真；但是他供给许多宝贵的材料，我们可以借此自己画出一个雪莱来——比如他描写雪莱怎地孜孜不倦地看书，出外散步时还是一面读书，有时读得入神什么都忘记了，问他的妻子，"玛丽，我吃过饭没有？"更重要的，因为表现出那万分锐敏的易感心灵，是那段述美得温怎地看他"在兰·阿诺·科索斯（Lung' Arno Corsos）的狂欢会群众中穿走了一会之后，有些发晕不支的样子,自己赶紧躺在椅上,他常说是给这群肉感的,无知识的人们龌蹉欲情的空气所窒息。"有些人念到像这段的文字会立刻判定雪莱是个沾沾自喜的拘谨人。可是自矜的人容易因为别人攻击他,损害到他的自尊自爱的情绪而愤激,不常为着人类的苦痛同缺点感到懊恼。雪莱的确是比英国历史里在一个具有同样天才的人们更自信自己的是处。他不像朋斯(Burns)同拜仑(Byron)那样爱忏悔自己的过去。然而我们绝不能够说他是一个利己主义者。连托洛(Thoreau)那种无害的利己主义他也没有。他总是希望能够献身给人类。他在意大利住的时候有一回打算同拜仑冒险去救个挨着渎神罪名,有活活被人们烧死的危险的人。人们常常毁骂他,以为他待哈里挨提·卫斯特勃鲁克(Harriet Westbrook)实在是太无心肝了,我们虽然不好下个判断,我们可以说一位更好的人一定会用别种办法去处置这件事情。但是我们最少要承认他是没有什么利己心的,他虽然反对结婚制度,可是他勉强同前后两位太太都行过婚礼,他又忍受哈里挨提的姊姊在他家里当了好久暴王,对于她所应尽的各种责任他也都好好地履行,自然以和他离弃了她另外去娶一个女人这件事没有矛盾为范围。这些话好像是"古怪"的辩护,但是我也只想使人们看清世上一百个人里有九十九个会处置得比雪莱更不如,设使他们抱有同样的主张,又处在同样的情形底下。他绝不是那种避难就易,容纵自己的人,可是世上人们关于恋爱事件多半是只图自己的方便。他的一生是一番艰苦的奋斗生涯,四围的人们都没有睬他,只当他做社会的败类分子时候才去睬他。不管我们说他做了什么错事,我们是不得不承认他是英国一个最伟大的清教徒。

三 "希望"的诗人（The Poet of Hope）

雪莱是革命时代的诗人。他是歌颂希望的诗人,好像威至威士（Wordsworth）是歌颂智慧的诗人。人们攻击他,说他是不可捉摸的、渺渺茫茫的诗人,但是"将来"本是件不可捉摸的,渺渺茫茫的东西,他所歌咏的既是将来,自然带了缥渺的性质,此外他的作品并没有什么特别模糊的地方。他不比天鹦或者虹儿或者黎明更渺茫。他的世界真是天鹦,虹儿同黎明的世界——在那世界里好似有成千个的黎明同时接着一个黑夜,数不尽的光辉霎地里涌出,普照万方。他的光明同音乐立刻叫我们目眩心惊。我们真可以叫他做缥渺的诗人,因为我们念起他的诗时候,好像栖息在另外一个簇新的宇宙里。我们在相当范围之内失去了肉体的重压,觉得自己是遨游在群星同日光中间,或者是钻跳到大海长江的深渊里,去访察贮有珍奇宝贝的古洞。在雪莱之外有几位大诗人也具有这种上穷碧落下黄泉的幻想能力。可是和他一比较,他们都有些笨拙,仿佛躯干太庞大了。只有雪莱带有小孩子的轻盈风姿,不像被他的工作压得呻吟出声样子。无论是在天堂或者地狱之前他的肩旁总不会有沉闷的乌云。他的宇宙是一团密密布着，闪闪作光的星群。他那成千个的黎明爆裂出罩着大地时候，带有一种允诺，伯罗米修士的长久苦痛也会因之化为欣欢。在文学里再也找不出雪莱这种彻底的欣欢。而且这不是一个盲目的，没有尝过人间世烦恼的人的欣欢，却是一个在暴虐环境的漫漫长夜里，受尽了没有私心的人们在这世界所要挨的苦痛的人学会了怎地……去望〔往〕前希望，一直等到"希望"从失败里能够创造出自己所梦想的东西。

写出了这样的诗的人可说是战胜了挫折。这是不愿再做牺牲品，要变为创造者的表示。雪莱承认世界是被魔鬼播弄得陷于奴隶的地位，但是他比任何人更相信在一天黎明里人类能够恢复上帝起初的意旨。

> 在那天伟大的清晨里，
> 上帝的精神有力地展开了
> "自由"的大旗，掩住世上的"混沌"。

有几位批评家想将雪莱的政治思想同他的诗歌分开。但是雪莱的政治思想是他诗歌的一部分。那是以希望为前提的政治思想，好像他的诗歌是希望的诗歌。拿坡仑战争之后欧洲不肯采取他的政治主张，结果是一百年后我们有一场比前回更厉害得万万倍的恶战。每代的人们都拒绝雪莱的主张；宁愿怀疑，不肯希望，宁愿恐惧，不爱欣欢，甘心服从，不想随着常识干去，弄得最后非常震骇，当他们所认为安全稳健的办法结果到演出大悲剧来，那种悲剧就是理想主义顶荒唐的胡闹也不至于产生。截到雪莱的时候止，他差不多是相信世界有个光荣的将来的唯一诗人。我们想不出别一个诗人，可说预先唱过真正的"国际联盟"的赞美歌。丁尼逊（Tennyson）虽然说过世界大同盟，但是他只是热烈地想着大英帝国的利益，并不是替全世界打算。他胆怯，不敢离开帝国主义这条老路，作别种伟大的企图，他的作品一些也没有使他的国家比以前更见豁达大度。雪莱却替我们创造出一种豁达大度的新空气。他的爱国是爱英国人民，不是爱英国政府。所以当英国政府同压迫人类的暴王联合时候，他觉得攻击本国政府不能算做不爱国的举动，好像他攻击在同样情境之下的德国或者俄国政府。

他在《希腊斯》（*Hellas*）这篇长诗的序言里有一段毁骂英国政府的文字，出版者胆怯地将它删去，一直到一八九二年才由伯克斯吞·福门先生重新发现。那段含有危险思想的文字是如下：

"若使英国人民有一天会得到自由，回想起现在这班自命为代表他们的人们在自由复活这出大戏里所扮的角色，他们一定会感到无限的憎恶。现在是被压逼者对于压逼者的奋斗时代，那群有当凶手同骗子的特权的人们的领袖，所谓皇帝，互相求助来抵抗他们共同的仇敌，在这个更大的恐惧面前暂时停止他们彼此的炉忌。地上的暴君自然都是这个神圣同盟的分子。但是一种新人已经从欧洲各处出现,厌恶那些拿来做束缚他们用的腐见,欧洲会继续产出这类新人,来完成暴王们所预料到,所害怕的命运。"

雪莱预言欧洲到处将有一种新人降世,这话差不多已经说有一百年了。他会不会变做悲观主义者,若使他活到看见全世界像我们现在这样都染上了普鲁士精神呢?我想他是不会失望的。他就是处在今日也要同那时一样歌颂新人的出现。由他看来旧专制势力的死灰复燃,国际的或者国内的,只好像是"愤怒神"对于伯罗米修士的新袭击。他要唱一曲新诗将这群"愤怒神"赶走。

雪莱并没有失败。他是一个将"自由"的创造精神带到地上的人。这个精神无时无刻不是弥满在混沌的欧洲里面,一直到我们现在,不管那结果是多么使人丧气的。雪莱对于自由最大的功劳或者是他使人们把自由看做不是一种政策,却是"大自然"的一部分。他使人们觉得自由是像清泉那样值得我们的想望,像青天里云儿那么可爱,像天鹨那么欣欢,像海浪那么快乐,像星儿那么发光,像大风那么有力。别个诗人说到"自由"时候,招请鸟儿来讲坛上唱赞美歌,雪莱一提到自由,他自己就变做空中的鸟,海里的飞浪。他没有屈辱美,拿来做教训用。他把美遍散给人们,不当做教诲,只认做是个精灵——

自然而然地唱出赞美歌来,世界受了感动,因此也同情于许多先前所不去睬的恐惧和希望。他的政治思想,不单是含在《混乱的假面具》(*The Mask of Anarchy*)这首长诗里面,《云》(*The Cloud*),《天鹨》(*The Skylark*)同《西风》(*The West Wind*)这几首抒情诗也一样地说出他的主张。他的国家观念以及他对于青天,长江,树林的观念全是导源于一个爱人丰富的想像。他的全集,不管是最严格的抒情的或者单是宣传主义的作品,可以说是一本《默示录》,预言人类光荣的将来。

（原载于1929年6月16日《北新》第3卷第11号、1929年8月1日《北新》第3卷第14号）

东　西
俄国 Valentine Kataev　作

乔治同犀卡出于一种热烈的互爱，在五月里结婚、天气是晴朗的。不耐烦地听了婚姻登记官简短的祝词之后，这一对新婚的年青夫妇从办公室走到街上。

"我们现在到那里去呢？"瘦长的，胸部微弱的，温和的乔治问道，斜着眼睛瞧犀卡。

她，高大的，漂亮的，火一般热烈的，将她自己紧靠他身旁，她头发里缠着的一小枝紫丁香花刺到他的鼻孔，她自己的鼻孔张大着，热情地耳语道：

"到市场去？去买东西。不然到那里去呢？"

"你想去买我们的家具吗？"她丈夫说，傻笑着，把他头上的帽子拉直一下，当他们望〔往〕前走的时候。

一阵含有尘土的风吹过市场。彩色的薄围巾在干燥的空气里货摊上面飘动着。狂叫的留声机在卖乐器的摊子里互相吵闹。太阳照到风中摇动的挂镜上面。种种迷人的货物同美丽得出奇的东西围住这一对年青的夫妇。

红霞涌上犀卡的双颊；她的额头变得十分潮湿；紫丁香花从她的乱发上掉下，她的眼睛变得又大又圆，她用她灼热的手紧抓乔治的肘节，咬着她破裂的厚嘴唇，拉他走过市场。

"先买鸭毛被，"她气息不顺地说道，"先买鸭毛被……"

给小摊经纪人的叫喊震聋了，他们匆忙地买两床杂布镶成的四方形盖被，厚而重，宽有余，长却不足。一床是鲜红得像红砖，一床是暗淡的紫色的。

"现在买橡皮套鞋，"她低声地说道，她暖和的气息把她丈夫的脸吹红了——"红里的，底上印有字母的，那么谁也不能偷它们了。"

他们买了橡皮套鞋；两双，女人用的同男人用的，红里的，底上印有字母的。犀卡的眼睛变得几乎有光泽了。

"面巾！……绣有小雄鸡的……"她几乎呻吟出声了，当她把灼热的头靠在她丈夫肩上。在绣有小雄鸡的面巾之外，他们还买了四床毛毯，一架闹钟，一件粗斜纹布衣料，一面镜子，一块有一双老虎的图案的小地毡，两张有铜钉的漂亮椅子，同几团毛线。

他们还打算买一架带有大镍球的床铺，同许多别的东西，但是钱不够了。他们满载而归。乔治拿那一对椅子，他的下颏拦住那卷好了的鸭毛被。他汗湿的头发是黏着他白色的额，他那清瘦的，通红的双颊全被汗遮住了。他眼皮肤现出有青紫色。他那半开的嘴露出不健康人通常具有的不齐牙齿，他老是会流涎的样子。

回到清冷的寄宿地方，他感到松散他扔下他的帽子，咳嗽。她将东西堆到他一个人睡的床上。向房里四周瞧一下，受了少女害羞的冲动，用她那又大又红的拳心殷勤拍他的肋骨。

"来，现在，不要咳这么厉害，"她假装严厉地说道，"否则，你现在又需供给我，你将很快肺病死……这是事实！"她将她的红颊跟他全是骨头的肩膀相磨。

晚上，客人来了，排出喜筵。他们含种恭敬的赞美参观新购的东西，称赞它们，客气地喝两瓶麦酒，吃几块面饼，照着小风琴的歌声跳舞，不久都散了。一切事都是很合礼的，甚至于邻人也纳罕结婚庆祝会这么安详规矩，没有胡闹。

当客人去后，犀卡同乔治又把新购的东西赞美一番，犀卡小心地用新闻纸盖住椅子，将其它东西，鸭毛被也在内，锁在一只大箱子里面，把橡皮套鞋放在箱面，有字的那一面朝天，然后把锁关好。

午后犀卡满心忧虑地醒来，叫醒她的丈夫。

"你听见没有，乔治……我亲爱的乔治，"她热烈地耳语道，

"醒来！我们错了，你知道吗？没有拿那床淡黄色的鸭毛被。那床淡黄色的有趣味得多了；我敢说我们应买那一床。橡皮套鞋的里子也不对；我们当时没有想起……我们应当买带有灰色里子的。它们比带红色的好得多了。有镍球的床铺……我们真没有好好打算一下。……"

早上，匆忙地打发乔治去做他的工作之后，她赶紧跑到厨房跟邻人讨论人们对于她结婚的印象。她为面子起见谈五分钟关于她丈夫的身体衰弱，就带女人们到她房里，打开箱子，将一切东西展览出来。拿起鸭毛被，一声微叹，她说道：

"这是个错误，我们没有拿那床淡黄色……我们当时不想买它……啊……我们没有想到……"

她的眼睛睁大，模糊起来了。

邻人们称赞那些东西。教授太太，一位慈心的老太太，说：

"这都很好，但是你丈夫好像咳嗽得很凶。我们隔一层壁都听得见。你该留心到这点；否则你知道……"

"啊，这不碍事。他不会死，"犀卡故意粗鲁地说道，"假使他死了，他就了结了，我要去另找一个丈夫。"

但是她的心忽然颤动一下。

"我要拿家鸡给他吃。他得装许多东西到肚子里！"她对自己说。

在第二次领到薪水之前，这一对夫妇生活很艰难。但是那时候一到，他们立刻又到市场去，买来淡黄色的鸭毛被，和许多家庭不可缺的物件同绝对漂亮的东西：一架八音钟，两块獭皮，一个样子最时髦的花瓶架子，男人的同女人的灰里橡皮套鞋，六码毛绒，一只非常好看的石膏狗，上面有各色斑点，一条羊毛围巾，一个锁键会奏乐的绿色小箱子。

当他们回到他们家里，犀卡把这些东西整齐地排在新箱子里。会奏乐的锁键弹出音节来。

夜里她醒来，她的热颊靠在她丈夫出汗的，冰冷的额头低声说道：

"乔治！你睡着吗？不要睡！乔治，亲爱的人！你听见没有？……那里有一床蓝的……多么可惜呀，我们没有买它。那真是好鸭毛被……有些光亮……我们当时没有想到。……"

有一回，夏天中间，犀卡很高兴地走进厨房。

"我丈夫，"她道，"快有休息的日子了。他们给每人两星期，但是他有一个半月，我可以向你发誓。还有一单津贴。我们将立刻去，把有镍球的铁床买来，这是一定的！"

"我要劝你设法送你丈夫到一个良好的疗养院去，"教授太太这个老太婆含有深意地说道，拿一筛蒸气上腾的番薯放在油管底下，"否则，你知道，将太迟了。"

"他不会生出什么大毛病！"犀卡怒气汹汹地说，双手插在腰上。"我能照顾他胜过一切疗养院。我将煎家鸡给他吃，让他随意将肚子填得饱满!"

　　黄昏时候,他们从市场回来,有一辆手推的小车满载着东西。犀卡跟着车子走,目不转睛地看到反映在镍球上的她涨红的脸孔,好像入迷了。乔治,沉重地吐着气,几乎推不动了。他有一床天青色的鸭毛被压在他胸前,在他尖削的下颏底下。他不停地咳嗽着。一群暗色的汗珠聚在他陷进去的额头。

　　夜里,犀卡醒来。热烈的,把她整个人吞进去的思虑不让她睡着。

　　"亲爱的乔治!"她开始急促地耳语道,"有一床灰色的剩在那里……你听到没有?多么可惜呀,我们没有买到……啊,那是多么精美呀。灰色的,灰色的,里子却不是灰色的,是玫瑰色的……这么可爱的一床鸭毛被。"

　　最后一次人们见到乔治是晚秋的一个早晨。他步履蹒跚地走下狭窄的小街,他那长的,透明的,几乎像腊制的鼻子闯进他破敝的皮短衣的领子里面。他尖瘦的膝关节凸出,他宽大的裤子鼓扑着他多骨的长腿。他的小帽挂在头背。他衰残的头发垂在额间,那是汗湿的,暗色的。

　　他不大稳定地走着,但是小心地避开积水的凹地,为的是免把他薄底的鞋子弄湿;一个孱弱的,快乐的,差不多是满足的笑容现在他灰色的嘴唇上。

　　当他到了家,他不得不躺在床上,这里医生来诊病。犀卡赶紧到保险公司领病时可以借到的款项。她只好独自一个到市场去,带一床灰色鸭毛被回来,她就藏在箱里。

乔治不久开始病得更重了。第一次下雪——湿的雪——降临了。空气变得一种深蓝色。教授和他的太太彼此耳语着,另一个医生来了。他诊察病人后,到厨房用消毒胰子洗手。犀卡满脸都是泪,站在一团烟雾里面;她在炉上用大蒜来炸大块鸡片。

"你疯了吗!"教授太太惊讶得喊出来。"你干什么?你会弄死他。你以为他能吃鸡排同大蒜吗?"

"他可以,"医生干脆地说,把他白手指上面的水点摇散到盆子里面。"他现在什么东西都可以吃。"

"鸡排对于他会有什么害处?"犀卡高声嚷道,用她袖子抹她脸孔。"他不会生出什么大毛病来。"

傍晚时候。卫生局人员穿着白棉布的裤套,把所有其它房子都消毒过。消毒剂的气味穿到走廊。夜里犀卡醒来。一种不可解的悲哀扯碎她的心。

"乔治!"她焦急地耳语道,"乔治,来,亲爱的乔治,醒来!我告诉你,乔治……"

乔治没有答应。他是冰冷了。于是她从床上跳下,赤脚步履艰难地顺着走廊走。那时快三点钟了,但是没有人在那地方能够睡着。她跑到教授门口,摔倒地上。

"他死了！死了！"她恐怖地喊着。"死了！我的上帝呀！他死了！乔治！啊，亲爱的乔治！"

她哭起来了。邻人们从他们的门缝向外探望。蓝色的冬星在黑暗的窗户后面，从清脆的霜里发光。

早晨，她所喜欢的猫走近犀卡房子打开的门的旁边，站在门限上向里面偷望一下，忽然间它的毛耸起来了。它退出去。犀卡坐在房子中间，脸浸在眼泪里，盛怒地向着邻人们说，好像她被侮辱了：

"我老向他说，把你肚子装满鸡排罢！他不吃进去。你们看剩有多少在那里！现在我怎样处置它们呢？你把我托给谁呢，你这坏人，乔治！他离我而去，不肯带我同去，又不肯吃我的鸡排。啊，亲爱的乔治！"

三天后，一部柩车有一匹灰色马拖着停在门外，大门全打开了，一阵冰冷的寒风吹过整个屋子。空中有松树的气味。乔治运走了。

丧宴上，犀卡极高兴。在她吃进什么东西之前，她先喝半杯谷制的白兰地。她的脸变得很红；她的眼泪滴下来了，顿着她的脚，她声音不接地说道：

"啊，谁在这儿？你们都来，快乐一下罢……想来的都来罢……谁我都让进来，除开乔治！我不肯让他进来！他拒绝吃我的鸡排，坚决地拒绝！"

她沉重地摔在新箱子上面，开始用她的头去打那会奏音乐的锁键。

此后，屋里一切事还是像从前那样过去，很有条理的，很合于规矩的。犀卡又去当女仆了。冬天里许多人来求婚，但是她全辞却了。她要等候一个温和的，殷勤的男人！这班人却都是勇敢的人们，是被她所积的东西吸引来的。

残冬时候，她变得很瘦削了，喜欢穿一件黑色羊毛衣服，这却更增加她的标致。工场汽车房有一个汽车夫叫做伊凡。他是个温和的，殷勤的，沉于默想的人。他为爱上犀卡而憔悴。春天里犀卡也爱起他来了。

天气是晴朗的，不耐烦地听了婚姻登记官助手简短的祝词之后，这一对新婚的年青夫妇从办公室走到街上。

"我们现在到那里去呢？"年青的伊凡不好意思地问道，斜着眼睛瞧犀卡。

她将她自己紧靠他身旁，一小枝太大的紫丁香花刺到他的红耳朵，她自己的鼻已张大着，耳语道：

"到市场去。去买东西。不然到那里去呢？"

她的眼睛忽然变得又圆又大。

（原载于1931年3月10日《青年界》第1卷第1号）

小泉八云

(Lafcadio Hearn　1850—1904)
Edmund Gosse　著

小泉八云名誉的不朽好像可以从底下这件事看出,他死后十九年,两本他的著作同时印成新版子,呈于世人眼前,而且是大不相同的两家书店发行的。排在我面前的两本书,《由马》(*Youma*)同《先拉斐尔主义者和其他诗人》(*Pre-Raphaelite and Other Poets*),指示出这位奇怪作家的不幸的流浪生涯里两个最重要的时期:他住在法兰西西印度群岛时期同他在日本当教授时期。他漂泊世上,像大河里的一根芦蒿,比其他任何人都更像。他不能叫做四海为家的人,因为他在世界里没有过一个真正的家庭。他一生是一个行路的人,一个流浪者,一个在文化范围以外的不甘心的流寓者。

我们可以略述一下他异常的生活里的主要事情。他的父亲是爱尔兰人,他的母亲是希腊人,他这奇怪名字的来源是出于他生在爱奥尼亚群岛（Ionian Islands）的勒非加的亚（Leucadia or Lefcadia），于一八五〇年，他的母亲没有学会一个英国字，当他七岁时候，弃她的丈夫，跟一个爱人逃到土耳其的士麦拿（Smyrna）去；人们就再也没有听到她的消息了。他的父亲又结一回婚。不久也失踪了。经过了许多变迁，我们看到小孩时的小泉八云同他的姑母住在威尔斯（Wales）。他被送到阿索天主教学校（The Catholic School of Ushaw）去念书，在那里他的一只眼睛偶然失明了。那位姑母也不见了，跟着来个长时期的神秘的同苦痛的生活。从一八六六年到一八六八年，他像一世纪以前的第昆西（De Quincey）同当代的佛兰西斯·汤卜逊（Francis Thompson），迷失在伦敦城里黑暗的地方。

　　我们所知道关于小泉八云的生平多半是根据他的最亲爱同最有忍耐心的朋友伊利沙伯·俾斯兰女士（Miss Elizabeth Bisland）在一九〇六年所出版的传记。这位做传记的人爱护备至地谈着这个不幸的一生里种种隐晦的地方，还不能够在肉体上同精神上把小泉八云描写成一个可爱的人物。他的体格是这么短，几乎可算做一个矮子，他又是苦痛地自觉他的渺小。在他晚年的通信里有一段动情的话，他庆贺自己到日本人里面去，他们是这么矮小的一种人，他自己可怜的形状不像在别地方那样被人注意了。但是他的脸孔也引起人不快之感，那只受伤的眼睛又是个使他痛心的毛病；他的相片总是照侧面的：为的是只现出那没有受伤的眼睛，然而那只眼睛是太凸了，也是叫人讨厌的。我们可以把这许多寒伧，丑相同难为情的地方记起来，因为这样才能够看出这个人美丽的想像多么壮伟地在他一切烦恼里抵抗住它们。

　　二十岁时候，他从前在伦敦所受的穷愁又在纽约重演了。忽然来了一线的光明，当辛辛那提（Cincinnati）地方的一个卖镜的叙利亚人（Syrian）雇他当伙计，但小泉八云是出乎意外地笨拙，弄得他的脚践踏破一面或者好几面镜子，就失掉他的位置了。他变做辛辛那提一家报馆的访员，这是他精神发展的开始。但是，像约翰生博士（Dr. Johnson）所说的，"被贫穷压着的本领是施展得很慢的，"小泉八云到了三十五岁，才能在文学界里有些声望。俾斯兰女士讨论他这长久落魄的原因，多半归咎于他的"战栗着的锐感性"。他不能保存同任何人的友谊，因为最微末的不和在他就引起一种"极端的怨恨"。他绝不能再向人提起这个无罪的得罪他的人，也不能再同这个人谈话了。这并不是向社会上成功的一条蔷薇之路。然而，这时候小泉八云努力于教育自己，专研究法国带有浪漫作风的大文豪，他对于寒冷有热烈的憎恶，因为需要温暖的气候，迫得跑到新奥尔良（New Orleans）去住。这时候他那偶然的作品引起人们的注意，他开始知名于当世了。一八八七年他完全弃掉新闻事业，动身往马知尼克（Martinique），他在那里住了三年。在那里，像他自己说的，他欣欢地"微睡在一个地方，那里空气总是温暖的，海水总是青玉色的，树林永远是绿得像一只绿鹦鹉的羽毛。"在大安斯（Grand Anse）他生平第一次觉得快乐。

那也是在马知尼克时候，他写下几本他最好的书，变成一群读者的喜欢的作家。绿谛（Pierre Loti）对于他的影响是很大的；也许这也不是矛盾的话，若使我们说他这时候变成为亨利·詹姆士（Henry James）的私淑弟子。他研究同他脾胃相合的第一流当代作家，其他的他就忽略过去了。甚至于晚年，当他在日本的时候，也找不出什么痕迹可以证明他对于一百年前的诗歌和散文感到趣味。他看出法兰西西印度群岛是浪漫的探索的一块沃土。耶麦先生（Mr. Francis Jammes）同机刺德·图维尔太太（Mme. Gérard d'Houville）的小说，还没有弄醒人们对于安斯人民的生活的一种好奇心。

马知尼克满足了可怜的小泉八云的希冀，他不久就开手耕他所得到的土地。我不知道《由马》这本书英文书名是什么，因为我没有遇到那原书；但是好像马克·洛齐先生（Mr. Marc Logé）译得很巧妙。《由马》是研究一八四八年黑人革命以前马知尼克地方历来的生活情形。他写出给我们看由法人所生的土人在殖民地里每日所过的族长式同富丽的生活，在革命毁坏了那人造的种族阶级，达到完全解放之前。我们觉得到处是热带的海的绚紫无边，被贸易风吹成皱纹。我们站在棕树的影里，或者走到栽甘蔗的田地。这本小说是殖民地的一首田园诗,开头都很快乐,但是结局却是个可怕的,烈火般的悲剧。读者或者会觉得热带风景的描写比书里女主人翁洁白无瑕的冒险还有意思得多,虽然那也是叙述得很有意思的。

我桌上其他一本书是代表小泉八云别一方面的生涯,那是世人所熟知的,许多人因此所以认得他的,否则他们绝不会听到他的名字。一八八九年他回到纽约,但是立即坠到家庭的,社会上的,同经济的大困难里面。为着要使这不幸的人免于饥饿,人们想法送他到日本去写一本书。在这里他认识了许多朋友,尤其巴锡耳·张伯伦先生(Mr. Basil Chamberlian),靠着他的帮助,他当了日本西北部海滨松江镇一个中学校的教员。

小泉八云现在入日本的国籍,穿上日本的衣服,取了小泉八云(Yakumo Koizumi)这个名字,这是为着恭维贵族小泉家里的一位姑娘,经过一些磨折,他得到许可把她娶来了。他扔掉他的一切美国的习惯同偏见;他变得比日本人更东方化了,然而我听说他总不能说出纯熟的日本话,虽然他在那里滞了十四年。他的太太最后学会了英文,出版一本奇怪的回忆录,说道:"给这个铁硬无情的世界所窘恼了,他常常好像是愤世的。"

他那极端的易生怒使他有许多的不便。经过了许多浮沉,他最后达到那好像坚固的地位:东京帝国大学英文教授,在那里他开始那有名的关于英诗的讲演,我面前这本书就是这些讲演的选集。然而，他在东京的生活是受人误解的悲剧；他的太太的辛酸的话是"他拿整个心儿来爱日本，但是他对于日本的真挚的爱恋是日本人所不了解的。"一九〇三年，他的教授的地位被革掉了，虽然人们在早稻田大学里替他找到一个讲座，他对于他邻近人们的敌视感到悲伤。这是他的厄运，可怜的人！既不能保留有人们的好感，又不能获得人们的尊敬，虽然他都是值得的。一九〇四年十一月二十六日，写完一封热烈的长信给一个船主后，小泉八云于黄昏里在他屋子的走廊散步，忽然间支持不住，倒下来，"好像他身体里面的全部机关都粉碎了"；他死了。

约翰·儿斯金教授（Professor John Erskine）选印的这些演讲是一八九六年同一九〇二年之间在东京对学生说的。我们应当记着它们不能代表他写的文章，也没有经他自己修改过。他素来的习惯是慢慢地用英文演讲，他有将近一打的学生英文程度能够把他说的一字一字记下来。他们的笔记保留着，集在一起，结果就是现在读者们所看到的这几本书。这是很奇怪的，我们可以认为不很方便的著书方法，但是这法子对于小泉八云或者是相宜的。这位教授费极大的苦心来讲演，先念了关于那个题目的一切参考书做预备的材料。在他四十岁以前，他好像没有什么教育自己的机会，他的英国文学智识本来尤其有限。为着他的讲演，他博览群书，他的口味像个饕餮的人，而且他没给什么先入之见占住。他独自在异乡里和欧洲批评界上权威不能通声气。他的意见是独自构造的,它们多半代表一本杰作在一个从前没有受过栽培的心灵所生的印象。我们一定要记住这一点,当念他的演讲时,否则我们会惊奇他那样着力地说出久已为大家所公认的意见,或者传统所绝不愿接收的见解。

我们在这些演讲里,找不出玄学的巧妙理论,或者精密入微的思想,它们的特征是一种几乎近于质朴无华的简单。我们念的时候好像同到批评的幼稚时期,那时一切东西只讲是好还是坏,是美的,还是丑的。但是这并不减少它们的价值,那全靠着它们的新鲜情调,它们纯出于自然的热狂,以及他心里单纯地接受来的印象是多么强烈地传到他的听者心里。而且,当我们仔细地观察那些判断,我们发现他们是有理智的根基,一致地服从一定的主张指导着,不像我们初见时所以为的。我们看到小泉八云照他自己的意见坦白地来描写诗歌,我们惊愕他分析的壮健有力同他鉴赏力的细腻精明。

(原载于1932年3月20日《青年界》第2卷第1号)

王　尔　德

Robert Lynd　作

　　王尔德是那样的一位作家，我们必定要看穿了他，然后才能够鉴赏他。我们必定要把那偶像打成粉碎，然后才能够保存那个神。若使蓝孙先生（Mr. Ransome）对于王尔德的批评，在他那本巧妙的、有趣味的、正正经经写的书里，有些不能使人满意，那一半是因为他所带的偶像破坏者的色彩还不够浓。他没有充分明白地感到把王尔德当作一个说隽语的人时，他是属于第一流的作家，而在其它方面他几乎不能算是超过第二流的。因此在他书里最有势力的不是文学里的花花公子的王尔德，却是自我主义的，唯美的哲学家的王尔德同想像力丰富的艺术家的王尔德。

　　这种说法自然是王尔德所喜欢的。因为，正像蓝孙先生所说，"虽然王尔德具有发出令人惊异的大笑的秘诀，他倒喜欢以为自己是个怀有灿烂的梦儿的人。"真的，王尔德是这么喜欢这样自视，甚至于有人说，若使《莎乐美》（Salomé）没有被官厅禁止，那几本社会喜剧或者绝不会写出。"也许，"蓝孙先生说，"《同名异娶》（The Importance of Being Earnest）这出剧的产生要归功到检稿官不许撒莱·本哈忒（Sarah Bernhardt）在皇宫戏院演莎乐美。"倘若这个猜想是对的，那么我们绝不能再那样地讨厌检稿官了，因为在《同名异娶》里，只在这本剧里，王尔德成功了绝等天才的作品，在那一类的著作里。

那本剧的结构是像纸片起的房子那么轻松，那是一个为着大笑的缘故而发大笑的清脆笑府。或者你可以说，在喜剧文章里，它所占的地位有如"一个别致的浪子在瓷器上面的彩画里"。它甚至于比这个画像来得更缥渺，更轻脆。它是一粒胰皂泡子，或者一群飞扬空中的胰皂泡子。它是"轻佻"的无上境界。当我们听着不拉克纳尔太太（Lady Bracknell）讨论她女儿的出嫁问题，或者当我们看见杰克（Jack）同阿尔泽朗（Algernon）辩论在悲哀时候吃油煎松饼有没有失礼，我们莫名其妙地好像被抓住了，飞驶过"胡说"的嘻嘻哈哈的空气里。有人曾驳道王尔德的大笑总不是新鲜空气里的，却老是客厅里的大笑。但是《同名异娶》里的大笑含有一种天然，我以为那使我们读这篇作品时，便联想到流水同绿野里的树液。

那是他正正经经地把王尔德当作一位正正经经的作家时候，我们和蓝孙先生意见不合。王尔德自炫的本领远胜过他自白的能力，而买弄他自己才力的喜剧既是比郑重其事的自炫自夸有趣味得多，他自然是当一个说隽语的人同嘲笑者时候最能发挥他的天才。在他的正经作品里他不能算做一个独出心裁的艺术家，却只是一个使别人的意思通俗化的人——或者是英国文学中本领最好的一个使别人的意思通俗化的人。他把威廉·莫里思（William Morris）通俗化了，莫里思家里美术的陈设，莫里思的乌托邦思想，在他唯美主义的演讲里同他的《社会主义下的人的灵魂》（*The Soul of Man under Socialism*）——那是一本使人惊异的小册子，王尔德所以能够名闻天下全靠这些著作，蓝孙先生却是很可奇怪地没有看出这点。他把佩忒（Pater）的遁世的唯美主义同歌德的文化上自我主义通俗化了，在他的《意见》（*Intentions*）同别的著作里。在《莎乐美》里，他通俗化了装饰句子的华丽行列，福罗贝尔的天才在这方面也是很出色的。

那时代的人们保持体面更甚于保持个人的道德，嘲笑"美"，因为它产不出股息，这样的一个时代来了王尔德，他是个甚至对于最体面的丑恶也要加以攻击的人。碰到一个用告白来推销商品的世界，他就从事于用告白来宣传艺术，所用的种种花样是和商人们一样地大胆；谁晓得他那浓褐色天鹅绒的短裤对于使英国民众晓得窝尔忒·佩忒（Walter Pater）的天才这种样工作上有多大的帮助？并不是说王尔德不是个十分周到的利己主义者,用艺术同大作家们来替他自己做广告,不会拿自己去替他们做广告。但是"时间老人"安排好艺术同大作家们会从他这违反习俗的短裤〈得〉到利益。

那么由我看来,王尔德对着他的时代好像是立在一个伟大的使别人的意思通俗化的人的地位——一个使别人的意思通俗化的人,同时又不是个把新的东西弄成粗俗的人。那么,蓝孙先生对于《莎乐美》的批评,我们看起会有什么感想呢?说它是一本带着魔力的戏剧,这话是没有一个喜欢辞藻的人能够否认的。但是这魔力是属于那一种呢? 分析到底,只是脂粉庞儿迷人的魔力而已。

在这本戏里我们没有悲剧,只是下等春药的一种掺杂。蓝孙先生在这本剧里听到"死神翅膀的轻拍声音";但是由我看来,这正是王尔德想创造出来而没有成功的空气。当台上的幕落在莎乐美破的躯体之前,我们有一种恶心的感觉,好像我们当场目击一个害虫被践踏死了。那里简直没有真正悲剧的豪爽或者解放的影子。整篇剧本不过是一个奇妙的绚烂夺目的东西,甚至假使我们去看一看剧里花团锦簇的句子,我们不是看出在颜色、玲珑字眼和图案的拣选方面,福罗贝尔在文字里工作着像个巧匠,而王尔德在他用字方面却更像城里一个乱花钱的一知半解的人排场他所搜集的珠宝么?

王尔德在他的《狱中记》(*De Profundis*)里自称为文字的主人。不幸得很,他刚是那反面。文字是他的大患:他沉溺于文字,有如人们那样沉溺于酒。他是嗜,而不是专心考究文字。他于文字具有热情,但是对着文字却存了太少的责任心,在他对于美的字眼的拣选里,我们老感到一个纵乐的人的懒惰同他的浪费。他能够怎样美丽地,怎样善于做出佳句地用字,凡是读过他那篇短诗《恩狄蜜温》(*Endymion*)(只举他诗里的一首罢)同《意见》里许多美妙的章节的人们个个都晓得。但是当我们极想去了解他个人的性格,比如从《狱中记》里——那是一本一个灵魂被囚在锦绣的诡辩里面的书——我们就觉得这件奇丽字眼的外套简直是个灾祸。

倘若王尔德不是文字的主人,只是文字的挂着珠宝的奴才,他却是笑声的主人;因为《意见》里面有这么多笑声同这么多好文字,所以我有些赞成蓝孙先生,以为《意见》是"王尔德的著作里比较最能代表他的一本书。"但是甚至于在这里,蓝孙先生还是坚持着太正经地看着王尔德。比如,他告诉我们"他的奇论只是我们不大熟识的真理。"王尔德倘若听到他这样说,会吓成什么样子!他的奇论离真理很远——或者同真理差了很多。这些奇论,无疑地,矫正了当时的错误,使得到一种平衡,可是里面有许多真真只是智识反抗的练习工作。总之,王尔德是十九世纪里最漂亮的人物同最漂亮的说隽语的人里的一个,虽然绝不是漂亮的想像力丰富的艺术家里的一个。

(原载于1933年3月5月《青年界》第3卷第1号)